江海帆已远

洪晓明 著

百花洲文艺出版社

图书在版编目(CIP)数据

江海帆已远 / 洪晓明著. -- 南昌：百花洲文艺出
版社，2022.1
ISBN 978-7-5500-4448-7

Ⅰ.①江… Ⅱ.①洪… Ⅲ.①散文集-中国-当代
Ⅳ.①I267

中国版本图书馆 CIP 数据核字(2021)第 217006 号

江海帆已远　　洪晓明　著
Jiang hai fan yi yuan

责任编辑	杨　旭	
特约编辑	张立云	
装帧设计	潇湘悦读	
出 版 者	百花洲文艺出版社	
社　　址	南昌市红谷滩新区世贸路 898 号博能中心一期 A 座 20 楼	
电　　话	0791-86895108(发行热线)0791-86894717(编辑热线)	
邮　　编	330038	
经　　销	全国新华书店	
印　　刷	长沙市精宏印务有限公司	
开　　本	165 毫米×235 毫米　　1/16	
印　　张	16	
版　　次	2022 年 1 月第 1 版第 1 次印刷	
字　　数	200 千字	
书　　号	ISBN 978-7-5500-4448-7	
定　　价	69.00 元	

赣版权登字　　05-2021-389

网　　址　http://www.bhzwy.com
图书若有印装错误,影响阅读,可向承印厂联系调换

生命的探寻　灵魂的追问

——读《江海帆已远》是回家是赶路是幸福

◎草禾水

读洪晓明的散文集《江海帆已远》，充满血脉寻根的感觉。这种寻根，本质上，是生命的探寻和灵魂的追问。作者是在弋阳县城信江河边长大的，由江入海，走向远方，投入闹市，足迹印遍江河湖海，他还会执着的指认：故乡是他的出发地，是生命的原点，是人生的圆心。主体的境界，决定散文的境界，作者的整个心灵世界和艺术世界，都是故乡那一块古老的生活热土延伸辐射而来的。

作者的独特经历和指向性的人文关注，产生了一个个记忆的精神实体，每个实体不只是物质和精神的组成，它还是时间的不同表达。作者的乡愁功力不凡，在他的精神谱系里，追忆故乡一事一物之微，回望故乡一喜一惊之状，都显得真实具体历历在目。及至文字表达，又继承散文"立诚""写实"的传统，所有表达，原汁原味，读这样朴实的有板有眼、有分寸感又富于沧桑感的文字，使人感到兴味盎然、深刻隽永。洪晓明有摄影、绘画、诗词、书法多方面的爱好和素养，这些不可多得的艺术基因，注入散文写作，无疑极有助于散文形与神的提升。所以，洪先生的散文阅读下来，像旅游观光，一个一入精华景点的吸引，处处不想错过，目不暇接，真有忙不过来之感受。

《江海帆已远》，质感、骨感兼具。篇篇文章在以时间为经事件为纬的基本结构框架中，时日灵活重叠，而不乱；事件纷繁曲折进行，而不杂。一路审视下来，不觉模糊而觉清晰，不觉累赘而觉轻快。以记忆为叙述中心，情节扑朔迷离。人物很是性格化，叙述更是故事化。文字表达简洁明快，可读性强。虽不能说是篇篇精彩，但可说是篇篇可读。《舟上人家》，艺术的构思、文字的传达、感情的指向是辨证的统一。人会自然而然地靠近文化血脉的东西，中华民族文化的根脉在乡村。作者的祖上在乡村，童年的乐园在乡村。在这一篇章里，乡村的山川形胜、人情世故、民生状态，平凡的世界里有着难以言喻的生命气息。散文，根本的东西是感情。感情的深化，必然导致对事物的本质必然的认识。作者从记忆深处回望和打捞，又在与乡民当下的对话中给予同情和期侍。最后，作者"带着些许的遗憾，离开了洲上，离开了弋阳老家。"读来荡气回肠、引人入胜、心生喜爱。《师傅与徒弟》，写的是作者的父母与作者自己。作者熟悉的材料驾轻就熟信手拈来，但不是信笔由缰随心所欲。他写的是散文，文字洒脱自如同时文章又包裹得很紧须史未离文章的内核。使故事越出自身的层面，上升到了一个对生命解读的人文高度。

作者没有去追求生活中确有的那种富有戏剧性的情节，作者也没有基于写意的考虑做了某种虚构，就这样平实客观的一路道来，可谓恰到好处，令人信服。《湘逢有沅》，更激发我的人生共鸣。我在鄂东长大，对江湖、田园、山林，有生活的记忆；当然，我也爱看小说爱读散文和诗歌，这就很自然地从生活审美和辞章审美两个维度来赏析这篇文章。小说通过情节，塑造人物、展示作者的旨趣；散文则是通过真实的事件，披露作者的思想与感情。在《湘逢有沅》里，真实的事件，构建了其散文之形；但思想的深度，又烘焙出神之聚焦、精美与超越。如，"渔家夫妇摇船、撒网、取下粘在网上的鱼"一段文字极为传神精彩，同学"爱国抓鱼湿了的长衫比裙子还长让人怀疑没穿裤子"的描述也特幽默有情趣。文中对景物的描写与叙述，通常只是简略几笔，如诗如画如歌如诉。一层层的树林，一脉脉的田垄，一缕缕的炊烟，一点点的村舍，一只只的飞禽，给人世外桃园、古老远方之印象。让人，对自然更加无限向往、对生活更加无私奉献、对过往更加无比珍惜。《苗乡侗寨歌悠远》，作者对那个边远的少数民族及那里的人们，很是有情感。冰心老大姐，关于散文，有个说法："只要情感真实的，我就喜欢。"我也很认同，看这篇散文，真是一路喜欢。冯友兰老先生说过："真风流的人必有玄心，必有洞见，必有妙赏，必有深情。"这个定义带有明显的哲学意味，他说的真风流的人，是说一个真正的人。这四个要件，对成人、成事都有普遍意义，对于艺术和文学更是一件都不能少。洪晓明写散文，是站在生活的泥土中，深入在芸芸众生里，锦心绣手，传递普通人的冷暖、疾苦、情感和温度。且笔触探寻生活中那些向上的基因，对生活充满希望的期盼。让读者亲切体会到现实人生的可感、可叹的勃勃生机。《十亩茶园》看得出作者慧根蛮深，淡定了然一切了。禅修功力不浅，农禅境界颇高。不拘泥于叙事抒情：叙事，没有小说那样的负担，没必要把故事写得那么完整。抒情，但又不必像诗歌那样被限定在诗行的形式中，可以挥洒自如。整篇文章，禅意绵绵，佛意十足，读来让人淡定和超越。

洪晓明生长的时代，政治上几经转变。作者对历史必然性的勇敢肯定和对小人物命运的深刻同情，构成文章的弹性和张力，产生打动人心的力量，自然也就形成独特的艺术魅力。《酒票没了》中的程继红，《桃花岛渔家客栈》中的吴瑞庆，等。是有温度有感情的表达，形成了特别的有辨识度的写作风格。这些篇章的人物，读来特别可信任。作家与读者之间必须建立起一种信任感，而这种信任的达成需要作家付出巨大的心血、爱心和智慧。一个作家该以怎样的笔触去呈现生活中那些丰富的细节，并在日常框架里把文章写得完整丰富，从而可以让读者从叙事逻辑、情感逻辑等各方面达成对作者、对文章的信任。我认为，伟大的散文和真正的散文不能脱离自我，与其说真正的故事是笔下的人物还不如说真正的故事是握笔的"我"。而"我"又在深度挖掘一个个鲜活的人生横断面里蕴藏着的中华优秀传统文化精髓，以及"景物之美、人物之美、情感之美。"

散文集《江海帆已远》中，有些篇章单独写女性。这一个个的女性，彰显出了她们各自独特的魅力。她们知性、慈善、独立、执着、能干，对于爱情有梦想，对于亲情能够牺牲，对于社会敢于奉献。《梦见了奶奶》中的奶奶，"就是一位把全部的爱无私奉献给家人的女性。"《补习班的女同学》中那些，"纯朴、腼腆、安静的乡下妹倻崽，活泼、开朗、漂亮调皮的城市妹倻崽"，她们充满青春梦想。《画画的渔家女人》中的梁银娣，"忙得屋里事情弗做，每日画画，画到墙上去了，人是黑得墨碳样"。作者的笔触，直指人性的同时，也表现人文关怀。《熹熹的婚事》中的熹熹"爱上了海洋、海岛，并与海洋海岛结下不解之缘。"《仙姑》中的秋花姑姑，作者感觉她的不可思议："怎么也没有想到，小时候印象中美丽、温柔，甚至有些弱小的秋花姑姑，现在成了仙姑？""我以一个摄影家的锐利眼睛，仔细打量着秋花姑姑""秋花姑姑的眼睛里满是善良与笑意"。作者通过笔墨让这些默默劳作的女性跃然纸上时，我们才发现，自己与这样的形象久违了。这些女性，都是追求生命质量的人，如何有人情味地活着，享受亲情、爱情、友情，又如何面对复杂的人生变化和失去。在作者看来，人生充满不确定性，女性更加承受生活之重：无常是常，在无常的世界里，一个女人有良心、有梦想、有本事，一样也能行得稳、走得远。

作者是离乡三十年写此文集的。离乡愈久，思乡愈切，一旦发而为文，自然真情幽怨。但作者不失理性，不拘小我，而是热情深沉的去感受最有生命力的东西。写故乡，一样也可以写出时代主旋律。面对大数据、新媒体，当代散文并非因自身边缘化就丧失了与历史与现实对话的可能。关键在于作者是否有意愿、有能力主动加入当代价值体系的重构之中。《锣鼓催龙舞》，写家乡端午节赛龙舟民俗，读者随文字叙述而被吸引，随文字激扬而被振奋："整个葛坝下，龙船腾飞了起来，踏波飞浪。"更有"彩旗猎猎，欢声雷动。"紧接着，作者笔锋一转，出现神来之笔："联想到百万雄师过大江的壮美场景——""这就是我们中华民族生生不息的力量源泉啊。"作者将现实的壮美与历史的必然相统一，表现出智慧的想象和灵感的生发。读这样深刻隽永的文字，民族自信心自豪感倍增强化。《庚子年清明节记事》，作者深情的叙述：2020 年 4 月 5 日清明节，在自家门前，向抗击疫情而献出生命的白衣天使默哀；第二天，作者带妻子前往舟山本岛晓峰岭祭扫鸦片战争抗英的六清国阵亡将士墓群；继而写曾经几次前往家乡祭扫乡贤南宋抗元英烈谢叠山。全篇写法由近及远、由家及国、由心及灵，展现了英雄民族基因的一脉相承，同时也表达了作者品德胸襟的一以贯之。读来让人心灵洗礼、境界升华。《回乡飞翔》有段精彩的叙述："与以前不同的是，我这次没有走进方志敏烈士纪念馆，去缅怀一代乡贤、伟人方志敏。因为，飞行航拍的一处处乡村田园，一幅幅家乡美丽的图画，正是方志敏烈士在牢狱中戴着镣铐艰难书写、深情展望的景象。"作者要用"飞行航拍下的每一帧照片，来告慰九泉之下的英骨，九天云霄之上的英灵。"国家有多伟大，人民有多伟大，作者就有多大的勇气与胆略去作探讨研究。作者意愿于红色基因的赓续传承，也关注社会生态的着墨添彩。《熹熹的婚事》中，"东有的手紧紧地握着亲家的手，他说亲家的那双手，粗大、厚重而有力量，他感到十分地踏实，这是一户克勤克俭的好人家，他放心把女儿熹熹交给这样的人家"。《我的老丈人》，很是动人，文中这位老人，朴实，善良，慈祥。不仅表达出人作为人的正直和博爱，更体现出作为丈人、作为外公的角色特质。是中国大地千千万万丈人、外公的正能量代表。作者深情地平视抑或仰视写生活、写人物，文风也朴实，读来倍感会心。文章的深度，不是思想的深度，而是感情的深度。如果你根本没有动情，你也感动不了别人。那些以俯视的方式看待生活的散文，那些只看丑恶不看光明的散文，是我所不喜欢的。

《江海帆已远》，篇章中每每给读者展现出一张张如山水绘画、如艺术照片之审美。由此，勾勒出了往日的岁月，与物与景与人与事的交流、交往、交融中，记录下点点滴滴的生活细节，及淡泊如菊的人生感悟，向上、向善、向美的追求溢于笔端。《熹熹的婚事》，作者像摄象一样连连特写："看见东有大哥和大嫂满含眼泪，深情地望着宝贝女儿熹熹出嫁，离开自己的家，离开父母的怀抱。熹熹没有找对象时，见到熟人就怕问女儿的婚事；如今熹熹真的出嫁了，大哥大嫂又依依不舍。""我看见大哥眼眶里闪动着泪花，我看见大哥牵着熹熹的手，把熹熹交给新郎，看见大哥无限深情地亲吻着熹熹的额头。"

《江海帆已远》中，作者的情怀，还体现在他对第二故乡舟山海岛的爱恋。"我如孩童似的在舟山群岛上跳跃着，在辽阔的海天之间放牧着心灵。"文集中，有很大一部分篇幅是写海岛的。《给东极渔民照个像》中说："我深爱着那里的海、那海上的岛、那岛上的人家，那里的一切也将成为我永远的念想"。这些"念想"，上升到了终极关怀和万物一体的高度。作者的摄影集《乡海沉醉》图片说明文字，站位高蹈，略挑精彩：教人愉悦，"贝壳上的花纹有如大海的文字。""夜色中，小船像在摇篮里做梦，月光把梦境营造得有些朦胧。""台风中，海浪的舞姿有时也很优美。""浪花如雪，带着诗意"。"渔歌在早晨唱响，在黄昏悠扬。"让人震憾，"一个渔民的灵魂，在海风中行走，去哪里了？只有门前的海知道。""东极岛的鱼儿，张着嘴、摇摆着尾巴，在跟你说呢：求求你，不要把我们钓光了"。使人深思，"八月十五，东福山岛的月光，长久地漫步在礁石上，如流水似云雾，沉静而悠远。""边远的海岛，一些留守海乡的老人，有如那古老的大海，和他们聊天，就像是在阅读一座岛的历史，听着一条渔船在海浪里唱出的音乐。"

《江海帆已远》集中，还可称道的是，作者表现出的丰富而有特色的语言。散文终究是用语言写成的，如果散文没有了语言美，它也就缺少了半壁江山。好文章要有精湛的语言表达，有言说深刻的个性和魅力。作者使用了不少方言，让熟知者会心，陌生者能懂，都恰到好处。方言的使用，表现在人物互动和对话上，更引人入胜。《黑娃子》，作者是用方言与已不在世的黑娃子的姝（女儿）对话结尾的，黑娃子苦难一辈子，没有享到福。对话中，知道黑娃子的姝会做生，发财争到钱了。作者对黑娃子更生可惜之心。在文集，这样的段落比比皆是。方言的表达，更能让细节充满丰盈、情感展示多维。言下之意，话中之话，更能在方言的字里行间溢露出事物的光泽和形象、亲友的出没和隐显、自我和他者的时刻互动，让文本有了特定的智慧和教育的力量。

散文写什么，散文应该怎么写，散文要用什么样的语言来写，在阅读《江海帆已远》时，每个读者都可以从中找到自己的答案。毫无疑问，这本书作为作者漫长生活的一次集结，作者所写几乎全都是生活里、工作中、读书时遇到的普通人、平常事以及自己的感想和感知、感悟与感怀。通过这些文章，我们看到了一个在物质世界和精神世界用心生活着的人，他把自己映衬见的彩色光斑悄悄地艺术地置放在字里行间，并把它们作为十分珍视的礼物呈现出来与读者分享。作者谦虚地说："写写画画，捕光猎影，能这样活着，很快乐"。这话，很值得读者细细品味。在这些"写写画画"中，也体现了作者在散文理论上的有效实践。

散文应该"从俗世中来，到灵魂中去"。《江海帆已远》，彰显了作者浪漫情怀和现实关切，更彰显了作者的责任担当和价值取向。作者以丰富的意象律动呼唤真、善、美的回归和由此而来的人类心灵的回归。作家的定义，是智慧的担当。洪晓玥以笔、以命、以心、以爱、以思铺展生活中的长卷，讴歌普通生命的宽度、深度和温度；以诚、以灵、以悟，以魂，展示其独特的审美特征、精神蕴含与文化内涵。读《江海帆已远》是回家是赶路是幸福。作者的生活，作者的笔耕之路，是关乎大悲喜和大彻悟的哲学问道。认真阅读下去，你将进入这位艺术家的内心世界，领略其好学与良知交织、厚道与理性并举的人格魅力。

江海帆已远

平常，我们读到的散文，有些很是概念化，有些很是个性化，当然我们称道的是后者。概念，与本质、规律更密切；个性，与现象、偶然更密切。哲学对象是生活现象的本质规律，艺术对象是本质规律的生活现象。真正艺术的东西，至为重要的是表达"本质的现象，必然的偶然"。《江海帆已远》，在得失上，当然还有空间讨论。挑其大者，首要话题就是笔下人、物、景的把握，也就是所谓艺术对象的把握。作者在个别篇章里，叙事、写景、抒情，时有过于铺陈，"纯粹"偶然的东西，"纯粹"现象的东西，过多占用宝贵的空间和笔墨，这是值得思考和注意的。

2021 年 8 月 8 日于广州南沙

自 序

三十年前，我离开江西弋阳老家来到浙江舟山群岛，曾写过一首小诗：

　　信江河水向西流，鄱湖烟雨亦难留。

　　帆随扬子向东去，漂洋过海欲何求？

我一生中最宝贵的年华，就随着母亲河的水汇入了海洋，我一生的行旅就在红土地与蓝海洋之间来来回回、寻寻觅觅。

得与失，都在江海的波涛中淘洗过了，没有闪光的金子，没有经久的沉香；也没有洗不干净的污垢，撕不掉的面具。

我写下的文字，是我看见的真实的景物，是我遇见的真实的人物，是我感受并发酵出的真实的情感。

景物的美，美在自然与和谐；人物的美，美在平和与善良；情感的美，美在纯朴而生动。

我是幸运的，因为我发现了景物的美，感知了人物的美，收藏了情感的美。

在我的第一本散文集《锣鼓铿锵》的序言里，东有大哥说我是个艺术的顽童。

我这辈子只想做一个艺术的顽童，写写画画，捕光猎影，能这样活着，是无比快乐的。

2021年秋，于舟山凫石书斋

⊙《涛声依旧》（油画）作者　洪晓明

目　录

江海帆已远

洲上人家

　　信江支流葛河，由东北方向绵延百余里流向弋阳城北，再折往城西弯向东南时分流为两支，分别汇入由东向西涛涛而过的信江。千万年来，两水在此交汇，相互对冲、搏击、交融，便形成了方圆二十里的沙洲平原与湿地，土地肥沃，古树参天，人烟脉脉。

　　在这片由水而生的洲上，散落着几个古老的村庄。在葛河分叉向东对流进信江的洲东头上，由刘姓人家占据耕种着桑田、养蚕卖丝；葛河分叉向西南斜插进信江的洲南水边，则由时姓人家围堤造屋，利用河堤两侧的沙土种菜卖菜，也有撑排放鸬鹚抓鱼的；而葛河环绕城西后刚转弯向东南的地方，则由江姓人家把持着既种水稻也种蔬菜，因为村比刘家、时家大，修了很大的祠堂，故名祠堂江家。

　　这三个村，在这片洲上，农桑渔猎，千余年来虽起过纷争，但比邻而居，还是以和平相处为主，三村之间互通婚姻嫁娶，沾亲带故的多。每日里，鸟语互动、鸡犬相闻，牧牛相唤，浣女谐谑，炊烟此起彼伏，也是人间颐景，万象兴隆。

　　我家在这座古城的北街口，东西两街交汇处。从我家去洲上，往西街步行几百米，过葛河上的桑叶桥就到了洲上刘家。桑叶桥，也叫三星桥，但西街上的人都叫它桑叶桥，因为桥那边就是几百亩的桑田。桑叶桥建于明朝，是古人建的石桥，长约五十米，宽不足两米，五个桥墩。我也可以从西街的结尾处经过一座常年有香火的寺庙，再过同样是石头建的西港桥，由江家的祠堂门前进入洲上，因为远，很少走。

我上高中之前，"无产阶级文化大革命"还没有结束，挂在北街口路灯柱上的高音喇叭不时地播放着"打倒孔家店"的声音，用浆糊刷在三角店公告栏的大字报在鼓吹一个交白卷的张铁生；所以学校老师和父母并不逼着我们读书。于是我们经常成群结队地逃学去洲上玩。我个子小，就跟着大我一岁的小叔子或东街那些一起长大的伙伴们，一溜烟就过了桑叶桥，消失在桑园、竹林里打鸟捉蝉；或撒野在葛河、信江的怀抱里，尽情地游泳、钓鱼、逗牛、打水漂。我在刘家村农民的蚕房里迷恋着那竹团箕上白白嫩嫩、圆圆滚滚的蚕宝宝，看着他们永远饥饿似地啃食着绿油油的桑叶，听着他们齐声发出的丝丝的声音。桑椹子熟了的时候，我们在桑树丛中钻来串去，向老鼠猫咪似的在寻找着猎物，那些又大又黑的桑葚子含在嘴里，香甜如蜜。肚子吃不下了，我就藏在书包里，等到了家，书包已经被果汁染红了一大块，在母亲的责备声中翻看自己的书本，怎么也擦不净纸张上的颜色。我和小叔叔有时也帮家里掏猪草，我奶奶曾经在厨房的角落边养过一头过年杀的猪。洲上的猪草太多了，我总是跟在那些西街上的人后面，因为他们每天都会过桑叶桥去洲上掏猪草，有时是在葛河边的树林里，有时是信江河堤上，有时还会下河里去捞水草。一大片一大片的水草在沙子与鹅卵石混杂的河滩上，随着河水荡漾。水草里有无数的小鱼虾，我们就把猪草从竹篮子里倒到河边，在清澈的河水里用篮子去围猎小鱼虾。只有柳树叶般大小的肉鱼丁、串条鬼和驼着背的小虾子，在竹篮边与水草间一会儿聚集一会儿逃窜，跟我玩着捉迷藏的游戏。有一次就这么玩着，等太阳西下时，我从水里爬上河堤，发现自己的那件草绿色的新背心不见了，当时就哭起来了。我小叔叔开头以为是被西街上的人偷走了，就追去询问回来告诉我：西街上的人说是被牛吃掉了。我湿乎乎的眼向远处望去，先前在我放背心鞋子的附近吃草的几头黄牛牯，正下河堤向刘家的炊烟里走去，还发出哞哞的叫声。从那以后，我去洲上再也不采猪草了。

由洲上刘家再往西走去时家，四五里路，要穿过一片杨树林，树很高很高。夏天的时候，树荫下走过有些阴凉。树上的麻雀、八哥、白头翁一群一群的，在林子闹着。有时光顾寻找树上的鸟儿，用弹弓不断地射出河滩上捡来的小石子，脚就踩到路边林地上的牛屎堆。"踩到屎"，在弋阳话里，是很晦气的意思。但我们却觉得好玩，牛屎不像人拉的屎那样臭，而且也不脏，农村里的人喜欢收集牛屎，既可以做农肥，也可以晒干了当柴火烧，送进灶堂里与树枝茅草一起燃放出火花和炊烟，于是那炊烟里就夹杂着饭菜与牛屎的气味，闻起来很特别，也许这就是乡村的味道吧。刘家与时家的村界，就是葛河分叉向西南流向信江的另一支流。这段葛河支流也就两三里长，水浅，常年半裸着河床，两边的杨树也常把上了年纪的根拿到太阳下的河滩上晒着。趟过河滩，就到了时家村。村中三株高大的古樟树，远远地站立在村头，俨然三位古老的祖先在守护着自己的家园。

时家村的古樟树，是哪个朝代的祖宗种下的，时家人众说纷纭，有说是隋朝开皇年间的祖宗种的，也有说还要早，是东汉三国年间的祖宗种的。时家的族谱上并没有记载，说三株樟树，是哪个朝代的祖宗种的，更没有说三株樟树代表时家的哪三房人家。为了证明三株中的哪一株是哪家的祖宗所种，时家人总是争论不休。

我到时家村来玩，记忆中大概也就十来次吧。但我印象中，大人们说过时家有故事，出过人物。带我去时家村玩的金狗崽，就姓时，就是时家人的后代，而且就是他家有故事。金狗崽家并不住在村里，而是住北街口南边的东街巷子，与我奶奶家对门。他的父亲可是我们那一带的人物，大名叫时水根，因为得过小儿麻痹症，从小就有点瘸脚，是右脚还是左脚，我记不清楚了，大人们都叫他"时老拐"。因为他比我爷爷小很多岁，我自然是喊他时祖祖。

金狗崽的爹走出了时家村，在县城里安家落户，而且吃官饭，在县人民银行里管总务。那个计划经济的年代，银行里管事，那是多么大的肥差啊。听大人们说：没读几年书的时祖祖，能吃银行的饭，是有后台的。大人们说的后台，大概是指那个在南京部队里当官的武将吧。这是大人说的，不管我们小孩的事。我们只管跟着金狗崽去时家村玩。我们每次去，常常是在杨树林里追着鸟群来到时家村的三株古樟树下的。三株古樟树，相隔不到百米，五六个或者七八小孩子都围抱不住的树干牢牢地向上撑着比城里的文庙还高大的树冠，遮天蔽日，阳光艰难地从繁茂的枝叶间隙里钻进来，像小电筒似的照射着树下的地面和人、物，以及拴着绳子的水牛，和牛身边的鸡鸭，当然还有狗。金狗崽虽然也是时家村的人，但时家的村狗还是要对着我们狂叫几声的，也许是认出了金狗崽，叫也是表示欢迎吧。金狗崽先是跑回他们的老屋，把他姆妈要他带给亲戚的话说好后，就开始带着我们爬三株古樟树中比较好爬的那株，我在下边用肩膀先帮他垫下脚，等他上去后再用手拉我，我个子小，胆子也没有金狗崽大，往往爬到几米处第一个大树杈后就不敢再往上了。金狗崽继续爬，他说树上的鸟窝里有鸟蛋，掏几个下来煨火吃。还没有等他够得着那隐蔽在高高的树杈上的鸟窝，村里的几个大孩子就杀气腾腾地喊叫起来：

"金狗崽，快急死下来，这株树不是你屋里老祖祖种的，凭么里掏上面的鸟窝？"

"么人说个话，这株树就是阿老祖祖种的。"

"你下不下来？再不下来，阿就用橡皮架打了！"

"你敢打！阿叫南京当官的祖祖派人来把你抓起来。"

"你打电报去叫啊，么人怕啊！"

街上转来的金狗崽与村的细伢崽相骂吵架，自然是村里的大人们来化解。

爬完树，我们也去放龙船的矮屋里玩。比村民住屋矮半截的龙船屋，有二十米左右长，没有墙，四面通风，龙船背朝上反架在几排红石上。我们用手拍打在船板上，发出砰砰的声响，嘴里就会唱几句端午节在信江河沿听来的龙船调：

"划嘞呼划呀，划嘞呼划呀，小娘子，看呀看过来啊。"

这样的撒野玩乐，直到金狗崽的亲戚喊我们进屋吃点心才会结束。吃完点心就该沿着来时的路往城里赶，要是晚了，回家就要挨骂了。

时家的村民自古就以种菜为主，不像刘家村民喜欢养蚕。时家人种的菜都挑街上去卖，就在北街口我家那一带，每户卖菜的女客都会用一块河滩上捡来的大鹅卵石占个位子，以表示这是各自的摊位。有时为了这些鹅卵石的位子变动，女客们会相骂几句。其实，移动卖菜女客占位子的鹅卵石，经常是街上的细伢崽干的，包括我，搬块鹅卵石放进奶奶腌萝卜的瓦缸里。时家人在信江河堤的内侧，春夏种辣椒、茄子、黄瓜、丝瓜、豆角等蔬菜，间或种几垄西瓜、甘蔗、番薯、玉米、花生。秋冬时节，信江不涨水了，河滩低，他们就在河堤外侧种上萝卜、油菜等滥贱的东西。时家人的菜种得好，吃不完、卖不完的，就会腌制、晾晒，然后放入用糯米粉经发酵熬制成的辣酱里，反复搅拌成各种形状，再取出来放进几层叠拢的蒸笼里，用柴火烧出滚烫的热气蒸熟，再排列在比八仙桌还大的竹团箕上，端上屋顶的瓦面上，交给火热热的太阳烤晒成干。这就是味道鲜辣、糯韧香甜、嚼劲十足、回味无穷的弋阳小菜干了。弋阳人用它待客下茶，伴以芝麻米糖，那是绝好的味觉，是舌尖上的享受。

金狗崽的爹，虽吃着银行公家的饭，却也是种菜的能手。毕竟是时家人的后代，天生就会种菜。他管着人民银行的总务，也就是管内部职工食堂和厕所。食堂的泔水，可是喂猪的养料，他每天要挑两桶回家。在弋江镇医院围墙与金狗崽家外墙交会处有个猪栏，金狗崽的娘根秀养了两头猪。银行厕所里的粪尿，更是种菜的好肥料，金狗崽的爹隔三差五地要挑一担出来，不是回家，而是一瘸一瘸地走向西街、走过桑叶桥、走过那片杨树林、跨过葛河支流的浅滩，从三株古樟树下走进时家村，走进村里为

⊙洲上风情

他家保留的菜地。他挑着粪桶，一瘸一瘸的身影，北街口、西街、洲上刘家与时家村的人，都深深地烙印在记忆里，传颂在人们的茶余饭后，成为勤俭发家的典范人物；街上女客当街骂老公偷懒时，经常提到"时老拐"，规劝自己家的男客要像"时老拐"一样发奋。每年过年，时祖祖都会拿些自己在时家菜地里种出的大蒜、韭菜和葱，分给我们这些贴隔壁的邻居家做佐料、包饺子。

祠堂江家，虽然是洲上最大的村庄，但我去的次数最少，因为远，要过西港桥。每次去时家村玩好后，是不会再拐到江家去的。江家村吸引我的自然是位于上只角的老祠堂，用青砖筑就的高高的围墙，合拢着一个足足有一个篮球场大的院子。正门前有一对石狮分坐两边，条石做的门槛很高，要抬高腿脚才能跨进去。坐北朝南的正房是祭祀祖宗和龙王爷、关老爷的地方，两边是厢房走廊，走廊上摆放着新旧两条龙船。每年村里重大的事情都会在祠堂里商议；重大的节庆，都会在祠堂里聚集全村的男女老少。比如端午节那天，祠堂里要摆满酒席，女客都要来祠堂帮工，要煮猪头肉、要杀鸡拔毛、洗菜切菜，要捞饭蒸粿，准备下河划龙船的青壮劳力这天要在祠堂里祭祖祭龙王爷祭关老爷，要大口地吃肉下酒，要脸红耳赤地划拳行令斗酒争胜。然后在全村人的簇拥下、在几万响爆竹的欢送声中，静候了一整年的龙船披着红头巾被青壮劳力抬出祠堂，抬进信江河，蛟龙下水，划向信江大桥，会齐到沿河各乡村参加端午龙舟比赛的队伍中去。

大概是我上小学五年级的时候，学校里组织学生文艺小分队，敲锣打鼓地走过西港桥，在村民们喧闹声中走上了江家村下只角上的戏台。我是文艺小分队的一名队员，我们要在这里演出，要向农民宣传毛泽东思想。那天我姆妈帮我穿上了雪白的衬衣，帮我系上了崭新的红领巾；老师在我脸上、嘴唇上涂抹了弋阳腔演员用的妆粉。我站在戏台上与队友们齐声高唱着《少先队队歌》：我们都是共产主义的接班人……。与我家同住在东街头上的女同学李丽君，因为长着一张漂亮的圆脸，嗓子又尖，就站在前排领唱，教我语文的毛老师在旁边使劲地吹着长长的笛子。台下挤满了祠堂江家的细伢崽、姝里崽，有的流着鼻涕，有的啃着番薯、咬着甘蔗，他们是那么地羡慕着我们。坐在条凳上的女客，有的在奶着啼哭的婴儿，而老人们则嘴里咬着包着铜头的竹烟筒，一边吞吐着黄烟一边不停地咳嗽。那天祠堂江家的农民戏剧演出队也登台表演了节目，不是唱弋阳腔，而是演他们的看家戏《沙家浜》。从祠堂江家演出完回到北街口家里时，街上的路灯已经亮起来了。

这就是祠堂留给我的最初的原始印象。我认识祠堂、喜欢上祠堂，就是从洲上祠堂江家开始的。我从这座祠堂里开始知道了宗族的意思，认识了民间文化的道场。它不同于城里的叠山书院，不同于县府旁边的文庙，也不同于西港桥边供奉佛菩萨的寺庙。

洲上三个乡村人家的风景和人物，以及我与洲上关联的儿时生活，都是四五十年前的往事了。离开家乡，寄居东海上的舟山岛也已经快三十年了。期间也回过弋阳老家很多回，但来去匆匆，虽去过州上，只是到刘家一带看一眼，甚至只是到桑叶桥边眺望一眼洲上人家，更没有时间去时家、去祠堂江家，去寻找儿时的足迹。

时光荏苒，岁月如梭，如信江河水涛涛而过、如葛河的细流涓涓长流。

农历庚子年，也就是公历 2020 年，鼠年。古史有言，鼠年不利。正当中国的老百姓忙着在大门口贴春联准备迎春接福之时，荆楚通衢重地武汉突发瘟疫，一时乱了华夏分寸，中华儿女闭门谢客，宅家度日，团圆的年，憋屈地没了欢声笑语。抗击疫情，成为这个春节最艰难最艰难、困苦的生活。

原本我计划在正月初八返回舟山上班的，因为疫情，滞留弋阳老家了。元宵节的早晨，久违的阳光照射在信江与葛河交汇处的水面上，母亲依在窗前，眺望着二十里外的龟峰，对我说道：

"这回你回来，老老实实在家了，没有到处去蹓；去龟峰的路也封了，连去洲上刘家的新桥也封了。"

母亲知道我的心思，知道我这次回乡想去洲上走走看看。但现在我只能宅在家闷着，只能凭窗默默地望着葛河那边的洲上，望着州上的树林和隐藏在树林后面的乡村，那早晚升起的炊烟总在向我招手，像是在呼唤着我。

正月将近结束时，疫情终于有所好转，关闭近一个月的道路陆续开封，返程在即。临行前一天，我妻子从娘家那边进城来看望公公婆婆，帮我整理衣物。午饭后，太阳有些歉疚似的调高了温度，毫不吝啬地照耀着窗外的风景。我对母亲说，去洲上的新桥开通了，母亲会意，只是叮嘱了一句：戴上口罩，不到村里走人家。

于是我骑着电毛驴，载着妻子，向洲上快速地奔去。桑叶桥因为年久失修，两个桥墩已经破损坍塌，早几年就被政府封闭了。我们是从通往洲上的新桥过了葛河，但我不想去刘家，因为我知道刘家的桑园已经被征用，桑园没有了，大片的竹林没有了，河堤上放牧的牛不是卖掉了就是杀掉了，留守在刘家的人现在只剩下一点可怜的蔬菜地；洲上刘家已经完全不是我儿时记忆的场景。我们沿着葛河的岸边，直接向杨树林后面的时家方向飞奔。一过葛河的那条支流浅滩，就望见了三株古老的樟树。

"你看，那三株树还在！"

"就是金狗崽老家屋里的樟树吗？"

"是啊，我跟你说起过的金狗崽。"

很快就到了古老的樟树下，村口多了块石碑，上面刻写着：蔬菜时家。树下没有老人在聊天，只是停着几辆轿车，树冠之下也没有牛，也不见打闹的村童，只有树上永远会有的鸟叫声，伴奏着风摇曳绿叶的沙沙声。我绕着三株树，前前后后地拍了些照片。但全景拍出好的角度，因为原来聚集在这一带的村舍，那些三榀四进或是四榀五进的杉木架构青砖红石砌墙的弋阳农村民居房已经不见了，取而代之的是钢筋水泥、造型有些欧式但与中国江南乡村风景极不和谐的楼房，而且有些楼房还裸露着外墙使劲地向上伸张、膨胀，挤压着原本属于古树的天空。也许是为了表达自己的怨言，其中的一株古树，高举着已经枯死的树干，在天空下申述着，显得有些凄惨。沿着河堤继续往前走，那间长长的矮屋还在，时家人的龙船正在里面休眠，等待端午节的锣鼓声。我们不进村里面，而是经过河堤的缺口，来到信江河边，对岸的文星塔高耸在岩石上，几个渔夫坐在竹排上垂钓。正在这时，河堤内侧的蔬菜田里走来一个壮年农夫，他挑着满满一担带着泥土的大蒜走向河滩。在他经过我身边时，我下意识地把口罩赶紧戴上。

"戴么里口罩啊，你放心大胆好了，这里又不是县城里的菜场。"

农夫有些调侃地对我说着。我尴尬地取下口罩，自嘲似的笑道：

"是啊，话的对。今年的年过得憋屈啊！"

"阿喜的从义乌打工转来早，不然的话就踩到屎喽。"

"阿也是从浙江转来过年，现在转不去了。今朝天气好，好久没有到洲上时家来嬉了。"

"看你样子，比阿大，要喊你叔。叔以前到过时家嬉过？"

"小时间经常来嬉，跟东街头上的金狗崽一起。"

农夫在水边放下担子，把装满大蒜的竹簸箕往浅水里固定，听我提起一个熟悉的人名，便抬起头直起腰，看着我说道：

"你是话时老拐的崽啊，金狗崽当兵退伍后在铁路上做事。"

"时老拐还在世吧？自从东街拆迁，阿已经好多年没有看到过喽。"

"在世在世啊，身体好得很，前几年还看到他挑粪桶。"

"还挑粪桶？他一辈子都放不下啊！"

"就是这样的命啊，他喜欢，不种菜人就会难过。"

我注意到这位时家农夫的脖子上吊了根金链子，链子上还坠了个金十字架。看样子在浙江义乌打工是赚到钱了。

"你在义乌做生意做了几年了？"

"阿里啊，在义乌前前后后做了快二十年。先是打工，在市场做搬运工，后来慢慢就接肉卖，在市场租摊位卖猪肉。"

"你发奋，脑筋好，想到自己做生意。"

"叔，农村人没有办法啊，靠几口田，饭都吃不饱啊，要养爹养娘，要起房子，娶媳妇，供小鬼读书，样样事情少不了钱。现在钱又不值钱。像水浒传，逼上梁山，只有出门，村里劳力基本都出外打工，去福建、去广东，去浙江的最多。叔，你在浙江哪里做事？是单位上班吧？月月拿工资，有保障啊。命好啊！"

我与农夫的聊天，被他儿子喊吃饭的叫声打断了。望着他翻过河堤的身影，感想着中国农民背负着的生活重担与诸多的无奈，都缩影在洲上时家一位普通农民的身上。

我带着妻子，返回河堤上，缓缓地从三株古老的樟树下经过，告别了时家村。我没有按原路下葛河的浅滩，而是继续往祠堂江家的方向赶着电毛驴。也就几分钟，就到了江家的祠堂边。因为时间不够，我们没有下河堤进村进祠堂，只是驻足观望着，寻找儿时记忆中的景物。江家的祠堂有翻修过的痕迹，原先那些杉木架构青砖红石的村舍也如时家村一样被各式各样的钢筋水泥楼房替代了，只有下只角上还保留着几幢已经破败不堪、长满藤草的旧房。村外的田畈上支满了蔬菜大棚。

妻子坐在后座上说：

"帮我们带过三个月崽的春英，就是祠堂江家的姪里崽，不知道现在哪里？"

"阿崽都三十三岁了，带过他的春英想必也早做了奶奶或者外婆了吧？！"

"真有点想看看她！"

"以后找机会吧！"

带着些许的遗憾，也带着憋屈中的无奈，我们离开了洲上，离开了弋阳老家，在疫情防控的间隙里，悄悄地返回到了我们已经长时间寄居的"海中洲"舟山。

只是东海上的洲，是岛，四维是海，不是我魂牵梦绕的信江与葛河相交而成的洲，这里没有我儿时的记忆，没有洲上人家的桑园、古树、牧笛、炊烟，和伙伴们的身影……

2020 年 3 月 4 日，于舟山凫石书斋

⊙信江与葛河交汇处的洲上

"兰姆帕斯"号来了

江海帆已远

　　小时候，我在家门口的城墙上看信江河里往来的帆船。上大学时去了省城南昌，站在"八一大桥"上看赣江上冒着烟的机帆船和喘着粗气的拖轮，拖轮屁股上跟着几条装满水泥、沙子、砖头的运输船；1984年春天，学校安排我们到九江县江洲垦殖场做毕业前的社会调查。于是我平生第一次看见了长江，从古代诗词文章中走进现实中的长江、登上了鄱阳湖与长江交汇处的石钟山，站在900多年前宋代文学家苏轼曾经驻足吟咏的亭台楼阁上，看见了江上往来的轻舟，看见了比信江、赣江上更大的船只。我在石钟山对面的江洲上，架起了画架子，画那些饱含着诗情画意的风帆，而不画黑乎乎的铁壳子货轮；那时所作的水彩，至今收藏在我的画箱里。这是几十年前的往事。

　　1991年底，我离开江西，从江、河、湖泊里走向东海，从红土地急切地跳入蓝色的海洋，举家迁徙到舟山海岛。从内陆来到海岛，生活的场景换了，眼前似乎开阔、明朗起来，心胸似乎被海撑大了，可以任由海鸥振翅飞翔搏击海天了。

　　1993年2月11日，春节刚过。海风还带着刺骨的寒冷，扫着海面，裹挟着舟山群岛岙山岛。我随舟山市党政军主要领导，站在舟山刚刚建成的第一座20万吨级油轮码头上，迎候一艘来自遥远的英国油轮"兰姆帕斯"号。这艘31.8万吨的油轮装载着17.8万吨原油，从英吉利海峡开出，途径马六甲海峡，驶入中国海域，第一次直接靠泊中国的原油装卸码头。我作为舟山日报社的摄影记者，将见证并记录这一时刻。

当"兰姆帕斯"号从公海驶入中国舟山海域，按国际惯例，由舟山的引航员沃棉康登船引航，巨轮紧跟着舟山港派出的7艘拖轮，缓缓地驶入桃花岛与虾峙岛之间的虾峙门国际航道，向岙山码头由远而近地靠拢过来。

我爬上了岙山码头20多米高的消防铁塔上，先用长镜头拍航道上的"兰姆帕斯"号，等它渐渐靠近时，赶快换上广角镜头拍。当时感觉现场的气氛很紧张甚至有点窒息。毕竟刚建成的码头是第一次投入使用，毕竟这是中国的码头第一次靠泊超级油轮，是否能安全顺利地靠泊，大家心里还是有些担忧。

"兰姆帕斯"号自身的动力早已经关闭，现在完全依靠舟山的几艘拖轮前拉后拽地向码头靠泊。当工人成功地将"兰姆帕斯"号的第一根缆绳系上了岙山码头，当这艘庞大的海上"巨无霸"在轻微的颤抖中紧紧地吻住中国的码头时，现场的人群兴奋起来，凝固的空气顿时舒缓开来。因为是油轮，现场没有鞭炮的炸响、没有烟火的腾飞，只有大家的击掌欢呼。

我随后登上了"兰姆帕斯"号，站在驾驶室巨大的舵盘边，凭窗向外看去，船长在介绍这艘海上的"巨无霸"，长360多米，宽60多米。也就是说，比我江西弋阳老家的信江大桥还长几十米、还宽几倍多；那高高的驾驶台，就像我家旁边的叠山书院里的望江楼。

我算是开了眼界了，原来海洋是那么的无比广阔，原来海洋的力量是那么的无比巨大，原来海运是那么的漫长而四通八达，原来海洋把地球的陆地那么紧密地联系在了一起。

我由此浮想联翩，追忆起历史往事来。

1840至1841年间，英国的远征炮舰多次进犯中国，并两次攻陷舟山，大清王朝的葛云飞、郑国鸿、王锡朋三位总兵与几千将士浴血奋战却终于敌不过坚船利炮，阵亡在定海城头。这就是令中华民族屈辱了一个半世纪的鸦片战争。我在多个清明节曾去定海的竹山，带着酒、带着香烟、带着菊花，祭奠长眠于此的大清国的将士英灵。

20世纪70年代末、80年代初，随着中国的改革开放，中国的国门，由长期的封闭缓缓地打开，这是几千年封建制国家的国门在打开，是内陆农耕文明向海洋文明打开门户。这是历史的必然，是中华民族凤凰涅槃似的顿悟觉醒与浴火重生。炎黄子孙必须义无反顾地走向海洋、向海而生，承接上几百年前郑和开辟的海上丝绸之路，让民族复兴的希望之舟驶向远海、驰骋大洋，去与世界其他民族、其他文明、其他国家交流互鉴，共同创造和平、繁荣的未来。

舟山地处中国的海岸线中段、长江等内河水道的入海处，自古就是中国的海上门户。在国家的开放、海洋的开发中，自然就成为热土，成为中国海洋经济的重要区域。从此，舟山港门户大开，石油、矿砂、煤炭等大宗货物从四通八达的航道上源源不断地进来；内陆生产的各类商品又由此源源不断地运往世界各地。

在舟山，我听说过民间有这样的说词：鸦片战争如果不打，舟山老早就开放了，也就没有香港了，都怪清政府，怪道光皇帝、怪慈禧老太后。

在舟山，我还听说民间有这样的说词：葡萄牙人早在明朝时就在六横岛开辟了双屿港，如果大明王朝的皇帝老爷不搞什么"海禁"，不赶走洋人和倭寇，舟山早就是世界大港了。

这样的话，听得耳朵发懵、听得头脑发晕、听得怀疑起历史的真伪与时空的吊诡来。

假如历史可以重来，郑和的船队不是带着茶叶、丝绸、瓷器，而是装上我们祖先发明的火药，带上火枪与利炮；不是去传播以和为贵的中华礼仪，而是去掠夺财富、贩卖奴隶，世界的文明历史将如何走向？世界的列强霸主将由谁来主宰？

可是，历史没有假说，时间不会倒转，人物不会从坟墓里爬起来说，我们重新来过吧。

倒是一句古话是真理：三十年河东，三十年河西。

时来运转，二十一世纪炎中华儿女将迎来又一次崛起。

⊙兰姆帕斯号靠泊舟山岙山岛码头

且看，号称"永不日落"的大英帝国，夕阳早已经拉开他们渐行渐远退出历史舞台的帷幕。

且看，自明治维新以来，追随西方，妄想称霸亚洲的大日本帝国，随着抗日战争和太平洋战争的硝烟散去，大和民族还在战败的泥潭里徘徊，还沉浸在疗伤的悲哀之中。

且看，矗立着"自由女神"雕像的美利坚合众国，含着泪水眼睁睁地看着"双子楼"的轰然倒塌……

27年前，"兰姆帕斯"号靠泊舟山，只是一个标志、一个信号。从那以后，舟山群岛乃至中国万里海疆，到处都在兴建港口码头，畅通航道，新的"海上丝路"正急切而热烈地向世界招手呼唤。

马迹山岛矿砂码头、鼠浪岛矿砂中转港、册子岛原油码头、老塘山散货码头、六横岛煤炭码头、金塘岛大浦口集装箱码头，以及小洋山岛建成上海国际航运中心、中国江海联运中心落户舟山，舟山已经成为中国的最大的深水良港，已经成为世界性的大宗货物中转港，舟山再也不只是个渔场，不只是交易鱼货的渔埠了。

鸦片战争时，由大英帝国炮舰在舟山拉上的羞耻布，早已经被中国人民撕去。

150 多年以后，由英国"兰姆帕斯"号油轮靠泊舟山群岛岙山岛原油码头见证的新舟山，是个开放的舟山，是中国开放的一个的门户、一道魅力无穷、前景无限壮阔的风景。

前年，因浙江省举办"大潮起之江—庆祝改革开放 40 周年图片展"的需要，我再次来到岙山岛；但我无需再攀登消防铁塔，也无需攀登十万吨级的储油罐，我只是让身边的儿子把"大疆"无人机放飞到海天之上。

但见天穹之下的整个岙山岛，从原来十来个储油罐、一个油轮码头，建设成为中国最大的石油储运基地，几十个 10 万吨级的储油罐遍布岛中，排列在海岸的码头正接卸或过驳着从世界各大油田源源不断而来的油轮。岙山岛正面的海域上，还有几艘东海舰队的"中华神盾"舰正劈波斩浪地向舟山的虾峙门国际航道、向祖国的东海、向西太平洋航行。

"崽啊，还记得你小时候，我讲过的'兰姆帕斯'号？"

"兰姆帕斯"号靠泊舟山的时候，我儿子才 6 岁。我曾经把发表在报纸上的"兰姆帕斯"号照片给他看过。

"记得的，你后来还多次说过，说你站在码头上的消防铁塔上，腿都在发抖。"

"现在好了，不用爬高了，你飞一飞，就像海鸥似的。"

"老爸，那时你年轻，还有胆子；现在，我按几下按钮，轻轻松松就搞定。"

"兰姆帕斯"号早已经被废弃、拆卸了。

舟山港，却在日夜不停地靠泊着满载原油、矿砂、煤炭、木材、粮食的远洋巨轮。

2020 年 3 月 26 日，于舟山凫石书斋

小洋山岛放风筝

在我的剪报档案里，有一张发表在《人民日报》（1995 年华东新闻版）上的照片，一群小洋山岛希望小学的孩子们，由老师带领着，在岛的山上放飞着几只风筝。

我已经有些老花的眼睛，久久地凝视着这张剪报，凝视着这张已经发黄的照片，凝视着照片里的那群孩子。

那是 25 年前春天里的一次采访，我从舟山本岛乘船经嵊泗县泗礁岛换船中转到大洋山岛，再由大洋山岛乘渡船摆渡到对面的小洋山岛。行程耗时一天半，才到达这个舟山群岛最西北角上的边远小岛；这个东海上的小洋山岛，离上海已经很近很久，天气晴朗时，可以从岛的山上望见上海南汇的影子。

我是第一次踏上这个只有几十平方公里的悬水孤岛，去寻访岛上的渔家，寻访岛上唯一的一所学校——小洋山希望小学。码头上堆满了需要织补的渔网、生锈的铁锚、定置张网的毛竹杆，还有几辆搬运鱼货也带拉人客的三轮车。老旧的海塘围拢的渔港与滩涂上，散停着十几艘渔船，不长的海岸泥沙滩上倒扣着一只木质渔船，几个船工正在用火烘烧着船底上寄生的海草。小洋山渔民的房子是用山上的花岗岩石头砌的，村街上的道路很窄，也是用一条条长短不一的花岗岩石头铺就的。不知谁家的几头猪从猪圈里跑了出来，拥堵在村街上，是来欢迎远道而来的客人吗？还是想走出来看看热闹呢？

正是午饭时分，我随意地走进街边的一户渔民家中。一个中年渔民正和自己的妻儿围坐在小矮桌边吃饭。桌上的菜有小带鱼干、淡菜、腌制的墨鱼蛋等。看见陌生人走进来，渔民有些惶恐。

"吃饭了？下饭好吧？"

"侬看看，下饭老苛，海里弄点吃吃。"

"生产好不？"

"甭讲了，现在海水不对啊，鱼是越来越缺了！"

正聊着，来接的乡干部把我拉了出来，催我去吃饭。那天的午饭是一桌小海鲜，吃着梭子蟹，我内心有些惭愧与不安。

小洋山希望小学在村街的尽头。听说有记者来采访，校长忙了一上午准备材料。见面后，我接过材料，并没有看。我问校长今天学生有什么活动，有点紧张的校长连忙说，今天正好要组织高年级的学生上山去放风筝。

于是我跟着老师和学生来到了学校后面的小山上，在一座寺庙旁，看着孩子们开心地放飞起风筝来。当时的天气并不很好，有些灰雾，能见度不高；但风却正好，可以托起风筝的翅膀，让几只风筝在这个边远的海岛上飞翔起来，让这所希望小学的孩子们放飞着心情、放飞着春天的梦想……

21 世纪伊始，浙江省与上海市达成协议，浙江将小洋山岛租借给上海。中国最大、最现代化的都市上海，将在小洋山岛兴建国际航运中心，一个世界级的集装箱港口。这是国家经济发展的迫切需要，是一个战略性的举措。

小洋山历史性地迎来大拆迁。几百户渔民怎么办？经过多方协商、谈判、争吵、上访、妥协，小洋山渔民安置的大难题暂时得到解决。一部分渔民不愿离开海洋海岛，迁往了嵊泗县本岛泗礁岛和大洋山等岛；还有一部分渔民，选择彻底地离开海洋、海岛，举家登陆上岸，在上海的南汇安置新家、谋求新生。无论是何种选择，对于世世代代在这里的渔民来说，都是艰难与痛苦的，都会有后遗症，都留下了抹不去的伤痕。

几年后，当我再次来到小洋山岛，已经不能登岛，一场声势浩大的港口工程建设，正在小洋山岛及其周边海域展开。嵊泗县大洋山镇政府派出一条渔船，载着我向东海大桥施工作业海区驰去。那天有风浪，渔船摇摇晃晃地艰难前行，我趴在船头，海浪一阵一阵地拍打浪花，从我身上飘过。我开始晕船呕吐，船长大喊着叫我回驾驶室来。但我坚守在船头，在风浪的间隙里，举起相机。但见一长排的桥桩如定海神针似的牢固地扎在海底，主桥塔柱高耸入云，作业船只穿梭在海面上。我把一整卷胶片拍完才示意船长调转船头回港。

2005 年 5 月，32.5 公里的东海大桥建成通车；同年底，上海港洋山国际航运中心一期工程建成投产。

这一年我两次来到了小洋山岛，一次登岛了，另一次是在天上鸟瞰。

昔日的海岛渔村不见了，连影子也没有了，只有山上那对花岗岩姐妹石还在。原来的渔村、海余、岛礁变成了比几百个足球场还要大的集装箱堆场，向海里延伸的码头上林立着数也数不清的大吊车，几艘巨大的集装箱货轮停靠在码头上，卸载着来自世界各地的集装箱，或是吊装着发往世界各地的来自中国各地的集装箱。我在执行直升机航拍任务时，从空中鸟瞰整个小洋山岛和港区、追拍着远洋而来的巨轮缓缓地靠向码头，追拍着无数的集卡车穿梭在如一条巨龙般的东海大桥上。

许多人来到小洋山港都会站在姐妹石前照相留念。而我却在追忆小洋山希望小学，追忆那群在春天里放飞风筝的孩子。

你们现在在哪里？

是在追随祖先父辈的足迹，继续以海为生，海里来海里去吗？还是改变了祖先父辈的人生轨迹，弃船离海登陆上岸，另谋新生去了？

你们当年放飞的风筝、放飞的希望，是否飞到了理想的彼岸？

我真想再作一次采访，去寻访小洋山希望小学的那群孩子，去看看已经30多岁的他们，问一声：

你们是否记得小洋山岛？

是否记得你们海钓、游泳、摇橹玩耍、学补渔网的那片海湾？

是否记得你们在岛的山上，放飞过风筝？

2020年3月18日，于舟山凫石书斋

⊙小洋山希望小学的学生在岛山上放飞风筝

⊙小洋山的姐妹石见证着这个岛的变迁

梦见了奶奶

我是个晚睡早起的人，今天却多睡了 1 个多小时。退休在家的妻子已经做好了早饭来叫我，我才从梦中醒来，恍惚之中，我轻轻地说道：

"阿眠梦见到了奶奶。"

"那是你奶奶想你了！去年清明节，你没有给她扫墓；何况去年奶奶的墓还迁移过。"

去年春节过后，我奶奶的墓随同我孔家爷爷的墓被政府强令迁移，从城外东门岭、从信江河北岸山岭上的松树林，迁往城南很远很远的公墓里去了；同时被迁的还有我老丈人的墓，还有这个古老的县城里许许多多老人的墓；因为政府要搞"一江两岸"，要建信江河上的第四座大桥，需要把东门岭这个弋阳人民的风水宝地征用去。

迁墓的时候，我不在老家，我父亲因病滞留在上海。一切事项都是我小姑姑、小叔叔他们在老家张罗。我是长孙，却因为身在舟山海岛，因工作之故不能回乡，没有尽到孝心、出过劳力，心里一直是歉疚、不安的。

去年 3 月底我出差到江西鹰潭参加会议，会后正好顺路回了弋阳老家，准备清明节给奶奶、爷爷和老丈人祭扫新墓。4 月 1 日，我接到单位办公室通知，说市委巡查组 3 日进驻我们单位，要开动员会议，让我 2 日前返回。我回复说，已在老家，清明节扫墓后返回。几分钟后，单位某领导直接拨通我的电话。我把老家扫墓的事情详细陈述后，请领导理解一下。

但话不投机，言语不和。连我快 80 岁的母亲也被惊动了。

"崽啊，从小到大，我都没有看过你跟人家争吵，你今天怎么了？"

是啊，我今天怎么了？我离开老家出外工作已快 30 年了，我也已经是 58 岁快退休的人了，一辈子勤勤恳恳工作，从来没有休过一次探亲假。这次已经回到老家，准备给几个过世的老人家扫个墓，尽尽一个游子的孝心，却要我连夜赶回千几里之外舟山，参加一个动员会，这个会少了我就不能开了？我不过是一个普通的职员，到不到会，顶多只是个无关紧要的人数问题；而扫墓，对于一个中国人来说，却是大事情。

很是无奈，在老父亲、老母亲，还有老丈母娘，还有我姑姑、叔叔们地劝说下，我急匆匆地搭乘高铁到杭州再转大巴去舟山。一路上郁闷无语。我枯坐在车窗前，眼睛和外面的天一样潮湿，心情和外面的风一样阴冷。我想念起我奶奶来。

我奶奶出生在葛溪过港埠陈家，有一个弟弟和两个妹妹。她从小帮着家里做家务，没有读过一天书，个字不识，18 岁嫁给我爷爷。1941 年日本鬼子的飞机轰炸弋阳县城，她的嫁妆随着北街口的房子被火一起烧没了，为此她责怪我正在拉痢疾的爷爷，说我爷爷没有用，光知道逃命，没有把她的嫁妆抢救出来。后来我爷爷一病不起，在 25 岁那年就走了。20 岁的我奶奶成为寡妇，怀里抱着 5 个月大的我父亲。

守寡的我奶奶，带着我父亲回到娘家。好在我爷爷的父亲、也就是我的老爷爷，活着时在乡下买过点水田山地，靠着微薄的田租钱，慢慢地修复了北街口的房子，勉强过活着。1949 年，新中国成立了。土地改革后，维系我奶奶和我父亲生活的那点田租也就没有了。为了生存，我奶奶带着我父亲改嫁给了贵溪县来弋阳谋生的石匠师傅，后来生了两个女儿、两个儿子，其中最小的儿子，也就是我小叔叔，只比我大一岁。听我母亲说，我小叔叔出生后，我奶奶已经 40 多岁，没有奶水吃，等我出生了，小叔叔就和我一起吃我母亲的奶水。

　　我是 1963 年出生的，成长于"文化大革命"时期。也许是动乱年代的缘故，我记事很早。十年"文革"中的艰难岁月，我记住了一些事：

　　我奶奶经常去拉平板车，到城南的凤凰山采石场去，把我爷爷和大叔叔们开采出来的红石，搬运到城里；有时也到大南门的码头边拉沙子、到弋阳火车东站拉水泥、到朱坑人民公社去拉砖头。

　　我坐过我奶奶的平板车，跟她去过采石场，看过我爷爷、我大叔叔在太阳底下挥舞着铁榔头，一下一下好像永不停止地击打着一根长长的钢钎；我看过他们破烂不堪、被汗水浸湿的背心；看过他们赤着脚，用毛竹杠、铁锁链抬着四四方方的红石头；看过我奶奶拉着装满红石头的平板车，一步一步地，喘着粗气，在沙泥路上艰难地行走，她的汗水总是擦不干净。有时，我和我的小叔叔也在后面帮着推车，更多的时候，我是被奶奶放在车上的红石头上的，手里还会有一节甘蔗或半只番薯。更多的时候，我是放学后到奶奶家蹭饭吃。我坐在柴火灶前，帮着奶奶添加柴火。那些柴火，是我爷爷带着大叔叔、大姑姑们拉着平板车，到很远很远的乡下去山里砍回来的。奶奶要准备一大家人的饭菜，也是手脚不停地在忙碌着。看到我放学回来，她就会让我去打酱油、买盐，并嘱咐我剩下的零钱可以买几个水果糖、或是几块小饼干。但我从小就不贪吃，我总是把找回来的邹巴巴的纸钱还给奶奶。奶奶每烧好一道菜，起锅前总会用锅铲勺点汤汁让我尝尝咸淡，有时就盛碗饭让我赶快吃好回自己家去。我懂奶奶的意思。我总是尽量地回父母家去吃饭。我至今记得我奶奶烧的菜，是那些菜汤让我的舌尖记住了奶奶烧的菜，也没有什么好菜，更没有山珍海味，不过只是辣椒蒜子炒茄子、红烧南瓜，或是从瓦缸里捞些腌泡过的萝卜、洋姜放菜油抹过的铁锅里翻炒一下，还有用荷叶垫底或用南瓜叶包起来蒸的芋艿，有时也做咸肉大蒜炒大禾米粿。如果有米粉蒸肉、红烧鲤鱼或是冬笋炒狗肉，那就是过年过节了。我还记得奶奶烧饭时常唠叨的一句话："喉咙深似海，灶口大如山。"

我是早婚，23 岁便成家了。儿子出生的时候，我奶奶已经快 70 岁了。四世同堂，又是孙子，奶奶很高兴，逢人就说：

"金线钓蛤蟆，我为洪家续了香火。"

意思是说，我老爷爷只生了我爷爷，她跟我爷爷生了我父亲，我父亲跟我母亲生了我，我跟妻子生了儿子，四代都是单传，是一根金线钓起来的蛤蟆。

因为高兴，她把我妻子安排住到她家做月子，由她亲手照顾。那时我奶奶家已经从东街拆迁到了城东北的碧落山上。离弋阳城老古迹"碧落洞天"不远。奶奶让我从杂物堆里找出了类似摇篮的木摇桶，又买来烘尿布的竹编大笼子。产妇一日午餐，都是我奶奶亲手做的。因为是腊月，她每天还要把我洗好的尿布翻来覆去地烘干，有时我上班来不及洗尿布，她还会帮着我把换下的尿布洗刷好。出大太阳的日子，他会把婴儿放进木摇桶，在阳光里一边摇啊摇、一边说着她的陈年往事，有时也会哼唱几句弋阳腔戏文里的歌词。

我奶奶年老以后，也有娱乐的时候，她虽然是个文盲，但她会打麻将、会打我一点也看不懂的纸牌。她的麻将水平常受到左邻右舍的邻居们的称赞，想从她手里赢几块铜钱，是件并不轻松的事情。每年过年，我们孝敬她的长寿钱，她怎么也用不完。我们这个大家庭公认她是家族麻将娱乐委员会的委员长。我和我妻子的一点麻将技巧，就是我奶奶传授的。

我记忆中，奶奶拉平板车时就开始抽烟了。因为常年抽烟，她一直有严重的呼吸道顽疾。她咳起来时，我总是替她难受。

二十世纪的末年，最后一个春节，我们都在老家过年，在陪伴久病不愈的奶奶。正月初八，我守候在床前，奶奶终于走完了她的一生，无比艰辛、无比劳累、无比清贫，而把一个女性全部的爱无私奉献给家人的一生。

这个古老城市，一条老街上的，一位平凡、勤俭了一辈子的女人，带着晚年子孙满堂的福报，安详地走向天国。我们抬着她的灵柩，由铜锣、鞭炮开道，由我的儿子端着我为奶奶制作的遗像在前面引路，沿着她生活了一辈子的东街进行巡街。最后在东门岭上的一片松树林里、在可以看见信江河日出的地方安葬好，旁边有她先她而去的弟弟，有东街上的老邻居。我姑姑、叔叔把她常用的麻将和纸牌也放进了墓穴，让她想打麻将、打纸牌时，有人陪着她玩。

而我却在清明节前被强令召回舟山，只能在这漫漫的长途上，回忆着我无限思念的奶奶。

3日下午，会议如期召开，几个官员在会上分别作了动员报告，半个小时多点散会；单位领导对我说，你可以回老家去扫墓了。

我连夜赶了千里之路，回到单位开了半个多小时会，只是凑了个开会的人数；现在放我假，让我再赶千里之路回去扫墓。真是无语了啊！

去年清明节的扫墓，就这样黄了，让我耿耿于怀了一年。

没有想到的是，今年的清明节，不知怎么去扫墓？

春节前突发的这场瘟疫已经持续了一个多季度、百余天时间了，而且不知什么时候能送走瘟神。不仅是我们中国，瘟疫已经在全世界160多的国家间泛滥成灾；本来国内已经有所好转的形势，现在面临着再度大爆发的危机。

死去的人，需要缅怀、祭奠；活着人，现在惶惶不可终日，更需要疗伤、抚慰。悲哀、郁闷、愁苦、愤懑、无奈，人类活着，前所未有地处于绝望之中；封城堵路、宅家隔离、逆行抗疫、科研制药，人类活着，也前所未有地处于奋战、抗争之中。

相信这场瘟疫一定会被全人类剿灭、会被战胜；相信我们民族会在灾难过后重新焕发出勃勃生机。

今年的清明节，我肯定无法回乡，无法去给我奶奶扫墓，无法去给我奶奶烧些纸钱、递上香烟、洒点酒水。

我想我奶奶一定知道，这世上正行走着瘟神恶魔；她一定不会让我出来坐汽车、坐火车，赶一千多里路程的；她一定希望我宅在家里，守着她传续的血脉，平平安安地度过这场劫难。

我在内心深处，在遥远的东海上，面朝故乡的方向，对我奶奶的在天之灵，轻轻地说一声：

"奶奶，我一定会回来，给您烧香的……"

2020 年 3 月 30 日，于舟山鱼石书斋

⊙夏日的信江河

"春日丸"号的桃花缘

前些天，正值国外疫情大爆发的时候，"原乡"微信群的朋友转发了一条信息给我，说舟山市向日本气仙沼市赠送了两万只口罩，以表达友好城市的一点心意。

这使我打开了一页尘封已久的记忆。

1993 年春节前夕，舟山日报社派我去桃花岛采访来舟访问的日本客人。

那天，我一大早就赶往了沈家门墩头民间码头，搭乘"桃花"号客轮前往舟山本岛以南大约 10 海里远的桃花岛。

位于桃花岛对峙山下、塔湾沙滩上的庵跟村，这天一早就有些热闹，村民们事先得知今天有日本人要来，有些好奇、有些兴奋，许多男女老少聚集在村委会的门口的村脊上，一边等候着，一边议论着：

"日本人来，做啥来啊？"

"听说，今天来的日本人，是我们老祖宗救过的日本船员的后代，说是要谢谢桃花岛人。"

"谢啥啊？有啥好谢？"

"是嘛，日本都是坏人，侵略阿拉中国有两次。"

"谢，甭谢了，道道歉还差不多。"

尽管老百姓这么说着，但他们都想看看究竟。

当日本客人终于出现在庵跟村时，看热闹的村民中，有些人鼓起掌来。

来的日本客人是父子俩，父亲叫佐藤亮辅。经外事人员介绍，他是日本宫城县气仙沼市人。公元 1752 年 11 月，也就是 240 多年前，一艘名为"春日丸"号的商船，装载着烟草、海货、粮油等货物，从气仙沼市起锚开往千叶县，途中遭遇风暴，失去了动力，在海上漂流了 4 个多月，绝望之际，在中国的桃花岛塔湾海域被当地渔民发现并成功将"春日丸"号拖上海滩。当时已经奄奄一息的 13 名船员，踏上了中国的土地，被安顿在海边的白雀寺内，得到救治、给养，得以重生。后经多方努力，辗转回国。

佐藤亮辅，就是那获救的"春日丸"号船长的第八代孙。他随身带着一本他祖先写的《春日丸漂流记》，还带来了他的儿子，也就是"春日丸"号船长的第九代孙。他们遵照祖先的嘱托，来中国寻访桃花岛，实现祖先临终时的夙愿：

"一定要去桃花岛感恩，要世世代代记得这份救命的恩情。"

佐藤亮辅父子在庵跟村委会门前，紧紧地握住几位 80 多岁老渔民的手，一再地弯腰鞠躬，不停地说：

"谢谢你们，谢谢你们的祖先救了我的祖先。没有你们祖先的仁爱，就没有我们佐藤家族的今天。这里是我们佐藤家的再生之地。"

穿着整齐的庵跟村几个老渔民也不停地回礼道：

"没什么的，海里救人，是阿拉做渔民的天性，应该的，应该的。"

"看见海里有人，总是要救的，不管是么人，是人统要救，阿甬谢，阿甬谢。"

我在现场不停地拍摄着、记录着，也被眼见的情景感动着。

随后，佐藤父子又特地走向塔湾海滩，走向他们的祖先登陆获救后跪拜过的沙滩，海潮轻轻地一遍又一遍地抚摸着、湿润着沙滩。

他们父子俩也跪在了海滩，用双手掬起了海沙。佐藤将桃花岛的沙子捧在脸前细细地看着，他熟悉这沙子，因为他告诉我们过，他的祖先当年

⊙佐藤父子漫步在桃花岛塔湾海滩

获救回国时，曾包了一袋桃花岛的沙子回去，那袋沙子至今还珍藏在家中。

他们凝望着大海，海风吹拂着他们的衣领、头发，吹拂着他们的思绪，把他们的思念带回到遥远的年代。佐藤亮辅一直在跟他儿子说着什么，又不时地面朝着大海说着什么。

我远远地站着，并拍下这幕情景。我想，这对日本父子，搭乘飞机、汽车、航船，不辞辛劳地来到桃花岛，来到庵跟村的塔湾海滩，一定是在告慰他们的祖先，一定是在跟他们的祖先说：

我们来桃花岛了，我们来感谢这里的人民了。

从这次舟山桃花岛感恩之旅以后，佐藤亮辅后来还来过很多次舟山。他促成了日本气仙沼市与舟山市结为友好城市，促成了舟山市与气仙沼市的渔业合作，以及文化艺术的交流。舟山定海公园内有块石碑，记载着这段中日交流的友谊。气仙沼市有个舟山展示馆，介绍着舟山的人文历史。桃花岛的白雀寺几经修缮，现在香火也越来越兴旺了。

由佐藤亮辅赠送的"春日丸"号仿古模型，收藏并展示在舟山博物馆中。

我也收藏过一份特殊的礼物：日本最大的报纸《朝日新闻》的样报，上面刊登了我在桃花岛拍摄的一张新闻照片，佐藤亮辅父子与桃花岛渔民在一起。我从来不向国外发稿，是日本《朝日新闻》转自中国《人民日报》的新闻稿。

2020 年 4 月 9 日，于舟山凫石书斋

补习班的女同学

1979 年高考落榜后，我和戴武林、武仪婷等几个弋阳中学应届毕业生，背着棉被和书包，手里提着篮球网袋装着的搪瓷脸盆、饭碗和印着雷锋头像的杯子，花两毛钱买车票，从火车东站搭乘最慢的绿皮火车，向东行驶 20 里，来到一个小小的车站，怯生生地走进红土坡上一片低矮的平房，大门口上挂着"朱坑中学"四个铁皮大字，开始将近一年时间的高考补习生活。

学校围墙外，初秋的田野和山林，那渐次收割的水稻，一垅一垅的，正散发着稻草的香味；几株枫树，在朝阳与落日的时候，正抓紧印染着温暖的红色；山坡上低矮的油茶树林里，不时地会串飞出成群的麻雀，发出叽叽喳喳的叫声。

高考落榜的郁闷，似乎在这样的环境里得到了暂时的、些许的舒缓。但学习的艰苦，还有住由牛栏屋改造成的男生宿舍、吃食堂没有油花的水煮白菜、海带、冬瓜的艰苦，远远超出了我们的承受能力。内心的苦闷、伤心，常常让我躺在牛栏木架子床上默默地流泪，一边流泪，一边裹紧身体，忍受着无法饱餐的饥饿与那年冬天的寒冷。

我们倍感幸运的是，也是我们终生都会铭记的是，在这所农村中学里，有几位好老师，教语文的张荣金、教数学的张顺忠、教历史的涂一清等等，他们都是人格高尚、学养深厚、亲切平和的老师，他们原本不在农村教书，是因为"文革"中莫须有的"问题"，被惩罚到农村来的。对于我们这几个从城里来的补习生，特别关爱，既为师，也为父，让我们受伤的心灵，得到温暖，特别是在这样贫穷落后条件艰苦的环境里，是他们给了我们鼓励和信心，而不仅仅是书本上的知识、试题的解答。

在我的第一本散文集《锣鼓铿锵》里，有一篇文字，特别地怀念了张荣金老师，他的七十岁生日是我们补习班的同学操办的；他的骨灰，是我和几位补习班的同学，遵照张老师的遗言，帮着撒向滔滔的信江河水里去的……

在这个补习班里，有几个女同学，我们泼泼子喜欢喊她们姊里崽，至今还是这么喊的。家住城北葛河北岸大树村的李春兰，一个十分纯朴、腼腆、安静只顾发奋读书的乡下姊里崽，也考文科，张荣金老师安排我与她坐一张桌，成了同桌的男女生；武仪婷同学，在弋阳中学时就与我同班，活泼、开朗、漂亮，而且心思大，颇受班主任宁辛老师喜欢，高考落榜后与我相约来到朱坑一起补习；刘莉琼同学，街上比较调皮的姊里崽，心直口快，叽叽呱呱的，有她在，就有零食吃；傅桂英同学，家住葛溪苏塘火车站，是在葛溪农村中学毕业的，因为是铁路子女，在当时的农村有些优越感，鼻子翘得高，喜欢听收音机，歌唱得好，差点被文艺学校招去，补习班时读书不发狠，常常被张荣金老师从宿舍里叫起床上早读。其他的女同学还有稳重大方的魏晶、大眼睛的欣欣等。

来补习班的也就这些个泼泼子与姊里崽，并没有多少言语交流，当时大家正是青春年华，春心萌动的时候，却因为一心在补习功课，一遍一遍地做着老师们想法设法不断从城里找来的习题、模拟试题，一遍一遍地背诵之乎者也和诗词歌赋、地理名称、历史事件，还有试卷只核计 30 分的英语单词。

我们本应把勃发的青春张扬起来、让青春的的躁动弄出点火花、让艰苦的岁月增添些青春的浪漫、让书本之外收藏些动人的故事来。可是，这一切本该有的属于青春的元素，似乎都被抑制了、被遗忘了、被该死的所谓人生的梦想埋没了啊，这是多么遗憾的事情啊！

　　但有些泼泼子可能并不认同我的想法和感受，甚至说我胡言乱语，虚伪不老实。因为，我们放寒假时，是沿着铁路走回弋阳城的；因为这次的走铁路，我们几个泼泼子是背着要带回去洗晒的棉被的，我个子小，力气也小，李春兰、武仪婷两个姊里崽就帮我背了些路，我们一路上也是说了很多话的。于是，武林、有旺、德旺等泼泼子，自然要拿我开玩笑，逼我说出心里喜欢哪个姊里崽。我因此惶恐，生气，脸红，用书包追打他们：

　　"你们不要乱恰，自己心里喜欢，就话阿里喜欢。"

　　"阿明，不要狡辩喽，越狡辩越当真啊。"

　　"读书都来不及，哪还有心思想姊里崽！"

　　"你敢话没有想姊里崽，牛栏床上困不着觉，还翻上翻下抱枕头。"

　　"狗屎！么人翻来翻去？你没有听到阿肚里饿得咕咕叫啊？你自己，每日夜上做嬉谷嬉，当阿不晓得啊？！"

　　"阿是抓痒啊，腿角里生牛皮癣，痒死人，皮都挠破了，血也把短裤印红了。"

　　于是大家哈哈哈地浪笑起来。因为那个冬天，我们男生没有热水洗脸洗脚洗屁股，牛栏里又潮湿，几乎个个腿上、屁股上生牛皮癣，泛滥成灾，以至于在上课时偷偷地挠痒，还生怕老师和女同学看见。我们男生心领神会，用书本遮住脸暗暗而笑。

　　对于补习班男女生的青春期心理问题，班主任张荣金老师似乎是有想法的。记得他也组织同学们去春游，去寻访朱坑琬港河边的葛仙公炼丹处，但我因为拉肚子没有去。张老师二胡拉得好，篮球打得好，他常常在下午课结束后，组织大家打篮球，农村应届班与补习班比赛。我个子小、体力差，只有资格在场边捡球；而补习班的女同学就在场边喊加油。

　　1980年七月，高考成绩出榜，张荣金老师高兴地来到我家送通知，叮嘱我如何填报志愿。他把我母亲喊到一边，悄悄地说了一句话，很多年以后，我母亲把这话告诉了我。张老师是说：晓明如果与李春兰谈恋爱，你们不要反对啊。

但张老师想错了，他安排我和李春兰坐一桌，本意并没有这个意思的，可能是看到这两个学生有时会交流学习，会互借补习资料，当然也听说过我们走铁路回家时背被子的事情。

我结婚的喜酒是在弋阳办的，就在叠山书院旁边的街面平房里，因为亲友和贴隔壁的邻居都来贺喜，就在屋檐下的街边多摆了几桌。朱坑中学的张荣金、张顺忠两位老师应邀也前来喝我的喜酒。其实应该说是喝他们两个学生的喜酒；因为我娶的老婆就是朱坑补习班里的几个姊里崽中的一个，傅桂英同学。两位老师很高兴，我们再三向恩师敬酒。

我与傅桂英同学搞对象，那是在南昌读大学以后的事情，大概是上四年级时，看看班上的男同学、特别是年纪大我几岁的，都在悄悄地抓紧时间，班上女同学不够，就上别的班、别的系、别的大学去找。我也不甘落后，想想与我同在南昌读书的朱坑补习班的两个姊里崽，平时也有走动，那就挑一个吧。傅桂英与李春兰同在昌北的江财，我从市区的江大要由八一大桥过赣江去站名叫下罗村的地方下车，再步行到江财。江财是财政部办的，伙食比我们江大好很多，我常常是带着蹭饭的心理去的。傅桂英班上的大哥杨文进和大姐赵红很热情，每次都很照顾我，也看出我的心思，总是暗暗地帮我的忙。

在朱坑补习班上的这些泼泼子与姊里崽，也就我们结为了夫妻。毕业后的头几年，大家各奔东西，忙于成就所谓的事业、结婚成家、生儿育女。开始还有些来往，停歇了许多年，疏远了许多年，便生出很多的陌生来。去年端阳节前，我工作 35 年第一次休探望父母的长假回了弋阳，住了 20 多天。期间，许多老同学包括小学的、初中的、高中的，纷纷拉我进群，因为时下大家很热衷建群，以年级建的、以班建的都有。于是我成了多个同学群的群众，一时忙得不亦乐乎，也就没有很多时间陪着双亲说话；好在我老父亲也参加了弋阳中学 1957 届的校友群，也就不说我；老娘是 1960 年从上海来弋阳的，她的同学在上海，她因父亲落难到江西，与同学失去联系。所以经常会说父亲几句风凉话。但对于我，只是说同学聚会不要拼命吃酒。

有一天，朱坑补习班的同学方有旺跟我说：

"泼泼子，建个群吧，把朱坑补习过的泼泼子、姝里崽叫到一起来嬉。"

"好咯，做的。"

"你跟姝里崽关系好，你做群主。"

"哈哈，吃不得阿讨了班上的姝里崽是吧！"

"你占了便宜当然应该出个头、多出几力。"

朱坑补习班同学群就这样建起来了。没有几日工夫，倒是拉了些同学进群，老子的队伍渐渐地壮大起来。泼泼子有张鸿、李斌、张德旺、戴武林、周绵寿、周春雨、邹恩庭、王志鹏等；姝里崽有李春兰、刘莉琼、魏晶新、张晶，当然还包括我老婆傅桂英。已经到天国里去嬉的泼泼子徐健和叶文武，打不通电话也发不到微信，就算了。姝里崽武仪婷，听说去非洲经营矿山了，也联系不上；她早先在弋阳做铜材加工，成了女企业家，生意越做越大，还做到西亚的阿联酋迪拜去了，风光洋气得很；张荣金老师在世的有年春节，大家请老师到龟峰山下吃"国道鱼"，我一高兴吃高了，还是武仪婷开车把阿送到大桥头。

朱坑补习班同学群，是搭起了个草台班，半年下来，似乎这里的黎明静悄悄，水面上偶尔会冒几个泡泡；水底下，鱼啊虾啊都在，或忙于照顾年老多病的父母亲，忙于做祖祖奶奶、外公外婆（其实是到子女家当保姆），如李春兰，往返于鹰潭与上海之间，像救火队员似的，十二分的辛劳；或每天忙于"修筑长城"，被麻将桌捆住手脚，连吃饭、困觉、解手

⊙朱坑中学校门

都来不及的，哪有时间到群里来浪费时间；还有的万事不管，也是每日出门，到信江河边一坐，两只眼睛盯着浮标的，倒是潇洒自在啊，如张鸿；会记得冒泡、浮头、透下气的姅里崽，主要就是刘莉琼，一辈子喜欢吃也有的吃，在群里还是摆吃货，有时秀一下自己包的灯盏粿、自己油煎的荠菜饼，还是大大方方喊大家去吃去嬉；魏晶新也偶尔会冒个泡，问个早上好，最近也跑到上海去帮带刚出世的孙子了；再就是我老婆傅桂英，去年退休后，基本宅家，因为皈依佛菩萨，每天参禅打坐，诵经礼佛，也是忙，有时会在群里分享她的参学心得。

40 多年前，少男少女，青春涌动，英气勃发、靓丽生动；似乎一眨眼，泼泼子慢腾腾渐成了老伧，姅里崽华丽转身快修炼为老妪壳。岁月就是这么无情无义，却又是这么公平公正。给过你明媚的春天，必定要赶你进萧瑟的秋天。说永葆青春的，那是制售化妆品的人在忽悠你，在诈你钱财。

还好，我们还有时间，因为我们父辈的同学会还没有散伙散群，看看他们还在秀旗袍、庆金婚、乘邮轮出国旅游看世界，想把亏欠的青春补回来。

老同学啊，老同学，我们在朱坑一起读书、复习，一起听窗外田野里的蛙鸣，一起吃那口大铁锅煮出来的犹如猪食一般的饭菜，一起躲在树林里背书，当然还有一起聆听几位老师的无私教诲，当然还有一起走铁路背棉被回家，一起再次走进考场让命运捉弄……那些情景、那些人和事、那些情和义，应该都还记得吧？其实还有些你们姅里崽可能永远都不会知道的故事或秘密。

仅以此文，纪念那段岁月，那段青春的往事，那段已经融入我们泼泼子崽、姅里崽生命中的友宜。

2020 年 3 月 6 日，于舟山凫石书斋

阿毛画海

我在岛城定海蟠洋山路 16 号舟山市文联小院上班时，办公室对门是一间画室。舟山市群艺馆退休的画家毛文佐，就在这间朝西的画室里，画了 5 年画。毛老师什么时候来、几时离开，我最清楚，因为我听惯了他的脚步声，轻轻的、有些拖沓的脚步声。如果我的门是虚掩的，他会悄悄地从开着的门缝里探进半个头，向我张望一下，做个滑稽的笑面。

"晓明介早啊！"

"毛老师早，侬退休老头也介早啊！"

"待在屋里没趣相，还要被老太婆烦煞。"

"阿姨咋烦侬，侬自个忖描图画。"

"是啊，描描图画，过过日子。"

打好招呼，毛老师就把自己关在画室里，半天都不出来，只听见油画刀清理调色板的声音和移动笨重的画架调整位置的声响。有时也会听到毛老师在唱歌，唱他一辈子都唱不厌的歌：

小辰光，阿姆对我讲，大海就是我屋里乡；

海边出生，海里成长，大海啊大海，是我生活的地方；

海风吹，海浪涌，随我漂流四方；

大海啊大海，就像阿姆一样；

走遍天涯海角，总在我的身旁……

毛老师是用纯粹的舟山方言唱，用他自己修改过的歌词在唱，原汁原味，独具特色。我很难找到与普通话对应的词语，但听起来特别有口语的亲切感，仿佛是一个海娃子在向妈妈叙说着无尽的思念。与苏小明唱的比，更好听、更有个人的体验、更有生活的味道。

毛文佐，出生在岱山岛东沙古镇，真正是海边长大的海娃子。东沙镇位于岱山岛的东北角，与衢山岛隔海相望，两岛相抱着岱衢洋海区，这是舟山野生大黄鱼繁殖的主要区域。毛老师在东沙镇的老家，我去过好多次，细长的弄堂里，一扇小石门，里面一个小小的院子，几间低矮的平房，围着院子里的一株柚子树。一位满头银发的老太太，在柚子树下坐在竹椅子上，一双笑眯眯的眼睛，一看就是毛老师的母亲。只要听说，认识毛老师，老太太都会端把竹椅子请你坐下，再用玻璃杯倒杯清茶请你歇一歇。

有一次，我和毛老师一同来的，我让毛老师站在她母亲坐的椅子后面，拍了一张母子合影。老太太说过一句话，我总是记得：

"弗好意思，没有什么好招待，不像以前，有大黄鱼吃，现在没了。"

毛老师接着她母亲的话，有些激动地说道：

"老早，我小辰光，大黄鱼多得造反样，东沙每户人家晒黄鱼鲞，做酒糟黄鱼，整个街里统是鱼腥气味。"

"毛老师，没看过你画的大黄鱼啊！"

"小辰光描过，除了描海、描礁石、描船，就是描屋顶上、山高地晒的黄鱼鲞。"

毛文佐，一个海边出生，吃着大黄鱼、啃着螃蟹、吹着海风、闻着海腥气长大的人，成为了一名画家，他的画自然是画海、画礁石、画鱼、画海的味道了。他的代表作主要有《东风》《龙骨》《大海与铁锚》《大海的承诺》《大海的脊梁》等。

毛文佐的油画，是写实主义风格的，早年受十九世纪俄罗斯巡回展览画派和前苏联现实主义创作思潮的影响。毛老师并非美院科班出生，他主要是自学成才，从小热爱绘画，一直坚持对西方特别是对俄罗斯艺术传统的学习。他创作的题材，是他最熟悉的自然景物与生活场景。他画海滩上废弃的铁锚、画礁石上被海水腐蚀的铁墩子、画海湾里油漆斑驳的舢板、画远去的帆影、画海上的日出日落、画风浪里飞舞的海鸥、画孤岛上放养的山羊……，一切与海洋、与群岛、与岛民劳动生活相关的景象，都成为他绘画的素材。他不知疲倦地一遍一遍地画着，他说：

"我只会画海，只想画海，只能画海。"

的确，毛文佐的画主要是画海。海成为他的美术创作的永恒主题，画海成为他艺术生命的最生动的呈现。

毛文佐不仅自己画海，他也影响了舟山群岛一批美术青年，成为新一代画海者的油画导师，与群艺馆同事国画家王飚一起，肩负起舟山"海风画派"的开拓者、实践者、引领者的责任，带领舟山美术界在浙江省乃至全国占有一席地位。青年油画家潘海涛、戎建军、黄海明、芮海峰、赵海龙、王舟其、张海虹等，多多少少地得到过毛老师的指导。有时是在下海岛采风写生路上，有时是在作品研讨会上，有时是在毛老师的画室里。

毛老师还辅导过几批舟山渔民画作者，吃过渔嫂做的海鲜，改过渔嫂们的画稿、听她们讲渔家的故事。毛老师不擅喝酒，她们就哄着毛老师唱歌，唱《大海就是我故乡》。

毛文佐画海最早成名于 20 世纪 80 年代。成名后的毛老师，还是朋友们亲切叫喊的阿毛，还是踏踏实实做人、老老实实画画的阿毛。但毛老师也有了成名后的烦恼烦心事，一些地方官僚巧借各种名义，向毛老师讨画。毛老师很无奈，看着自己花了几天、甚至几个月时间画的画，被拿走了。有些要画者，还给毛老师"命题作文"，要按他们家装需要的尺寸画他们喜欢的题材。我常常看到毛老师为此郁闷、烦恼。

"郁煞人了，又来了。"

"毛老师，退休老头怕啥啊，好推，推嘛。"

"推？交关难熬；弗推，也难熬；总归是难熬！"

毛老师的身体其实并不是很好。他的"排水管道"老是出问题。有时来画室晚了或整天不来了，那就一定是修理"下水管"了。看见他有些疲沓地依靠在门前，唉声叹气的样子，我就一半是安慰、一半是玩笑地说道：

"咋了，毛老师，啥地方不对了？"

"下水管又生锈、塞牢了！"

"咋办呢？"

"没办法啊，人老了，机器生锈有啥办法啊！"

"侬好回家去休息两日，甭描了。"

"答应人家了，快点描好算数。"

毛老师就是这样的人。他的夫人却不高兴了，经常会有怨言。阿姨有时也会到画室里来"巡视"，其实是来照顾毛老师，给他削水果、泡营养品，同时清点一下毛老师完成的画作。

毛老师对于自己的画作，就像对自己生出的孩子一样爱护，从画框制作、到展览布置，很多细琐的事情，他都坚持自己做的。记得 2001 年秋天，由我策划的"舟山海风美术作品赴江西展览"在南昌美术馆举办。毛老师就是亲手包装、拆装画作，亲手挂画布置。展览期间，文联组织舟山参展画家去庐山写生，我和毛老师漫步在如琴湖畔。

"毛老师，庐山的秋景值得画一画。"

"江西人画江西，舟山人画舟山。每个地方的特色，只有自己人熟悉、晓得。"

毛老师说的道理是朴实、简单的。毛老师也画过舟山群岛以外的风景，画过北欧、俄罗斯的风景。但那些画只是到此一游的画作，浮光掠影一般，并没有什么力作、大作。毛老师把这称之为见见世面、开开眼界。

毕竟年纪大了，毛老师乘船去边远海岛写生的机会越来越少了。有时他看见我采风回来，就会不好意思地对我说：

"东极照片弄两张给我吧，参考参考。"

又有一次，我从台湾采风回来，把在台湾外岛兰屿岛上拍是所有几百张照片拷给了毛老师做素材。毛老师总是对我说：

"可惜了，侬晓明不描图画，实在是浪费资源，侬走的地方介多，照片造反样，统是描图画的素材啊。"

"毛老师，我迟早会抢掉照相机的，画是肯定要描的。"

"好啊，快点，老了就描不动了，像我现在样。"

毛老师在我对面的画室里还完成过一个老板的订单，近百幅普陀山的风景油画。画"海天佛国"普陀山的海滩、礁石、寺庙、古塔、石桥、牌坊等；当然也画观音圣像，把观音像画在海天之间，上有佛光普照、下有波涛汹涌，观音菩萨手持法轮、普度众生。这批画，耗费了毛老师两年多的心血，是他晚年用时最长的系列油画。就其题材而言，是舟山的特色，

⊙毛文佐的海景油画

⊙毛文佐在画母亲肖像

是佛教圣地的风景名胜；就艺术性而言，毛老师大多都依照照片而画，是在照片的基础上做些删减、添加，技法并无创新；作品的意境远不如他早年的海景油画。毕竟是"命题作文"，而且是批量生产。因此也就引来了一些议论：有说，毛老师已经老了，描不出新意了；有说毛老师是为了挣钱，甚至说毛老师是画钞票。我想毛老师对普陀山是非常熟悉的，他年轻时也在山上工作过一段时间，对山上的景物、庙宇是有所感知的；但毛老师没有对佛经进行研究、对禅宗的理论进行系统学习、对佛国圣地的禅境进行精神与情感上的体验。

这批普陀山的油画作品，由出资的老板在普陀山做了专题展览。我应邀去参观过，其实对于我来说，我早就看过，而且是最早的读者，因为每一幅都在我对面的画室里完成的。

两年前，舟山市文联从定海老城区迁出，搬到了临城新城区。离家太远，毛老师不能随我们迁去。好在定海文化馆腾出一间画室，把毛老师接去了。迁出前，我帮毛老师整理画室里的东西。

"毛老师，以后不能做邻居了。"

"是啊，邻居做不成了，我也走不动了，临城是弗去，只好打打电话。"

"我会过来看侬，看侬描海，听侬唱歌。"

"晓明，我好像没送过你画吧？"

"谢谢毛老师，送过了，我收藏在脑子里。"

"唉，不好意思，老朋友忘记了。"

我刚搬到临城去办公时，总会觉得毛老师就在我对面的画室里，总会觉得毛老师在画室里，一边画着他心中的海，一边唱着大海就是我故乡，还是用舟山方言在唱，用他改过的歌词在唱，断断续续地，越听越远，最后无声无息地消失在长长而空洞的楼道之中。

2020 年 5 月 25 日，于舟山凫石书斋

我的老丈人

我老婆的父亲，也就我的老丈人，叫傅广东，1951 年去过朝鲜、打过美国鬼子。因为他是独生子，部队安排他当炊事兵，给战友们做饭。有一次他送饭到阵地，一担子的馒头，就给了战壕里剩下的几个战友；他看着倒在血泊中的战友，顿时哭了，大家都是爹娘生的崽，回不去，爹娘怎么办啊？

远在江西省横峰县一个小乡村的他娘，曾接到儿子已经光荣的通知书，便哭死过去，几天不省人事，从此大脑有些痴呆。几年后，等他奇迹似的活着回来时，他娘死死地抱着亲生的儿子竟然不敢相信。他告诉娘，美国鬼子的飞机抢下的炸弹把坑道炸塌了，战友们都牺牲了，他命大，因为一根木头支撑住了石块，两天以后才从坑道里爬出来。

老婆说他爹不愿讲在朝鲜的事，因为战争实在是太残酷了，活生生被枪打死、炮炸飞的人太多了。每当想起牺牲的战友，他就会流泪。

朝鲜战争停战后，老丈人先是回到东北，1957 年复员时，部队安排他去黑龙江建设兵团。他不肯去，说老家还有一个娘要养。一路辗转，坐了几天几夜的火车，他回到了老家，又种起田来。后来浙赣铁路上饶工务段招工，他就当了铁路工人，在铁道上扎洋镐、搬枕木、抬钢轨。30 多岁时成了家，第一个生的是女儿，他很高兴；第二个、第三个、甚至第四个还是女儿，他就越来越不开心、脾气越来越坏了；工友们的冷嘲热讽、亲戚们的闲言碎语，让他很是郁闷。他下定决心再生一个，结果还是女儿。这就是命，他终于认了，很是无奈。

每天被家里的五朵金花环抱着，本来一心想生个儿子的老丈人渐渐地松开了心结。在二十世纪六、七十年代物资贫乏的岁月里，为了养活这一大家人口，他把铁道两旁的巴掌地整理出来，种番薯、芋艿、花生和很多的蔬菜，还养了猪、养了鸡鸭，硬是把女儿们养大、供她们上学。

铁路工人自然是吃商品粮，每月的计划粮、油、面、猪肉，还有豆腐等一切凭票证供应的东西，都要上县城去买。从葛溪苏塘火车站到弋阳火车东站，走铁路大约20里，走沙石公路是25里。每个月，老丈人就拉着平板车进城一次，车上坐着大女儿。带着女儿进城，就得给她零花钱，女儿开开心心地把几毛钱花光，买的都是扎辫子的彩色橡皮筋、写字的铅笔，当然还有小饼干、糖果。回来的路上，老丈人在前面拉，上坡的时候，女儿就在后面推。父女俩一路来去，说不完的话，留下那段岁月的歌谣。

1980年，这位铁路工人的女儿考上了江西财经学院，可是乐坏了，要知道，他女儿是全上饶铁路段职工子弟中第一个考上大学的，而且是省里的大学，这在恢复高考才三年的时代，是多么不容易的事情，他感到无比骄傲，在工友面前，头抬得高高的。因为高兴，他把横峰乡下老家的旧宅子卖了七百块钱，摆了十多桌酒，请了很多亲戚朋友来庆贺，热闹了一番。女儿去省城读大学后，第一个学期没有放假前，他竟然托工区出差去南昌的朋友跑到学校去，给女儿送去一只小巧精美的梅花牌手表，那是他花了一百五十多块钱、相当于他三个月的工资，在弋阳北街口百货商店买的。

这些以前的事情，是结婚以后，老婆跟我讲的。

我第一次见到老丈人，是在浙赣铁路线的弋樟支线葛溪苏塘火车站。那时我还是以她女儿对象的身份去见他的。那是夏日的下午，他正在车站附近的田里干农活。我大概是想表现一下，也脱掉鞋子、卷起裤脚，下田去做帮手。接过他手中的锄头，我起劲地锄着刚割完早稻的田土，也就翻起十来块书本大小的泥块，手就没有了力气，再怎么憋气、使劲，锄头陷在泥里就是不动。一旁看着的老丈人，不吭声，轻轻地一把把锄头拔起。我十分沮丧地走回了田边，洗好脚走了。

老丈人脾气很倔，也不随和，不喝酒但喜欢抽烟，抽黄烟丝，用小毛竹自己削的竹烟筒，一口抽完，在自己的鞋底上敲几下，再换上一小撮烟丝。吃饭的时候，我注意到，他还喜欢吃肥肉，像豆腐那么稀烂的大块猪肉。

老丈人对我这个未来的毛脚女婿，似乎是不满意的。但他也没有办法，他听女儿的。

后来我去葛溪苏塘火车站之前，就会先到弋阳东街大桥洞边，从几个广丰人摆的烟摊上买最好的黄烟丝，用报纸包好，也买过广丰人用铜皮包的竹烟筒，送给老丈人。

我和老婆生的孩子是个男孩，老丈人比我爹我娘还开心。他似乎有点扬眉吐气的感觉，总是带着他的外孙，到处去显摆，到处去玩。我儿子在外公外婆家的时间总是多于在爷爷奶奶家，因为外公会带他去苏塘里钓鱼、到田里掏泥鳅，给他买很多的爆竹，看他把爆竹插在牛屎堆上炸响⋯⋯

1991年，我和老婆决定离开江西老家，去浙江舟山海岛工作时，老丈人没有反对、阻止我们。其实他内心是多么不情愿啊，他最喜欢的大女儿，要带着外孙去那么遥远的海岛，那里有什么好啊？一个亲戚也没有，去一趟路上要两天时间，乘完火车还要乘船，吃的东西都是海里的，说是说海鲜，哪有老家吃惯了的饭菜合口入胃。

从那以后，我们全家每年春节必定是要回弋阳老家过年的，因为我们的父母亲都在老家，我的祖辈们都在期盼着我们回家过年。不管回乡的路途多么遥远，一路上多么艰辛、疲惫，有亲人的召唤与等待，有浓浓的乡愁在心中催促。

我们曾经也接过老丈人来舟山避暑，但他很不适应，吃不惯海里的东西，也听不懂这里人讲的方言，更没有隔壁邻居凑在一起打打小麻将。

老丈人去世的时候，我们赶回老家料理后事。大热天，请来的道士彻夜做着法事，我和几个连襟一起守夜，随着道士的指引，焚香、跪拜、转圈，最后送进山里安葬。丈母娘把老丈人珍藏的一包奖章、像章，放进了墓穴，其中有他在朝鲜战争中获得的军功章，有他一辈子最崇拜、敬仰的毛主席纪念像章。

从此以后，每年的清明节，我儿子必定会回老家，他要回去给外公扫墓，他会在外公的墓地坐一会儿，点上几支香烟放在墓碑上，跟外公说着心里的话。

前年，弋阳县搞"一江两岸"改造和新农村建设，动迁了好几千座墓冢。我老丈人的墓地正好也在动迁范围之内。很是无奈，只好按政府的要求把他老人家的墓冢迁往城南的公墓。那天我和儿子因为各自都有要办的事情没有回去，我老婆赶回了老家。在清理墓穴时，几个在场的外孙仔仔细细地把外公的遗骸收集起来包好，又找出当年随葬的奖章、像章。重新安葬时，军功章、像章就被外孙们留下了。他们要留着做永久的纪念，特别是他们外公在朝鲜战争中获得的军功章，那是唯一能够证明他们外公打过美国鬼子的信物。

我丈母娘说，老头子在朝鲜战争时为国家做过贡献，去世这么多年后，又为了国家、为了政府，做出了贡献，让他安心在新的世界里，保佑着全家人的平安、幸福。

我老婆则说，在这个新的地方，还有您亲外孙豆豆的老奶奶也在附近，还有许多你生前熟悉的人也在，你们可以聊聊天，打打麻将，不会孤独、寂寞，我们每年都会来给您烧纸钱。

本来今年的清明节，我是要回去为几个过世的老人扫墓的，因为疫情防控，不能成行，留下遗憾。

我只能在遥远的舟山海岛，焚香默念，今生有缘，做了您的女婿！感谢您给予我们全家人的慈爱与温暖！

谨以此文，祭奠一位抗美援朝的老兵，表达我对老丈人的深切缅怀！

2021 年 4 月，于舟山鬼石书斋

江海帆已远

故岛难离

去年初冬，一个无风、晴朗的星期六的正午，青浜岛的老渔民赵银扬打来电话：

"晓明，今日侬甭上班吧？现在人在啥地方？"

"老赵，我在临城，今天休息。"

"我天亮从东极乘船，现在到沈家门半升洞码头了，侬等着，我送海鲜把侬吃。"

"老赵，甭送来，带挡侬自家孙子吃吧。"

"甭讲了，我 21 路公交车已经跳上了。"

半个小时后，我在临城 21 路公交车站点接到了青浜岛老渔民赵银扬，并带他到我儿子的海风艺术馆里喝茶聊天。

老赵今天给我送来的海鲜是：一条斤把大的野生大黄鱼、4 条半斤大的鲥鱼、几斤野生贻贝和芝麻螺，以及用盐水泡好装进玻璃瓶里黄螺。都是他亲手从青浜岛的海湾旦放流网捕、礁石上采挖来的。

我把老赵引到艺术馆展厅里看几幅照片，那都是我 20 多年前在青浜岛拍摄的渔民照片，其中有一张拍的是老赵赤着脚站在海浪里抛手网捕鱼。我在老家的信江河边看见过抛手网，在浙江丽水的瓯江上也看见过；但在舟山，我是第一次看到渔民抛手网。那天一大早，我和马卫平先后爬上青浜岛的南岙岩礁，准备拍海上日出。因为天际的云有点厚，初升的太阳，正在慢慢地驱赶云层。几乎同时，我们发现了一个老渔民正在岩礁下面的礁石丛里走动，手里拿着一根长长的铁钎，使劲地在礁石上来回地铲着，把上面依附着的螺贝和海草铲到海水里去。然后放下铁钎，抱起一捆手网，站在海水不断波涌上来的礁石上，奋力地向外抛撒出去。只见手网在眼前罩住一块比乒乓球台大一些的海面，并迅疾地随着铅坨子沉没在海水里。而老渔民则拉住一根网绳，及时地向怀里回收手网。等手网收拢上来，湿漉漉地摊在礁石上，渔民就俯身去网袋里挑拣鱼虾。最多的是头上有骨角、张着大嘴巴的虎头鱼，也有鼓着白肚皮装死的河豚鱼，它们刚刚从礁石底下窜出来，贪吃着渔民铲下的螺贝，却不曾想到，渔民已经为他们抛撒下了天罗地网，肯定有逃走漏网的，也肯定会有被网住脱身不了的。

我和马卫平站在不同的礁石上，从不同的角度，连续拍摄着舟山渔民最古老的捕鱼劳动。直到老渔民发现了我们。

"今日潮水已经退了，鱼不多，缺嘛；明朝天亮早点再来，拍起来好看。"

就这样，我认识了赵银扬，我们成为了朋友。那之后，我每年去东极镇时，都会由庙子湖岛换小航船去青浜岛，去看看那里的几个渔民朋友。我到青浜岛时，晚上都住岛上那条老街上的客栈里，白天则跟着赵银扬去岛的西南角上的石柱湾。

老赵看到自己的抛撒手网的照片，挂在艺术馆里，很是开心。挂在他这张旁边的另外一张，是两个渔民在台风中的海浪里钓鱼。老赵手指着照片里打着赤膊钓鱼的老渔民说道：

"这是陈小毛，个子高、留胡子的，也是青浜岛人，我3村，他2村。"

"陈阿伯，年纪比侬大吧？"

"大七八岁，现在身体不对了，中风过了，人看见，也认不出了。"

"真的啊？前年我还给他拍过将来过老时用的照片。"

这天我把老赵留下来吃晚饭，做了他送来的一部分海鲜，还特意让儿子去临城老碶头菜场买了一只白斩鹅，小岛里的舟山渔民最爱吃鹅肉，还烤了几根德国香肠。老赵平时只喝半杯酒，但这天在我这里高兴，喝了三杯，我用江西老家的"四特酒"，泡舟山皋泄晚稻杨梅，味道醇厚。

晚饭后，老赵要回沈家门，我为他准备了几罐茶叶、他老婆爱吃的巧克力等食品。临别时，老赵说，你下次挑几件不要穿的旧衣服给我，我在塔湾礁石上打鱼时好穿，莫浪费。

送走老赵后，喝过酒的我，独自一人坐在艺术馆里喝茶醒酒，脑海里浮现的是我和老赵在青浜岛石柱湾的往事。

石柱湾并不大，也就半个足球场大小，湾口朝西南，看得见庙子湖岛、黄兴岛和小叶子山岛的影子，但东福山岛被湾口的岩礁挡住了。石柱湾有个又小又破的渔码头，几条缆绳栓着湾里不停摇晃着的小舢板和泡沫板捆扎在一起的小划子。老赵家的渔船，在他两个儿子搬迁到本岛去住时，就被开到沈家门渔港去了。老赵现在没有渔船，连舢板、泡沫划子也没有。他除了有一副手网，几根钓鱼竿，还有一条 20 来米长的黏网，在加上十来只蟹笼。

老赵在石柱湾两边的礁石上，跨过小海湾拉了两根 30 多米的尼龙绳，绳上安装了一个滑轮，绳下挂着他的已经陈旧的黏网。老赵通过牵拉带着滑轮的绳子，就可以轻松地把黏网放进海里或拉上岸边，就像影剧院的拉幕布一样。黏网在海湾波动的水里挂着，潮涨潮落，鱼蟹进进出出，不小心就撞上了黏网，撞上了的鱼蟹，十有八九就成了老赵饭桌上的下饭菜。吃不完时，老赵就把鱼晒成鲞，积攒起来。

我跟着老赵在石柱湾，往往就是一整天。收黏网上的鲗鱼、黄婆鲫、梭子蟹，拍摄他打手网，甫虎头鱼、河豚鱼，有时也在礁石上采贻贝、黄螺、芝麻螺、马蹄螺。老赵捕捞上的鱼蟹、采下来的螺贝，就是我摄影的最鲜活的素材。老赵开心地站在一边，看着我不停地拍摄。

"晓明，现在侬相机里甫装胶卷了吧？"

"甫用胶卷，现在是数码，是数码胶卷。"

"老用的胶卷跟侬讲的数码胶卷，照样吧？啥人贵？"

"一样又不一样，贵也讲不出。"

老赵似乎听不懂我的解释。他把话题一转，他一边摇头一边叹息地说道：

"晓明，我总啥不得青浜岛，不肯去舟山本岛，去沈家门住。"

"咋了？跟儿子、儿媳相处不好？"

"大儿子跟老婆倒还好，小儿子交关老实，管不住老婆，我和老太婆每日过得弗开心，郁煞了！"

"是钞票问题吧？"

"钞票？我已经给过钞票了，现在老了，出海抓鱼吃不消了，挣不来大钞票了，叫我咋办办？人是每日会郁啊。"

"甭郁闷了，自己过日子，开心点。"

"我每次去沈家门看老太婆，住不过一个星期，就想回青浜岛来，住自己老屋里，眼睛甭看别人脸色。再说，青浜岛空气比本岛好，鱼蟹统自己抓来吃，多少惬意啊。"

"老赵，政府现在希望小岛的人迁到大岛去住，本岛医院条件好，看毛病方便。"

"哎呀，晓明，我已经70多岁的人了，不晓得哪日人会死，要是死在沈家门，运也运不回青浜岛来啊。"

舟山群岛中边远小岛的渔民，过世后都希望安葬在小岛上。他们不愿去大陆、去本岛，去他们陌生的地方，去做孤魂野鬼。他们就愿意守着自己的渔岛、自己的海乡，能陪着他们的祖先，能听得见海潮的声音，能闻得到海的腥气。

庚子年春节前几天，老赵又打来电话，说要给我送过年吃的海鲜来。我告诉他，我们全家人已经提前10天回老家，先是喝我外甥女的喜酒，再陪老爹老娘过年。我跟老赵相约，春节过出，去沈家门看他。

没想到的是大年三十，武汉乃至全国开始因瘟疫流行，而先后封城封路。我滞留在江西老家，直到 2 月 23 日才返回舟山。

大概是元宵节前几天，老赵打我电话，知道我在江西老家不能回来。电话里他说：

"晓明，我在沈家门住得郁煞了，门也出不去，想到渔港码头上透透气，也不肯，街里有人专门管牢，没味道，难熬，每日关牢监。"

直到舟山本岛通往东极的航班重新开通，老赵才好不容易挤上航船，先到庙子湖岛再转小航船回到青浜岛自己的家中。

"晓明，我已经回到青浜岛了，人是爽快足了；侬有空就来，要来看老朋友啊！吃海鲜、拍照片来。"

听得出，回到青浜岛的老赵很开心。那里才是他的家，是他的世界，是他抛撒手网、摇着滑轮放黏网、潜入海水里采挖螺贝的地方。

2020 年 4 月 16 日，于舟山凫石书斋

⊙青浜岛渔民赵银扬

师傅与徒弟

　　我父亲是个电工，母亲是个裁缝，都是靠手艺吃饭的人。四十年前，如果没有考上大学，我十有八九会成为一个电工，像我很多小学同学、街坊邻居的小伙伴们一样，有的成为了铁匠、有的做了理发师，更多的是做了石匠。

　　其实，我父亲最初是个石匠，他在弋阳中学念完高小后，便随继父去了红石山打石头，手握钢钎挥舞榔头，在日晒雨淋中讨着生活。他很不情愿，他想继续读书，但很无奈；后来江西纺织厂来弋阳县招工，他报名被录取了。到了省城南昌，在纺织厂当学徒，跟的是电工师傅。厂里的老电工很喜欢这个念过书的徒弟。进厂的第二年，家里带信来让他回趟弋阳，说是舅舅让他相一门亲事。父亲回来了，一眼就相中了从上海逃难到江西落脚的姑娘。于是，他辞去了纺织厂的工作，回弋阳成亲，那年他十九岁；第二年就生下了我。父亲回到弋阳只好重抄旧业，进山打石头，后来县里成立了集体企业弋阳县建筑公司，他才把南昌学到的电工手艺派上了用场，渐渐地成为这个小县城里有些名气的电工师傅。有一次，县里举行劳动技能大比武，我父亲的电工知识考试竟然得了第一名，比水电公司的电工师傅还厉害。再后来，我父亲被评上了建筑工程师，全公司他是第一个，全家人都觉得脸上光彩。

　　小的时候，我喜欢去父亲的建筑公司玩，父亲的工友们都喜欢我，我总是在电工车间、木工车间，还有锯板车间里玩耍，看木匠师傅手里刨出的又长又薄的木花圈，捡起一堆小木块搭建房子和宝塔。有个姓向的木匠师傅跟我父亲是好朋友，他给我做过一把驳壳枪。我把枪别在裤腰带上，学着样板戏里的杨子荣，在小伙伴面前显摆。

公司给我父亲分配过几个女学徒，都是刚招进来的十七八岁的大姑娘。她们把簇新的电工腰带扎在腰间上，有些英姿飒爽，像电影《红色娘子军里》的女游击队员，让工地上的男人们看傻了眼，特别是没有结婚的小伙子，总是有事没事地找她们搭讪。父亲带着女徒弟下工地时总觉得别扭、拘谨，不喜欢人家开玩笑。那些喜欢耍嘴皮的锯木工或泥水工，每次拿我父亲与女徒弟开玩笑时，我父亲就会发脾气训责几句；而女徒弟们都憋着嘴连忙躲开去。

每年过年的时候，我就盼着父亲的女徒弟上我家来拜年，因为她们送的东西都是我喜欢吃的糖、糕点。

其实我更喜欢母亲的徒弟来拜年，因为他们都是农村来的，送来的东西都是农村人自己家做的，有印着红色福字、寿字的圆圆的大禾米年糕，有长长的灌了黑芝麻的米糖，还有他们自己家养母鸡下的蛋，种的番薯、甘蔗、芋艿。都是好吃的东西，在那个物资匮乏的时代，能让我们家的年过得有些滋润、甜美。

二十世纪六十年代初，我母亲刚从上海来到弋阳时，和她的姐姐弟弟们帮着外婆拉平板车。拉矿石、青砖、瓦片、沙子、红石，凡是需要人力搬运的东西他们都拉过。他们一家九个人，逃难到江西弋阳，住在西街尾的竹木房子里，过着极其艰难困苦的生活。黄埔军校毕业的外公则在几千里外的大西北，接受劳动改造。我奶奶的弟弟，也就是我父亲的舅舅，当时在县副食品公司管着仓库，经常有些南货需要从火车站搬运到城里，他很同情这上海来的一家人，便照顾他们拉南货，就这样认识了我母亲，后来让我父亲相了亲结了婚。

我母亲在上海是读过初中的，人长得又十分的漂亮、洋气。我奶奶的妹妹，也就是我父亲的姨娘，她当时是百货公司三角店柜台上的"三八红旗手"，认识的人多，就找到弋江镇小学的校长，推荐她的外孙媳妇也就是我母亲去当教师，校长一听是上海来的知识青年，一口答应下来；但后来有人检举揭发说，我母亲的家庭成份不好。校长气得把我姨奶奶痛骂了一顿。从此，我母亲就彻底地断了找工作的念想，也绝口不讲上海话，不提家庭以前的事情。

为了生活，为了帮助我父亲、养育我和后来的两个妹妹，母亲就继续拉着平板车，到处搬运货物；"文化大革命"的十年里，还做过建筑工地的小工，挑砖头、洗石灰、拌砂浆、轧钢筋。母亲的一双手，是我童年最深刻的记忆，粗糙结实、裂痕斑斑，却有使不完的力气，是她把我们家支撑起来。1976年，毛主席逝世了，紧接着"四人帮"也被粉碎了。国家开始改变了。我母亲在"文革后期"偷偷自学的裁缝技术也渐趋熟练，她先是跟着她姐姐到农村去做，走家串户为农民们剪裁缝制衣裳。随着政策的宽松，母亲就在东街上租了房子开起了裁缝店。

从此，我母亲"上海女裁缝"的名声就在这个小小的县城里很快就获得了普遍的赞誉，并确立了她在弋阳裁缝界的地位。上海流行的款式，只要成书出版了的，我家都有，上海人作兴的那些新款式我母亲都会剪裁。《庐山恋》电影里女主人公穿的喇叭裤，当年风靡全中国时，弋阳街上赶时髦的男女青年纷纷来找我母亲，指定要我母亲做喇叭裤，不管他们的身高是否合适穿，都要穿。那时节，母亲忙得连上厕所的时间都没有。父亲下班回家也没有得休息，帮着裁剪，两个人搭档，有时干到三更半夜。

于是，我母亲就带起了徒弟，先是一个、两个，最多时六个、七个。店里、家里，前店后厂，全在做衣服。因为带徒弟的事情，我父亲和母亲争吵过。父亲怕事，担心社会上有议论，毕竟我母亲的家庭成份不好，万一运动来了，那就又得遭殃。母亲则不怕，她说我靠技术吃饭，靠劳动挣钱，再大的苦以前也吃过。

我读大学的四年，是靠着母亲做裁缝的钱买书、买油画颜料的。我结婚时，我妻子的新衣也是我母亲亲手缝制的，上海最新的套装款式。我儿子出生后，我母亲的徒弟每天轮流着帮助照看。其中有一个叫春英的祠堂江家村的女孩，还跟我妻子坐火车到上饶，带了三个月的孩子。

母亲的徒弟中，多数是农村来的女孩子，有些是女孩子自己喜欢学裁缝的，有些是女孩子已经定过亲由婆家送来学裁缝的，还有一个是我妻子的二妹妹。男的学徒就一个，在家排行老三，小时候得过小儿麻痹症，大家叫他"三那拐子"。

学裁缝，也是要有天资的。在我母亲的徒弟中，来来去去的也不少，有的要嫁人了、有的看不懂图纸划不出线来，半途而废走了。只是会踩缝纫机子拼接布料，剪刀拿不起，图纸划不出，那就永远出不了师。"三那拐子"最聪明，脑子灵光、记忆力强，手也勤快，而且嘴巴甜，只是一只脚要半吊着踩踏板，人家跟他开玩笑，说他出师后，一定比县缝纫社的拐子脚师傅还厉害。

事实也是这样，"三那拐子"出师后，就在城南自立门户、开店营业，裁缝生意做得风生水起，再后来也带了徒弟，发家致富起来。

妻子的二妹妹，还没有学出就不来了，被他父亲嫁到葛溪乡下，生了两个儿子，生活过得有些艰难，就去浙江义乌打工，在成衣厂的流水线上踩机子，每天干十多个小时，挣辛苦钱，也算是做裁缝。

其他的徒弟，我就不知道他们的结局和后面的故事了。

我母亲大概是五十多岁时，因为长期的伏案劳作，开始犯上严重的职业病颈椎骨增生，每天肩背酸痛、手脚麻木，以至于拿不起剪刀、踏不动机子。找过很多医院治疗，吃过不少中西药，都不见效果。后来医生说，你不能再干活了。我和父亲决定，关了裁缝店，辞去徒弟，收摊子不做裁缝了。母亲很无奈，她留下两台缝纫机，说是给我们兄妹做纪念，其实她是想自己身边放着，随时可以踩一踩，毕竟这么多年苦心经营的事业，还是舍离不下。

2003 年，我在上海九亭买了套小房子，装修好后，把她和父亲接到上海去居住，一是了却母亲想回上海的心愿，二是让她彻底割断与裁缝的牵连。因为在弋阳小县城里，总是会有人来找"上海女裁缝师傅"，裁条裙子、缝件衬衣什么的。

上海一住十五年过去了，父母亲年纪也大了。我想还是安排他们回弋阳去，毕竟弋阳空气好、弋阳的水好，亲戚朋友走动多，街上遇到熟人总有话题好讲，不像在上海，小区里住着，谁也不认识，很是孤独、寂寞；再说，我和妻子还有儿子都不喜欢上海，觉得大都市没有什么人情味，我们还是喜欢小县城的生活，特别是我，退休是要回出生、成长的地方的，那里有童年的伙伴、有同学、有亲戚，有我从小就喜欢游泳的信江河、钓鱼的葛溪，还有我喜欢吃的灯盏粿、喜欢听的弋阳腔。

乘着弋阳旧城改造拆迁我家老房子的机会，我重新为父母购置了滨江的房子，把他们接回老家安顿好。第一个春节前夕，母亲就有徒弟"三那拐子"提着鸡、鸭来拜年了。

师徒见面，我正好在家。"三那拐子"的嘴还是那么甜：

"晓明哥哥，真是想你们一家人啊，豆豆结婚了吗？"

"三那拐……，哈哈，很多年没见了，听说你发财了，盖了三层楼的大房子了。"

"房子是盖好了，大的崽都结婚了，阿都做祖祖喽！"

"三那拐子"看见自己的师傅回来，满脸的喜悦：

"师傅不转上海了吧？就在弋阳，我经常来看你。"

母亲也是十分地高兴，她对这个徒弟是有一种特殊的亲情，含笑地说：

"三那，你还记得师傅啊，我也没有关照你多少啊。"

"师傅就是娘啊，没有师傅手把手教我裁衣裳，哪有阿三那拐子今天。"

"三那，春英、占英她们过得好不好？"

"师傅想她们吧，我几时有空去邀，叫她们接师傅去乡下嬉，包灯盏粿吃。"

父亲的徒弟没有来，父亲似乎有些失落。母亲说不能怪徒弟没有恩情，因为弋阳建筑公司早就解散了，所有的工人都买断工龄遣散回家，自谋生路了。女徒弟有的上街摆摊卖服装，有的不知道去哪里了，早已失去联系。再说呢，公司带的徒弟，跟在家里带徒弟，那是很不一样的。在家的徒弟，日子久了，就像家人似的，会带出亲情来。

其实，父亲从上海回弋阳老家，虽说住在老城区，门口就是滨江公园，来来往往的人多。但也很少出门，即使出门了，也不愿往聊天的老人堆里凑热闹，谁知道电工洪师傅回来了。

他的几个要好的工友先后都过世了，他读高小时的老同学也走得差不多了。反倒是我母亲，每天做操、买菜时常常跟老邻居、老熟人打打招呼，大家才知道"上海女裁缝"又回来了。

今年春节，因为新冠肺炎疫情流行，我滞留在弋阳。正月里的一天，我去溜"雪瑞"，骑着我妹夫的小毛驴沿着葛溪河堤来到祠堂江家，本想找个村民打听一下那个曾经帮我带过三个月孩子的我母亲的徒弟，但村口的大樟树下，堵着几辆拖拉机，车斗上插了块牌，上面写着："非本村村民，谢绝串门！"其实，就是让我进去串门，也不一定能打听到春英的所在，因为春英跟我母亲学裁缝，已经是三十多年前的事情了，她肯定嫁到别的村去了，她是姓江还是姓别的什么，我也不知道，只记得叫春英。记忆中，春英是个很纯朴、手脚也勤快的农村姑娘；我老婆常说，要是再见到春英，想再谢谢她。

有意思的是，我在舟山群岛从事摄影记者的工作，经常会下边远海岛渔村，有些渔民群众第一次见到背着照相机的我，都会好奇地说一声：

"照相师傅来了"。

我成为他们眼中会照相的师傅。我很喜欢这个称呼，因为海岛渔民群众进城照相是件又麻烦又奢侈的事情，一辈子很难得照一次像，我就常常免费为那些七老八十的老渔民、老渔婆照相，还洗好照片带给他们。等下次我再去那个岛那个村时，他们就远远地跟我打招呼：

"照相师傅又来了。"

没有想到，我也成了师傅，似乎继承了父母亲的传统；但我不如父母亲，他们有徒弟，我没有。

2020 年 12 月，于舟山岙石书斋

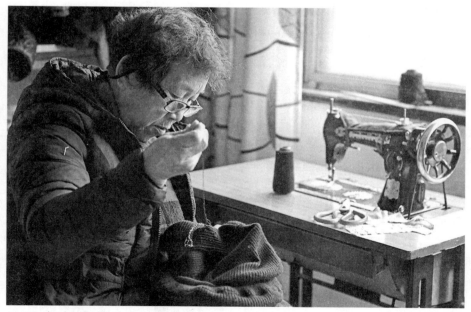

⊙ 78 岁时的母亲为我缝补衣服

在舟山群岛感受台风

　　岛城定海老城区龙首桥 4 号，是个浙东民居院落，朝北的边角上连着一间低矮的瓦房，开了个朝北的小后门，打开门便是东西走向大约两百米长的县前街。小门对着一个只有 50 米的巷子，巷子连接着同样是东西走向的昌国路，而巷口斜斜对着的就是舟山市政府大门，舟山群岛政治权力的中心。

　　这个低矮的开着一个小门的一间半瓦房，这个没有自来水、也没有厕所的瓦房，就是我来舟山后第一个寄居之所。

　　1991 年秋天，我带着全部的家当，也就是在弋阳老家结婚时家里请木匠上门打制的一张床、一组衣柜和我从乡下买的一套竹沙发，加上衣被、锅碗等杂物，由一辆双排小货车，从老家拉到宁波北仑的白峰码头，排了 6 个小时的队，再上轮渡跨过 11 海里的海峡，到鸭蛋山码头踏上舟山本岛。我母亲千里送行，一路上怀抱着我 4 岁的儿子。当她看到这间低矮的平房，深深地懊悔同意我出外谋生，因为那时我家在弋阳已经盖了两层楼的新房；空着崭新的楼房不住，漂洋过海来这偏远的海岛，住这样破烂的房子，到底为什么？好在母亲曾有过从上海流落弋阳街头与外婆、弟妹们蜷缩在竹屋里生活的经历，她强露出笑容，帮我和妻子布置起这个新家来。

　　我就是在这个新家里，平生第一次感受台风的。

　　那是迁来舟山后第二年夏天的一个晚上，居民被告知当晚强台风将登

061

陆浙东沿海，要大家宅家防台风。

舟山群岛地处浙东海上，自古就是台风经常光顾的地方。这里的民居一般都比较低矮，院墙都用岩石、砖块厚厚地砌筑。为了防止房顶上的瓦片被台风吹走，居民都会用石块压实，有的还用废弃的渔网罩着盖着。

在江西的时候，只知道台风在广东、福建登陆后，越过武夷山脉到了江西境内，就是老百姓夏天期盼的雨水，因为大雨会给干旱的农田带来甘露，会给酷热中的人们带来凉爽。

但在舟山，我还不知道台风将带来什么。

台风离浙东沿海还有几百公里时，岛城舟山的空气就已经开始窒闷，看似宁静的天空下，是居民们在忙绿着，他们历经了无数次台风的考验与洗礼，积累了很多生活经验。县前街上的邻居阿伯敲开我家的小门：

"江西来的，你们家要把水缸装满，把窗户用钉子钉牢啊。还要准备几天'下饭'，就是吃饭的菜。"

我的房东早已经去了上海。按照邻居的提醒，我把这间瓦房唯一的窗户用钉子钉紧了，还拉了一根绳子。屋顶上的情况我不知道。

那天夜里，电风扇一刻不停地在吹摆着闷热的空气；而瓦房外面，则是一阵一阵狂风在岛城的天空、在县前街、在巷口中撕裂的声响，还有倾盆而下的暴雨在不停地拍击着屋顶上的瓦片；因为低矮，那拍击声就在离床两米多高的上方。我开始担心，甚至是恐惧起来，我怕屋顶上的瓦片被台风掀走，怕屋顶坍塌下来，怕该死的台风让我们一家受到伤害。妻子紧紧地抱着儿子，而我坐也不是、躺也不是，不停在窗户口隔着玻璃看黑暗中狂躁的风雨；我不敢打开小门，也只是隔着门板听风在街道上狂奔、听雨在街道上狂泻，我从门缝里看到巷口的那盏路灯在苦苦地支撑着。半夜过后，在极度的疲倦中，我们全家都睡着了。等我被更加狂怒的台风唤醒时，我的家，已经泛起了雨水，在昏黄的灯光下，我看见我们的拖鞋漂浮起来，像大海里的船只在游荡着。放下脚，水浸过了脚踝；连忙察看漏水

江海帆已远

的所在，原来是西南角的上墙角被台风撕开了一个小口子，水从石头缝隙里挂下来，像瀑布，又像涌的山泉水，让我想起了唐代李白的诗："飞流直下三千尺，凝似银河落九天"。

于是我开始扫水，把水往小门口扫，我这边是一遍一遍地扫，墙角上那小瀑布却一股一股地继续流。直到天明、直到台风渐渐地远去、直到雨水声从屋顶的瓦片上渐渐地消失。

听到街上的动静后，我打开小门，走出屋，眼前的县前街、不远处的中大街、巷子口对面的市政府大门前，到处都是积水，都是散落着的树枝，漂浮在积水上的树叶、塑料袋堆积在下水道口上，一片狼藉。汽车、三轮车趴卧在路边，自行车全倒在水里，只露出一只车把手。

人们在几乎过膝的积水里艰难地行走着、呼喊着，骂骂咧咧地开始清扫各自门前的积水与垃圾。

而我的儿子，却开心地在县前街的积水里玩耍起来，把家里的洗脚盆当成"诺亚的方舟"，盆子里放着他的动物玩具。

这就是我来舟山后，第一次感受到的台风。还好，这次台风，不是正面从舟山群岛过境，是擦边而过。

在舟山日报社做摄影记者的九年间，我几乎每年都会在台风的季节里，去追寻台风，去拍摄，记录台风给舟山群岛带来的灾害，给舟山人民带来的伤害。有一次采访的经历，我始终记得。

那是在进入10月份的秋季，当年的最后一个台风来临之前，在离舟山本岛10海里不到的蚂蚁岛，修船厂的船坞里停放着两艘已经修好的钢质渔轮，要赶紧出坞去沈家门鱼港里避风。而船坞的大闸门坏了，机械传动怎么也转不起来。海面上的风夹着雨，带着台风将至的讯息。蚂蚁岛的许多渔民围着船坞像热锅上的蚂蚁似的焦急起来。因为两艘渔轮，就是10多户渔民家庭的最大的财产和饭碗。

入秋后的风雨已经开始阴冷起来，海水的温度也随之在下降。必须要有人下水去，潜入船坞中的海水里，用钢缆套住闸门的下装置。船厂的厂长，一个将近 60 岁的大个子男人，脱光了衣服，只穿着条短裤走向了闸门顶上，在几个渔民的拉拽下他顺着钢缆往下爬，瑟瑟发抖地进入海水，再屏住呼吸让身体下潜到闸门底部，此时的水面上只有雨水溅起的一片水花，四周顿时沉寂了；大约 7 至 10 秒后，口喷着海水、喘着粗气从海水里窜出来；一次，又一次，一共下潜了 10 余次，终于将钢缆套住闸门。当机械缓缓地转动起来时，厚重的闸门被钢缆带动开来，被渔民用棉被包裹着的厂长，与在场的蚂蚁岛渔民们才露出了笑容。两条渔轮冒着浓烟，驱使着笨重的船体离开船坞，向已经停满了几千条渔船的沈家门渔港急切地开去。

我也跳上蚂蚁岛开往沈家门渔港的最后一班航船，紧急撤离蚂蚁岛，再晚一刻，就要在蚂蚁岛接受台风的洗礼了。

几天后的《人民日报》（华东新闻版）头版，刊登了我在蚂蚁岛拍摄的船坞抢险照片。10 多年后，我在蚂蚁岛听说这位修船厂的老厂长，已经中风，不能行走；而他的渔船修理厂已经拆除，原址上新建了渔民休闲广场。蚂蚁岛西南部海岸上还建起一座大型船舶修造厂。

自从"海天佛国"普陀山岛，在 1997 年 11 月 30 日，建成高大的露天观世音大佛雕像，许多年以来，舟山群岛好像是没有正面受到台风的冲击。于是，自古信仰佛教的舟山老百姓说，这是佛菩萨的保佑，是观音大士转动的法轮发出的威力，改变了台风行径的路线，是她张开的佛手挡住了台风。千年佛山，朝山礼佛的香游客不绝于途，大小寺庙里的香火那是更加兴旺。

去年，也就是 2019 年 8 月 10 日，超强台风"利奇马"登陆浙江，台风中心从舟山本岛东部朱家尖岛至中街山列岛之间穿过。这是 1949 年新中国成立以来登陆浙江沿海的第三大强台风。

舟山很受伤，财产损失巨大，岛民们的眼泪像海水似的苦涩。因为当晚的暴雨，使得城北水库、红卫水库、白泉水库等多个水库、山潭在半夜里紧急开闸放水，定海老城区、白泉镇老街区等地水漫金山。连城北新开发的几个住宅小区，地下车库一片汪洋。被水浸泡的车辆达数千辆之多。当晚有水库下的村舍被冲毁，里面住着的几个村民死亡；还有道路上发生漏电造成一个市民涉水触电死亡。

那天晚上，我让儿子在新城他自己家中照顾妻儿，我帮他在公司里值班。一大早，儿子开着车来带我，从新城赶回定海老城，我居住的桔园小区积水至胯下，我家车库里的画框、展架已经浸泡在水中。我无暇顾及这些，儿子把我送到我们曾经居住过的县前街，我几乎是穿着短裤、提着相机走进积水的老城区中。我虽然已经离开记者的岗位多年，但作为这个岛城的摄影家，我必须留下"利奇马"台风留下的痕迹。我听到一些老百姓站在积水中抱怨道：

"下水道不晓得多少年没修过了，政府的钞票，不晓得花到啥地方去了。"

"钞票，钞票都花到面孔上去了，侬去看看昌洲大道，现在是一塌糊涂，钞票统白白抢掉了！"

"水库放水，半夜里放，老百姓咋晓得？"

"这下好了，水浸坏的汽车，钞票赔起来萨嘎了。"

"白泉、双桥的菜地淹了一大片，下饭又要贵了，咋过日子？"

这些受灾中的百姓怨言，一时蔓延开来。有些受灾严重的老百姓陆续地在上访，寻求政府帮助。我在那年底的政府报告中，得到了这样的信息：政府财政将列支几亿元的专项资金，用于定海等老城区的排水系统改造。

但愿这笔资金能用到实处，起到作用，使这座具有千年历史的古城，在今后的台风侵袭里，街道、小区不再严重积水内涝，让老百姓不再站在积水里抱怨。

这就是我在舟山海岛生活了近 30 年，对台风的认知和记忆，以及台风给予我的切身感受。

2020 年 3 月 31 日，于舟山凫石书斋

⊙定海老城区中大街、县前街积水内涝的场景

⊙定海桔园南区的市民蹚水出行

画画的渔家女人

在我的凫石书斋里，收藏着几十幅舟山群岛的渔民画，大多数是中街山列岛的渔家女人们画的，既有用水粉颜料画在铅画纸上的，也有用丙烯颜料画在油画布上的。

我第一次看到渔家女人用油漆把画画在岩石上，是在东福山岛。那是20多年前的一个夏天的傍晚时分，夕阳正从海面上把最后的光芒渐渐地收拢起来。我在这最后的余晖中，看见一名妇女在悬崖边的岩石上画画。我小心翼翼地走近悬崖去细看，戴着布帽的妇女，正用刷子往光滑的岩石上使劲地涂着金黄色的油漆，她是在画一条2米多长的大黄鱼，金黄色的油漆反射着夕阳的余晖，闪闪发亮，映着妇女那张被晒得已经红里发紫的脸盘，映着妇女那散乱的头发在海风中乱舞。

这位40多岁的渔家妇女名叫翁翠珠，说话的声音也像玻璃珠一样透明响亮。

"好看吧？阿拉舟山鼎鼎有名的大黄鱼，贼骨斯亮。"

"你抓过多少大黄鱼啊？"

"数不清啊！我小辰光，晒黄鱼鲞，屋顶上、礁石上，统晒满了。现在缺了，大黄鱼弗来了。"

"所以你要画大黄鱼，想大黄鱼。"

"是啊，弗错，大黄鱼没了，阿拉舟山渔民眼睛瞎塌。"

渔家女人翁翠珠画大黄鱼，是希望大黄鱼回来，希望渔家的日子还会像大黄鱼那样金灿灿的。翁翠珠的画是简单、粗糙的。

在管辖中街山列岛的东极镇，比翁翠珠画得好的渔家女人还有好几个。梁银娣、吴小飞、王亚珍、胡张兰等，才是舟山东极渔民画的代表人物。

我第一次见到梁银娣时，她还是个刚刚被招进东极镇文化站工作的渔家姑娘。胖乎乎的身材、纯朴的衣着、热烈而有些羞涩的表情。那时她刚从舟山市群众艺术馆参加渔民画培训班回来，就接到镇里派给她的一个任务，要她陪着上面某个大领导介绍来的一位北京画家，在中街山列岛写生。正好我也在东极镇采访。去青浜岛时，小梁除了要照顾北京来的画家，还要顺便招呼一下我。

北京来的那位画家，作派很大，把小梁姑娘当作自家丫鬟似的在使唤，让我很是反感。而小梁毫无怨言，背着大大的画夹、提着把竹椅子和水桶，跑前跑后地伺候着。

第二次见到小梁，她已经结婚生孩子了。码头见面时一下子还没有认出来，因为胖乎乎的身材忽然之间变成了瘦壳壳的样子了。

"洪老师，你不认识我了？我是小梁啊！"

"哦，原来是你啊！怎么瘦成这样了呢？"

"生小人，身体没养好啊。"

"还在文化站吗？"

"在的，我画了好多渔民画，洪老师帮我去看看吧。"

当天，我在镇里先参加一个关于东极渔民转产转业的会议后，用完午饭就去文化站找小梁了。

东极镇的文化站，在庙子湖岛唯一的一条街道的中间，由石头砌筑的礼堂改造而成，下面是老渔民棋牌室，上面是文化站办公室。小梁把她和王爱珍几个渔家姐妹们的画，摊在堆满各种颜料管子的长桌上，画不大，

⊙东极渔民画

以30乘30公分为主，60乘60的也有，都是用水粉颜料画的。她们给自己的画作都取了个名字，有的叫"海乡的秋天""渔夫的故事""海上拔河"，有的叫"海龙王""晒鱼鲞""庆丰收""大网头""船拢洋"等等。而画的内容自然都是她们海乡、渔家的日常劳动与生活，有摇橹出海、撒网打鱼、鱼虾满仓、喜庆三收、节日民俗，也有岛居石屋、礁石海浪、铁锚浮筒，还有船头长着鱼眼睛的舢板、穿着龙裤起锚拉网的渔夫。反映的内容像海鲜一样丰富多彩、鲜活生动。而渔家女人的绘画技巧则是独特，她们从小织网、劈鲞、晒鱼的双手，虽然粗糙，但画笔在手，也画出了缆绳似的线条、也涂抹上了像海浪像海霞像礁石像船体那样单纯而热烈的颜色，她们把自己最熟悉的渔船、渔网、鱼鲜、螺贝，和自己居住的石屋、老公摇的舢板、阿娘头上扎的花毛巾等一切她们认为美的事物，按照她们脑海里的想象，任意地组合在一起，构成一幅幅有着舟山海岛浓郁特色、艺术魅力十足的渔民画。

我不得不惊叹，为渔家女人所创作出的画作感动、称奇、叫绝。几年不见，真没有想到，梁银娣已经从渔家姑娘变成了小渔嫂、变成了会画画的渔家女人。

"小梁，不错啊，真没有想到，已经画得这么好了！"

"都是群艺馆的老师，每次来海岛，手把手教我们的。"

舟山群艺馆的美术干部我都熟悉，画国画的王飚、王兆平、徐启中、徐锋，画油画的毛文佐，还有普陀区文化馆的陈乃秋、姜声慧，这些老师从二十世纪八九十年代起，就开始辅导东极的渔家姑娘、渔家嫂子们画渔民画，每年举办培训班，还带着她们写生，修改她们的画稿。

一画就快 30 年了，像小梁，从做姑娘时开始画，到现在已经是中年渔嫂了。她的丈夫童金康，是我认识 20 多年的渔民朋友，每次见到我时，总要说：

"洪老师，现在阿老婆忙得屋里事情弗做，每日画画，画到墙壁上去了，人是晒的木炭样，郁煞了。"

"金康，小梁画画画得开心，侬不好讲她的。"

"开心是开心，屋里事情也要做，小人总要带吧？她胃不对，让她注意休息，她听不进，郁煞了。"

"胃不对，难怪她人瘦得难看了，我帮你劝劝她。"

"好咯好咯，我请侬吃海鲜、吃老酒。"

因为东极渔家妇女的渔民画，连续几次参加了全舟山市、乃至全浙江省的美术展，渐渐有了名气。东极镇镇政府就要求她们，把参展的作品用油漆复制到码头边、街道上的墙壁上去。几个渔家女人是足足忙了半年多时间。现在，去东极的航船一进港，人们就可以从船上望见，码头边的石头墙上有许多幅渔民画，很是吸引游客的眼睛，成为一道海乡渔家的风景。

2006 年 9 月份的一天，时任浙江省委书记的习近平同志第一次到东极

镇来调研渔业工作。令小梁她们做梦也没有想到的是，习书记来到了东极镇的文化站，走进东极渔民画展览室，来看这些渔家女人们的画，并与她们亲切地交谈。我当时是随行的摄影记者。事后这些照片，我都放大送给了东极文化站。

听小梁说，现在一幅小的渔民画，可以卖到两三百块钱了。夏天游客多的时候，她们画也来不及。她们还尝试着把自己的作品复制到瓷盘、雨伞、鼠标垫、文化衫上去，做成渔民画的延伸产品。画渔民画，终于可以挣钱，可以贴补家用，可以让老公少点唠叨和埋怨了。

2015 年，在全国首届农民绘画作品展上，舟山渔民画入选 17 幅；同年底，舟山渔民画在中匡美术馆展出。胡张兰等几个舟山渔民画女作者，应邀去北京出席开展仪式，成为轰动中国美术界的一件奇闻、美谈。舟山渔民画还应邀参加了华沙国际书展等国际性的会展。

昔日的渔家女人，本来只是在自家门口织补渔网、剖鱼晒鲞、生儿育女、伺奉公婆，做着天经地义规定好的家务事情，却不曾想到，她们也会画画、也可以画画、也画出了名堂、画出了自己精彩的生活。

小梁的老公童金康，三经不下海捕鱼了，他转产转业开起了民宿。民宿的外墙上、房间里、餐厅里、走廊里，到处挂着小梁的渔民画。

我常常会接到童金康打来的电话：

"洪老师，侬有一响没来东极了吧，侬要来啊，我陪侬钓鱼去。"

"小梁身体好些了吧？"

"好多了，忙还是忙，做胚。"

"生意咋光景？"

"还好还好，侬来时，打电话给我，莫忘记！"

无论是小梁的电话，还是她老公的电话，我总听得出海的背景声音，听得出渔家人海一般的热情、听得出蒸煮海鲜的那种独特的气味，听得出海风吹来的酒气。

2020 年 4 月 14 日，于舟山凫石书斋

⊙舟山渔家女人在上海南京路上画墙体画

鸭蛋岭下有人家

  2015 年的春天，一个周末的早晨，儿子开车带我去白泉镇金林水库钓鱼。车从定海老城区北门出来，有两条路可以去白泉金林水库，一条是走岭上有日照禅寺的东皋岭隧道、再经盛产晚稻杨梅的皋泄村，至白泉镇老街后左拐往里行 3 公里便到了；还有一条，是老路，东皋岭隧道没有打通之前的老路，由城北的东湾村穿出，走鸭蛋岭盘旋在绿荫遮蔽中的山道，经岭上的积善寺门口，便可以望见翠竹与果树环抱着的金林水库，以及半个金林村的农舍。儿子知道我的喜好，不加犹豫地把车开上了鸭蛋岭。

  正是油菜花开的时节，水库边的农田上盛开着黄灿灿的花儿，花的后面还是花，是桃花、梨花交相呼应着，而山坡与村庄四维的翠竹、香樟树还有杨梅树，就像巨大的绿色屏幕，这片花的海洋、树的背景，拉着淡蓝色的天空和散漫的白云，一并倒映在宁静的水库中，和煦的春风只是在水面上轻轻地吹起细碎的涟漪。而各种鸟儿的鸣叫声，则是这春天的景色中灵动的音符。

  儿子已经帮我放下钓竿，浮标已经在水面上点缀着。但我却没有坐下来钓鱼。儿子看出了我的心思，说道：

  "老爸，上次我来钓鱼，听种菜的农民说，水库边一共有三个村，其中一个就叫洪家村。"

  "洪家？跟我们同姓？有意思。"

"鱼竿我会看着，你进去看看，问问是不是有空闲的房子，可以租下来，把家里阁楼上的兰花搬到金林来，一定养得好。"

"你知道我在找农村的房子，早说啊。"

"跟你学的，卖个关子，今天不是带你来了吗？"

于是，我放下鱼竿，向村子走去。几条土狗首先迎接了我，然后是几个老人走出来打量着我。我走近一位正在院墙外的梨树林里干活的老人。

"阿伯好啊！"

"有什么好不好啊！村里人缺啊。"

"听说这里人姓洪？"

"是啊，这边几十户姓洪，那边姓张、姓田，别的姓也有。"

"我也姓洪，我们是本家人。"

"你是哪里的洪家？听得出，你不是我们舟山人。"

"阿伯，我是江西人，江西老表，在舟山工作。"

"哦，很远啊，来舟山年数不少了吧？"

"廿多年了，住定海，今天礼拜日，儿子带我钓鱼来。"

"这里风景好，侬走走看，狗当心。"

我沿着水库边的村道，走了一大圈，把三个自然村看了一遍。水库上的农舍大概百来处，大多数空着没有人住，有的已经坍塌破败，爬满了葛藤。遇见的基本是上年纪的农夫、农妇，他们守着这个炊烟越来越少的老家，守着水库边的一点田地、守着山上的果树，过着简单而安静的日子。

这年的5月，我们协会在离城20多公里远的干览镇新建社区，设立了群众摄影沙龙，每个双休日都要去那里做文化义工。为了进出方便，我买了一辆电动车，我戏称它是"小毛驴"。我喜欢骑着这只"小毛驴"，翻过鸭蛋岭，经过金林水库，到白泉镇老街后再继续往北翻过白泉岭就到了干览的南洞，也就是新建社区的所在。这年夏秋之际，一场台风刚过，我骑着"小毛驴"从南洞返回，经过金林水库时，再次进金林洪家村去看看。

台风过后的村道上到处都是泥水，覆盖着着树枝、竹叶。我走近上次遇见洪老伯家的院墙。梨树下有许多被台风打落下的梨头。我随手捡起一个，放在眼前看着。这时洪老伯从家里走了出来。

"侬来了，吃吃看，崩脆崩脆的，翠冠梨。"

"阿伯好，台风损失大吧？"

"每年如此，台风来了，总会有损失。今年的风还算小，要是台风大，梨头就没有的吃了。"

我咬了一口洪老伯种的翠冠梨，果真是崩脆崩脆的，而且水分充足，又香又甜，似乎比我以前吃过的梨头都好吃。

"阿伯，交关好吃，崩脆崩脆！"

"多吃两只，再过几年就没有的吃了。"

"怎么了？地被征用了？"

"地被征还早，地没有人种啊。"

我跟着洪老伯去后山看他家更大的梨园。在一条山涧旁边，十几垅梨树，挂着许许多多用纸袋子包着的梨头。老伯的老婆在果园里捡着被台风打落下来的梨头。

"我们年纪大了，气力没了，这边的梨园管不过来了。"

我一边帮着洪老伯捡拾着梨头，一边听着他的话语。洪老伯在20世纪60年代初当过兵，回地方后在定海的交通部门干公差，退休后回到村里，帮老婆种田种菜种果树。他有两个女儿一个儿子，早就都进城工作去了，现在的房子是30年前盖的。十天半个月，总会有子孙们会回村里来，送点东西、吃顿饭。

参观了梨园后，洪老伯领着我又继续往后山更高处走去，从一棵老樟树下走进一片杨梅树林。

"这里有我38株杨梅树，晚稻杨梅，味道交关甜。"

每年的杨梅采摘季节，是在梅雨期过后的十天半个月里。我环视着这片杨梅树，粗壮的树干撑着一顶顶的绿色的树冠。我看见两处坟冢隐藏在幽静的林间。老伯走上前弯下腰，清理起碑石边散落着的树枝树叶，还有清明扫墓时留下的香烛残迹。

"这是我阿爹阿爷的墓，他们守着这里的山。"

透过杨梅树的枝叶往下看，看得见梨园、看得见农舍、看得见水库、看得见倒映在水中的云影。听得见老伯家的狗叫声、听得见山涧溪流声、听到见在老樟树上搭窝的喜鹊的呼唤声。

洪老伯说，这38株杨梅树，已经好几年都是包给安徽人来采摘，杨梅很便宜地卖给了白泉酒厂，做杨梅烧酒去了。

那天离开金林村时，我从洪老伯家买了一箱翠冠梨。一个礼拜后，我带了协会的马卫平来，又买了8箱梨。几天后因为我妻子的同事们、还有协会的一些会员都说想吃，我儿子开车进村来，买了几十箱。那年最后下树的翠冠梨，洪老伯留了两箱，让他儿子顺便带进城来送给我。

就这样，我和金林村的洪老伯成为了忘年之交。我在舟山工作、生活将近30年了，交了一些渔民朋友，但舟山的农民朋友，就洪老伯一个。

连续三年里，我去干览镇南洞时，总是骑着"小毛驴"翻越鸭蛋岭，总是喜欢弯进金林村去看看洪老伯。有时帮着他锄地、修剪梨树枝、施农家肥。在翠冠梨和樱桃快熟的时候，帮他拉防鸟网、包防虫鸟的纸袋。

又一次在洪老伯家等午饭吃，我们坐在院子里剥小竹笋。他给我说了一个金林村的故事。

故事发生在"文革"时期，一位上海女知青，响应毛主席号召，下放到舟山海岛来，被分到了白泉人民公社金林大队，接受贫下中农再教育。女知青长得漂亮，也很听话，结果被大队书记和大队长同时喜欢上了。两位大队干部，争风吃醋，闹出许多的矛盾和许多的新闻来，直到女知青回到上海去以后才慢慢地平息下来。在那个特殊的年代里，那些新闻即使成为现在的旧闻，听起来也是经典的、让人回味无穷的。

我也说起过想租个带院子的农家小房。洪老伯家北边，隔一条山涧，就有一个张姓农民的房子空置着。舟山兰人方平先生和程继红教授也来看过，都觉得不错，可以作为我的"弋海兰园"的寄居之所。我也去白泉老街上拜访过这户农家的主人，原来他是个木匠，因为一次工伤，落下点残疾，住在他年轻时在镇上盖的房子里，靠老婆在菜场卖鱼挣钱过活。张木匠说金林的房子，他以后要回去住的，租几年可以，租长不行。

靠近金林水库边有个带一亩半桔园的农舍，听洪老伯说是定海城里开最大网吧的女老板买去的，女老板把园中的旧农房拆了，想建农庄。但盖了一层，就被村民举报了，镇里管土地建设的人来过后，责令网吧女老板停工，并贴上了封条。后来我遇见过网吧的女老板，她说，我在补办手续，一定可以搞定，把农庄建起来。但我知道，现行的国家法律是禁止农村宅基地私人交易的。变相或隐性交易，都存在后遗症。

我并没有在农村买宅基地的想法，只是想暂时给我的兰花找个家，让她们远离城市，回归山野，吹得到清新的林风、呼吸得到清洁的空气、吃得到清凉的露水。

洪老伯说，金林空关的房子很多，让我不急，慢慢找，合机遇。

洪老伯又告诉我，他从镇上听来的消息，说又要征用土地山林了，因为要从皋泄村和金山村南北两边同时打隧道通进来，再用高架从金林水库下方对接。

而我从市里听来了更大的消息，宁波通往舟山的高铁将在近年里开建，舟山的终点站设在白泉镇，高铁穿过鸭蛋岭的隧道口很有可能就选在金林村的后山。

果真如此的话，那金山村环绕水库的竹林、杨梅林、翠冠梨园，还有散置于山林与水库之间的农舍，将不会是我从水库倒映中所见到的景象。宁静的山村，将迎来挖掘机、推土机、打桩机、吊机和运输车辆的轰鸣声。

洪老伯的话犹在耳边，挖掘隧道的机械不久就开进了金林。

而我因为单位从定海老城区搬迁到了舟山本岛中部的新城区，在定海干览南洞的义工项目也已结束了，还有我的孙女将在新城区的幼儿园上学，我去白泉金林的时间也就越来越少了。

去年8月的"利奇马"台风和10月的"米娜"台风来袭，我想到过金林的洪老伯，想到过他的梨园，却因为忙于事务，没有去金林村。

吃过三年的翠冠梨，去年是一个也没有尝到。还有洪老伯种的番薯、土豆，也没有吃到过。

今年的春天，等清明过后，我想再次骑着"小毛驴"，翻过鸭蛋岭，去金林，去看看洪老伯。

但愿他老人家一切安好。

2020年4月4日，于舟山岛石书斋

⊙金林村的洪老伯与他的翠冠梨

寻访台湾渔民

自古以来，舟山群岛的渔民与台湾岛的渔民，乃至大陆东南沿海的渔民，都共同拥有祖国的东海渔场。在这片辽阔的海洋上，他们世世代代耕海牧渔，以海为生，繁衍子孙，生生不息。

舟山渔场是东海渔场中渔业资源最丰富的区域，享有世界三大渔场之一的美名。每年冬讯，大黄鱼、带鱼、乌贼、梭子蟹等经济鱼类旺发，各地渔船蜂拥而至，无数的渔火闪烁在舟山渔场，渔岛、渔港一片繁忙景象。

台湾渔民，闻讯而来，自然也在舟山渔场追逐着鱼群。在舟山本岛东头的沈家门渔港，紧靠着福建渔业冬讯生产指挥部，就设有台湾渔船专用码头和台湾渔民工作站。

20 世纪 90 年代初，亚运会第一次在中国北京举办，当亚运圣火传递到舟山群岛时，台湾渔民就在沈家门街头打出了庆祝标语。

我第一次与台湾渔民接触是 25 年前的事情。那年 9 月的台风期间，一艘躲避台风的台湾渔船在夜晚迷航，不慎搁浅在舟山本岛西部鸭蛋山水道，情况危急，请求援助。

我在舟山日报社值班，接到海军舟山基地群工部老谢的电话后，就立马背起相机，跟随海军"862"号拖轮出发，赶往鸭蛋山水道。一个小时后，我们在漆黑夜幕下、在风浪与暴雨拍打的海面上发现了目标，那艘搁浅的台湾渔轮闪着微弱的求救信号灯，船体在风浪中已经倾斜严重，有侧翻沉

江海帆
已远

没的危险。拖轮迎着风雨在台湾渔轮四周缓缓地绕了一圈，勘测、制定救援方案。舰上的高音喇叭不断地向台轮喊话，询问动力、舵机、以及人员情况。半个多小时后，拖轮的缆绳终于系上了台湾渔轮的船头，两船很快靠拢在一起。水兵们乘势接应准备跳舷的台湾渔民。我本来是紧贴着船舷在拍摄，感到位置不够好，就爬上船舷跳向台湾渔轮的舱盖。没有想到的是，我在湿滑的舱盖上脚没有站住，重重地摔了一跤，迅疾地爬起来，检查手上的相机，机头上闪光灯的连接板已经断裂，灯正好摔在一堆渔网上，竟然没有坏；我把它压在机头上，赶紧抓拍。老谢看到我的闪光灯在闪射，就知道我没有摔伤。

在拖轮的甲板上，几个惊魂未定的台湾渔民，接过"862"号水兵们为他们准备好的面条和水饺，端着热气腾腾的大碗，和着泪水吃着，不时地抬头称谢。

这是我第一次拍下的台湾渔民，在台风侵袭的夜晚，在风高浪急的海上，在大陆海军拖轮的甲板上。

半夜回到家中，我倒在床上，腰部摔到的地方火辣辣地疼痛起来。这一跤，我的腰伤三个月后才痊愈。

15 年以后，我第一次去台湾，与台湾的摄影艺术家进行交流。期间，桃园的执业医生也是台湾沙龙摄影的代表人物高源彬先生，建议我去台湾本岛外的兰屿岛进行采风。他告诉我，兰屿岛的渔民穿"丁字裤"，他们的渔船类似独木舟，他们捕的是飞鱼。

从台东乘船，在太平洋的边缘越过蓝黑色海域，我是一路晕船呕吐，十分疲惫地登上了这个位于台湾岛东南方向、与菲律宾隔海相望的兰屿岛，去寻访那里的达悟族渔民。

兰屿岛是个悬水孤岛，面积只有 46 平方公里，与舟山群岛的朱家尖岛差不多大小。它由火山喷发而成，四周环绕着珊瑚礁，遍布着奇异的岛礁，因盛产蝴蝶兰而得名兰屿。岛上的原住民是达悟族人，个子不高，皮肤有

⊙在海堤上玩耍的达悟族小孩　　⊙在发呆亭里坐着的达悟族老人

些黑，远看与菲律宾人有些相似。他们很早就来到这个远离大陆的孤岛上以打鱼为生，也种些芋芳当作粮食。他们的先民都是伐木为舟，并在木舟上画上达悟族人的图腾，整条木舟就像个工艺品似的。因为地处热带、又从事海上的劳作，男人们常年喜欢穿着"丁字裤"，就是用一条白色的长布条，从胯下包个"粽子"系在腰间。听高源彬先生说起过一个故事，1945年蒋介石的国军从日本人手里接管兰屿岛时，官兵们看不惯达悟族男人穿"丁字裤"，于是给每家每户原住民派发军裤，责令男人要穿长裤子。达悟族人很是无奈地穿起了长裤子。可是没过几天，裤子被送还给军政府了。原因是，湿漉漉的长裤子贴紧着腿脚，又热又闷又重，在海里无法游泳、不好捕鱼了。这事只好作罢了。

　　每年的春天，飞鱼族群随着黑潮来到兰屿岛附近海域。达悟族人会在海滩举行隆重的祭海活动，男人们会点燃篝火，穿着崭新的"丁字裤"，十几个人一组，抬着画满图腾的小渔船，在海滩上载歌载舞，将供品抛撒进大海。

　　我去兰屿岛的时候，捕捞飞鱼的旺季已经过去。许多钓鱼艇停泊在渔港里；而达悟族人传统的渔船已经上岸停放在黑鹅卵石的海滩上，静静地

⊙达悟族人的渔船

听着海潮的声音。

　　我在兰屿岛野营部落的海边，看见一位70多岁的老渔妇，正坐在当地人称之为"发呆亭"的亭子里呆呆地凝望着一望无际的太平洋。我跟她打招呼，她听不懂；她的回话，我也听不懂。

　　为了防御多发的台风，达悟族人挖地坑，把房屋建在地面以下，四周再围着鹅卵石堆砌的围墙。一位中年渔民正在围墙边剖鱼。

　　"你好，打搅你了。"

　　"从哪里来的？"

　　"大陆。"

　　"哦，很远啊，大陆人来我们兰屿，还是第一次看到。"

　　这位渔民的口音我很难分辨出是闽南语还是台湾本地的语言。好在他能勉强听懂我的问话。我看着他手里细长的鱼说道：

　　"你家晚上吃飞鱼？"

　　"是啊，飞鱼，我们兰屿飞鱼多，飞起来很漂亮。"

　　"飞鱼卖多少钱一斤？"

　　"不知道，我不卖鱼。"

"菜场里有卖吗？"

"兰屿没有菜场，我们打鱼是给自己吃，吃多少，打多少。"

"那旅游的人来了，到哪里买鱼吃？"

"我们不喜欢旅游的人来。"

话到此结束。这位兰屿岛渔民转过身弯起腰进自己屋里去了。夜幕降临的时候，我回到借宿的那个村落，又经过一户人家。低矮的石头屋正开着窗，温暖的灯光吸引着我靠近去看一眼，但见房间的墙面上贴满了鱼拓画、明信片和地图，几个男女小孩正围坐在餐桌边，一位母亲在给她的孩子分发餐具。我职业性地举起相机拍了一张，生怕被他们发现，就转身离开了。但我还是被那位母亲喊住了：

"你很没有礼貌啊！不经过我们同意，怎么可以给我们照相？"

我当时真是无地自容，羞愧地连声道歉。我的不礼貌，打扰了这户兰屿岛上的人家，破坏了原住民一家晚餐的和美，我感到深深的内疚。

几年后，我第二次去台湾。高源彬先生和陈彦臻女士等几位桃园的摄影朋友开车带我们去台湾北部沿海，去寻访基隆渔民，去寻找台湾最后几艘磺火捕鱼船（也叫"蹦火仔船"）。

我们在海堤上，在海风的吹拂中，等来夜幕降临，等来三艘"蹦火仔船"，大约离岸 300 米远，它们散开在漆黑的海面。"嘭"地一声，又接着"嘭""嘭"地几声，顿时，夜的黑暗被瞬间喷射出火焰点亮，我从长镜头里清晰地看见，装饰着鲜亮颜色的船头四周的海面上沸腾了，一群群小小的青鳞鱼应着火焰的光芒，从海水里飞窜起来，早已守候在船舷边的台湾渔民将硕大的网具从海面上抄过，一网又一网地捕捞起青鳞鱼。

这就是磺火捕鱼，台湾最古老的传统捕鱼方式之一，运用的是"电火石"（碳化钙）遇水产生类似乙炔（硫化氢）的易燃性气体，在点燃的瞬间产生的巨大的爆炸声响和束眼的强烈火光，吸引趋光而来的青鳞鱼群。

又过了几年，我第三次去台湾，我来到了台湾海峡里的澎湖列岛，寻访了台湾渔民更加古老的捕鱼方式。澎湖列岛之一的七美岛东湖渔村紧邻顶隙北面的海崖下，由玄武岩海蚀平台及珊瑚礁构成的潮间带上，700年前的澎湖渔民，用鹅卵石块垒砌成几条长弧形石墙，由浅向深，在深水处折返向内做成弯钩状的水漕。涨潮时，鱼群顺流进入水漕觅食；退潮后，石墙已高于海面，鱼儿就被困于弧形的水漕中，渔民唾手可得。这就是澎湖先民在生产劳作中发明创造的"石沪"捕鱼法。

离开七美岛，我来到澎湖列岛中的第二大岛渔翁岛（也叫西屿），我在岛上正好赶上了当地渔民10年才举行一次的祭海巡游活动。澎湖渔民与福建沿海渔民共同信仰海神娘娘"妈祖"。这天渔翁岛的渔民把平时供奉在庙里的"妈祖"请了出来，抬上张灯结彩的渔船进行巡海。供放"妈祖"的船队在渔港、水道上来回穿梭，船上与岸上相互响应的鞭炮声此起彼伏、不绝于耳。这是澎湖渔民世代延续的传统，是他们精神的寄托与情感的慰藉。

在澎湖的夜晚，我跟随钓鱼船，哼唱着曾经流行于海峡两岸的歌曲"外婆的澎湖湾"，与渔民一起夜钓"小管"（鱿鱼的别称）。

在澎湖的早晨，我徜徉在马公水产品交易码头，往来的渔船、忙碌的渔民、琳琅满目的海鲜，构成喧闹的渔港风情。我仔细地分辨着鱼品，大多数与舟山渔场的鱼类同种，也有我叫不上名字的鱼品，那应该是从南海过来的热带鱼种。渔民群体中，有些是菲律宾人，他们会讲一点闽南话，但听不懂普通话。一个渔船老大看见我总是在拍照片，便主动跟我打起招呼来：

"你是大陆来的吧？"

"是啊，是浙江舟山群岛来的。"

"哦，舟山，沈家门渔港，我前几年在基隆时去过的，在那里修过船，去普陀山拜过菩萨。"

"好啊，冬天再去舟山捕带鱼、捕梭子蟹。"

"带鱼是你们舟山的最好吃，原来有大黄鱼，现在没有了，可惜了！"

"老大，你去过钓鱼岛捕鱼吗？"

"钓鱼岛，我在基隆时常去，也有你们舟山的船。"

"是啊，同一片海，都是祖先留给我们的。"

"以前去，日本人会来赶，现在好多了，大陆的渔政船会保护我们。"

这位台湾澎湖的渔民老大，向我举起大拇指说着。

我也没有想到，拍了20多年的舟山渔场、渔民，又多次跨过一湾海峡，到台湾来，先后到兰屿岛、基隆海岸、澎湖列岛，寻访台湾渔民，留下一帧帧记录台湾渔民兄弟的影像，还有终身难忘的、美好的回忆。

2020年3月21日，于舟山凫石书斋

⊙出海钓"小管"

⊙澎湖渔民捕鱼的的"石沪"

⊙苏澳渔港

⊙兰屿渔民晒飞鱼

我的希腊朋友康爱斯

江海帆已远

希腊的康爱斯先生是我唯一的国际友人。他的英文名字是"Aristeidis Kontogorgis"。他的希腊文名字我不知道；中国名字"康爱斯"，是舟山人给他起的，他很喜欢。康爱斯是出生于1960年，年长我3岁，他的老家是爱琴海上的一个美丽的小岛，相传是天主教圣母玛利亚诞生的地方，名叫"蒂诺斯"（Tinos）岛。

我们相识于2003年的夏天。时任希腊雅典西阿提卡大学美术学院摄影与视听艺术系教授、希腊摄影协会秘书长的康爱斯，应邀从希腊来杭州，参加世界摄影家看浙江的采风活动。其间在舟山的两天行程，由市外事办的翻译官庄海波和我陪同。

从小在爱琴海长大的康爱斯先生，乘海峡轮渡一到舟山岛，就十分地兴奋。尽管杭州西子湖的美让他惊艳不已，也"谋杀"了他不少的胶卷；但舟山的海，更让他觉得亲切，他站在码头上说，舟山的空气里有海的气息，让他想起了蒂诺斯。

蒂诺斯岛也有渔港，希腊首都雅典也有渔港，但他绝对没有想到，中国舟山的沈家门渔港是如此地壮观：东西长5000多米的渔港，或停泊或穿行着数不胜数的大小渔船，一列一列的船旗，叠加、交叉在一起迎风招展，渔民们有的在装卸鱼货，有的在整理网具，有的在往船上补充大米、蔬菜、啤酒、淡水等生活物资，一片热闹繁忙的景象。眼前的一切，让他既感到熟悉，又十分地陌生。翻译官海波跟我说：

"晓明，你们是同行，今天你就带着他，随便怎么拍都行，我旁边看着。"

于是我们从沈家门渔港的观景台开始拍，再由半升洞码头拍到水产品交易市场。每走几步，康爱斯就会停下来，或高高地站立在渔港的防浪堤的缆桩上，或蹲在渔民卸货码头的台阶上，有时又跨过船舷，跑到渔船船头上去。几乎是一支烟的工夫，康爱斯就打光了"一梭子子弹"，一会儿又蹲下高大的身体来换胶卷，并把胶卷盒捡起来放回摄影包中。一个外国摄影家的出现，引来许多渔民的围观。康爱斯就微笑着和渔民们打招呼，同时随意地抓拍着身边的渔民。很快，他卷曲的头发就被汗水润湿了，精致的眼镜框后那双透明的蓝眼睛闪着锐利而快乐的眼神。他还不停地向我弹出紧握相机的拇指头、做出一些滑稽地笑脸，以这种特殊的方式来向我表示他的开心与感谢。

夜幕降临，沈家门渔港的夜是迷人的，海风里既有海鲜的味道，也有酒的芳香。我们来到了位于沈家门渔港荷外这段的海鲜大排档食场。一顶顶红色的条纹布蓬连成一条街市，几十户排挡家家户户都摆满了琳琅满目的海水产品，川流不息的人群在灯火通明中移动着、交汇着、说笑着，早已入座开吃的渔民、商贩、游客、市民，正举杯换盏、大快朵颐，而卖唱的艺人也夹杂其中，吹拉弹唱，助着酒兴。

翻译官海波早已经订好我们用餐的摊位，老板娘也已经将海波点的海鲜一盘一盘地端上桌来，并为我们准备了一箱啤酒。此时的康爱斯，应该早就饿了，但他看见这般热闹的场景，哪里肯坐下来用餐。一开始康爱斯还在听海波的翻译介绍，但很快他就忙着拍照片去了。他走了一家又一家摊位，不停地拍摄着台板上堆满的各种鱼虾螺贝，仿佛从来没有见过似的。因为他的拍摄，又不断地围拢来好奇的食客、游人、市民，掀起一阵阵嘈杂。

我好不容易用手势、表情，很吃力地把他领到我们的摊位上。海波打开一瓶啤酒：

"beer?"

"no。"

康爱斯把相机放在桌上，带着笑意地用手指着隔壁一桌上的杨梅烧酒。原来他是要喝舟山的杨梅烧酒。海波示意老板娘拿来四瓶二两半装的杨梅烧酒。我们的晚餐在一声"cheers!"里开始。看得出，爱琴海上长大的康爱斯很会吃鱼，虽然拿筷子的手略显笨拙，但吃鱼、咬螃蟹的样子还是很有教养的，他细细地把鱼刺、鱼骨挑出来，将咬过的蟹壳、蟹脚摆放整齐。在我们用餐的过程中，来了几拨卖唱的艺人。海波低声征询康爱斯的意见，他含笑地又一次手指一位手里提着把二胡、肩上挂着个葫芦丝的老艺人。于是，这位沈家门夜排档上颇有名气的老刘就在一旁拉了条凳子坐下，拉起二胡来。康爱斯饶有兴趣地听着中国的古典乐曲，很快就拿起相机来。他仔细地观察着老艺人，换着不同的角度进行拍摄；在二胡曲结束后，又示意老艺人吹葫芦丝，他几乎是半跪在地上，低角度地抵近老艺人在拍摄。老艺人一时高兴，不加钱地多演奏了几个曲子。也许是杨梅酒的后劲上来了，也许是艺术家的天性被唤醒了，康爱斯极为兴奋，还不时地端起酒杯，向老艺人表达敬意。

摊位上的食客、和看热闹的人们渐渐散去了。我大致数了一下倒空的杨梅酒瓶，我们一共喝了12瓶，我和海波各2瓶，康爱斯一人竟然喝了8瓶。真是好酒量啊，有点传说中希腊海盗的酒风。但康爱斯却还不想离开，他还想再喝。海波看着我，我窃窃地笑着看着海波，看着已经有些醉意的康爱斯。很有些姿色的老板娘会意地又拿来两瓶杨梅烧酒。此时醉眼迷蒙的康爱斯，竟拉住老板娘的手，要以希腊男士的方式拥抱一下中国女士，行个贴脸的礼节。老板娘顿时有些慌乱、有些羞涩，还有些气恼，旁边的两个年轻的厨师则在起哄。这时海波连忙站起来，一边向老板娘解释这是希腊人的礼节，一边示意我帮康爱斯收拾相机赶快离开。

康爱斯耸耸肩、张开双手，滑稽地傻笑着。没有喝尽兴的康爱斯被我们送回了定海老城区的华侨饭店。

第二天一早，我们陪同康爱斯游览"海天佛国"普陀山。康爱斯是个天主教徒，对于佛教、特别是中国盛行的大乘佛教基本没有认识。但我看见他十分恭敬、十分安静地徜徉在普济禅寺中，认真地欣赏着释迦牟尼、阿弥陀佛、弥勒佛、观世音菩萨以及众多的罗汉菩萨的雕像，欣赏着中国最大的观音道场的庙宇建筑，表现出极大的兴趣。他在容许拍照的地方也用心地拍摄着念经的和尚、烧香的信徒。

我在想，康爱斯是来自文明古国希腊的艺术家、教授，他的来访，其实也是在与中华文明进行交流。两个文明古国交往是需要文化的使者的。康爱斯也许就是这样的使者。

康爱斯第一次舟山之旅很快就结束了。我因为有其它公务，没有去送行。他请翻译官海波转给我一条信息：

"谢谢你，在舟山过得很开心，希望我们能成为好朋友。"

从那以后，康爱斯爱上了中国、爱上了舟山。他先后往来希腊与舟山10余次，为促进两国两地的交流做了许多有意义的事情。他促成了舟山参加希腊"波赛东国际海事展"，以及希腊港口与舟山港的交流合作，还促成了蒂诺斯市与舟山市两个城市的文化艺术交流。每次康爱斯来舟山，海波都会帮我们安排见面的机会，我们在一起看照片、喝茶，当然也绝对不会少了杨梅烧酒。慢慢地，我们真的成为了好朋友。

2010年仲夏，舟山群岛摄影艺术作品展应邀赴蒂诺斯市展览。我和康爱斯是这个展览的策展人。舟山市文艺家访问团一行6人抵达希腊的时候，康爱斯亲自到雅典的国际机场迎接我们，老朋友相见，少不了热情的拥抱和亲密的贴脸亲吻。

我们在文明古国希腊的雅典，参观古代城邦宫廷遗址、露天剧场遗址，参观这座艺术之都里到处可见的的雕塑艺术作品，沉浸在荷马史诗所传颂的神话世界里。而康爱斯先生则先行一步已经乘船赶往蒂诺斯岛去布置展览了。

从雅典去蒂诺斯岛，乘船有 4 个小时的航程。渡轮在太阳准备西下之时，缓缓地离开雅典港，在爱琴海的碧波里，画出一道雪白的航迹，我们吹着清爽的海风，环视这爱琴海的风光。我的相机也在不停的"咔嚓"声响，向往已久的，无比神秘和无限浪漫的爱琴海，那星罗棋布的岛屿、岛屿上洁白的民居、海面上出没的帆船，开始"谋杀"我的胶卷。

渡船在渐渐拉开的夜幕中先后经停过爱琴海上的几个小岛，其中我只记得米科诺斯岛（Mykonos），因为听翻译说这个岛是全世界同性恋者的天堂。

大约是晚上 10 点钟时，渡船终于靠上了蒂诺斯岛的码头。

蒂诺斯岛是爱琴海基可拉泽斯（Cyclades）群岛中一个小岛，面积大约 200 平方公里。公元前 10 世纪初主要由爱奥尼亚人居住，后相继被埃雷特里亚人、罗得岛人、威尼斯人、土耳其人占领，公元 1821 年被希腊人收复。现有岛民万余人，主要信奉天主教。后因在岛上发现圣玛丽像，成为希腊正教朝圣地。

我还在渡船船舷上，就远远地看见了迎接我们的康爱斯先生。

下船拥抱后，康爱斯帮我拖着行李箱在临海的街道上步行，一会儿就到了一幢古老的二层楼房前。康爱斯以主人的口吻说道：

"这就是我的老家，我在这里出生，房子是我爷爷留给我的，今晚就住在我的家里，欢迎中国舟山的朋友们！"

我们安顿好后，就走下楼来。康爱斯已经让家人为我们准备了宵夜。面朝爱琴海，在停泊着许多小游艇的海湾边，在古典的街灯下，我们接过主人斟满的葡萄美酒，在异国他乡"cheers!"。

"洪先生，这里像不像你们的沈家门？有海、有船、有鱼、有酒。"

"像，沈家门热闹，而蒂诺斯很安静，我喜欢。"

旅途的疲劳和宵夜时的杯酒，让我们很快就上楼休息去。在爱琴海的宁静中、在海潮的轻声歌吟里、在温柔的海风吹拂下，我却久久没有入梦。我遥想着古希腊时代的往事，爱琴海不知收藏了多少美丽而悲哀的故事，不知融入了多少希腊美女的眼泪和勇士的鲜血，不知幻灭过多少帝王、霸主们的梦想……

我们的摄影艺术作品展如期在蒂诺斯市的一座简朴而古老的美术馆里开幕。康爱斯主持开展仪式，他热情地介绍在遥远的中国，有个跟蒂诺斯一样的海岛城市，叫舟山。蒂诺斯市市长致欢迎辞。我的作品《舟山跨海大桥》被当作礼物在现场赠送给了蒂诺斯市政府。许多蒂诺斯市的市民从不同的社区、村落来到美术馆参观。康爱斯告诉我们，每年来蒂诺斯观光朝圣的国内外游客大约是 270 万人次，至少会有十几万人会来这个美术馆参观。我们这个展览的作品将由这座美术馆永久收藏。

开展结束之后，我们来到了蒂诺斯岛上最大的教堂，无数信徒们缅怀、敬仰圣母玛利亚的地方。当我们走进教堂的大殿时，在圣玛利亚塑像安详的目光注视下，年老的神父正在为一个新生的婴儿举行受洗仪式。情景庄严肃穆，有神圣之感触。康爱斯轻声向我介绍道：

"在普陀山寺庙里，你们没有这样的仪式，这是不同的。"

是的，这是不同的宗教文化传统、不同的宗教情怀、不同的生命体验。关于人从哪里来、将来哪里去，世界上所有的宗教都做出了不同的解释。这就是差异，我们探寻、了解、尊重这种差异性，为这些丰富差异而惊奇、感动、赞叹。

紧接着我们又去了山顶上的一座有着千余年历史的修道院。我因为穿着短装，露出了膝盖，被限制进入。错过一次探秘修女的机缘。不尊重差异的存在，就不能交流互鉴。

很多次，当我和康爱斯独处在一起的时候，有时是乘车乘船的途中，有时是采访拍摄的休闲时分，我们有很多话题要说，但因为我们彼此语言不通，存在巨大的障碍，这使我们感到十分郁闷。往往他讲什么、我讲什么，彼此急得只能耸耸肩、不停地做着手势。平生最后悔的一件事，就是没有学好英语，后悔自己原来在内地工作时，因为派不上用场，就把读书时学到的一点英语几乎忘光了，只剩下简单的几句问候语、极其可怜的单词。这令我十分羞愧。

前几年，我把自己出版的摄影集《海乡沉醉》和散文集《锣鼓铿锵》送给康爱斯，他打开一翻，全是中文，就把两本书抱在胸前，向我耸耸肩，做了一个我们彼此都懂的滑稽的笑脸。

康爱斯很希望我再去希腊，去蒂诺斯，去他老家的房子里住上一阵子。我也真想再去爱琴海，去蒂诺斯，不带相机，只带上我的画箱，去画爱琴海的美景、去画岛屿上白色的鸽舍、去画在碧波荡漾里如梦如幻的帆影……

当然，我还会用我的心，去感受希腊朋友康爱斯真诚而温暖的友情。

我不能确信，是否还有去希腊的机缘。但我能确信的是，康爱斯送给我的一尊希腊女神的雕像，会高高地存放在我的书架上，陪伴着我。

2020 年 4 月 2 日，于舟山虎石书斋

⊙ Aristeidis Kontogorgis，中文名：康爱斯

大胡子老林

　　江西老表外出打工，赣西南赣州、宜春、吉安一带的一般都就近去了广东、福建沿海；而赣东北上饶地区靠近浙江，一般就以金华、义乌、温州、宁波一带为集聚地，这里私营经济发达。我老家弋阳的农民，大多分散在义乌大市场周边。

　　跨过海峡，跑到舟山群岛上来打工的，绝大多数是安徽人、河南人、贵州人；也有少量的江西老表，他们一般做铝合金门窗生意，大小也是个老板。舟山的这块市场蛋糕基本被我们老表们分享了。也听说有老表在沈家门渔港踩了半辈子三轮车的，我没有遇见过。

　　前年夏天，我去舟山群岛东北部的枸杞岛采风。那天傍晚时分，我站在明朝抗倭将领戚继光题写"山海奇观"四个大字的大石岩后面，观赏海上万亩贻贝养殖场的风光，正在偏西的太阳，勾画出礁石的魅影，宽阔的海面上密密麻麻地分布着养殖贻贝的浮筒，渔舟像织布的梭子，在浮筒的方阵中穿行，带着渐渐熄灭的柴油机冒出的黑烟，向码头聚集。

　　我在渔民归港的热闹中，走向码头，看看他们的箩筐里的鱼货，问问鱼的价钱。当地渔民知道我不是来买鱼的，也就懒得理我。打好缆绳、挑起箩筐，匆匆地回村回家去了。

　　码头在夕阳的余晖中沉寂下来，一朵晚云在海面上迅速地消失了。

　　这时，一条撑着一把蓬伞的小船静静地溜进港湾，停在离岸百来米的海面上。不一会儿，有个渔民摇着一个用泡沫自制的小舢板，慢悠悠地朝码头的台阶靠近。微微的天光里，这个渔民把小划子上的箩筐搬上岸，再把小舢板从海水里拉出来扛上肩膀，沿着陡峭的台阶艰难地走上码头，安放好小舢板。

我带着好奇心走进这位渔民。

"侬怎嘎暗来啊？辛苦辛苦！"

"不辛苦啊，天气好，每日如此。"

"今天鱼多不？"

"还好了，钓了几条海鲈鱼。"

借着码头上昏暗的路灯，我终于看清了这个渔民的脸，方方正正的脸盘，盖着茅草似的头发，下面拖着扫帚似的一把胡子，一条破旧的红毛巾搭在肩膀上。眼睛很有神，而且带着笑意；雪白的牙齿与礁石般粗糙的鼻子、嘴唇一样十分醒目。

我刚才是用舟山话在问这位渔民，但我从他答话的腔调中隐约感到他不是舟山人。

"侬好像不是本地人？"

"哈哈哈，听出来？侬厉害啊，阿是江西人。"

"哦，江西哪里啊？"

"上饶，上饶玉山乡下人。"

"原来也是老表啊，阿是弋阳人。"

"啊？弋阳人，我们老乡啊！"

"都是老表啊！阿姓洪，洪水的洪。"

"洪老板，阿姓林，枸杞岛上的人都叫阿江西老表，也叫大胡子老林。"

真没有想到，会在枸杞岛上遇见老乡，在这么偏远的海岛上，居然也有我们老表在打鱼谋生。大胡子老林告诉我，他来舟山已经20多年了，先

⊙手抓着虎头鱼的大胡子老林

是在冷库里打工、在码头上做搬运工，也跟运输船跑过几个地方，后来就在枸杞岛待了下来，把老婆孩子也接来了。现在他每天钓鱼，他说他就喜欢钓鱼。

因为已经很晚了，大胡子老林的老婆已经打来电话催吃饭了。我们就在码头告别。看得出，老林是个性格开朗的人，今天遇见老乡，也很开心。

我和老林相约，明天跟他出海钓鱼去。

通过连接枸杞岛与嵊山岛的三礁门跨海大桥，我从枸杞岛的西南角回到东北角对面的嵊山岛民宿，与一同从舟山本岛来的几个朋友汇合。吃晚饭时，我说起遇见老乡的事情，告诉他们我明天要出海去。因大胡子老林的船很小，我只能带上协会的摄影学员，在浙江海洋大学工作的沈家迪。

手机的闹钟在凌晨四点把我们叫醒。昨天夜里约好的小"的士"已经等候在民宿的门前。我们在凉爽得有些清冷的海风中过了三礁门大桥，在黎明的曙光中准时到达枸杞岛后头湾码头。大胡子老林却迟到了10多分钟。

"老乡，不好意思，让你等我了，昨天晚上高兴多喝了几杯老酒，困迟了。"

"老林，阿再带个学生上船可以吗？"

"船是小，挤一挤，没有关系啊。"

老林把昨天拉上来的泡沫舢板放下海里，奋力地摇向不远处锚泊的小船。不一会儿，老林的钓鱼船"哒哒哒"地吐着黑烟靠上码头来接我们。这时我才看清楚了老林的钓鱼船。长大约 5 米，宽 2 米，用几根钢筋死死地捆扎住几十根长长的毛竹片，毛竹片包裹着大大小小的泡沫浮筒。船的中间树着一杆用破帆布裁剪出的遮阳伞，船尾安放着一台小小的柴油发动机。老林一边帮着我们上他的钓鱼船，一边告诉我，那台柴油机，他花了3000 元新买的，整个船上只有这台机子是新的、是花钱买的，其它的都是他从海边、码头上捡破烂拼凑起来的。

跟我一起来的小沈，还是个青头男，带着大学生的嫩气。他是第一次跟渔民出海，还是乘这样的钓鱼船，自然是害怕的。

"不用怕，这里的海我再熟悉不过了，我们就在岛的附近钓鱼。不走远，没有风浪的。"

老林的船载着我们，穿行在贻贝养殖的浮筒方阵里，在一处他常去钓鱼的地方关了柴油机的马达，把缆绳系在养殖渔民连接浮筒的长绳上。他把寄存在船上的鱼竿抽出来交给我们。接着向海里抛出一跟带着 10 多个钩子的长线，手提了几下，就拉上来一串活奔乱跳的小青占鱼。同时，嘴里说着：

"老乡，今天我们就这里钓虎头鱼，这下面有块大礁石，虎头鱼就躲在下面，好多好多。"

老林用小刀子将青占鱼切成花生壳般的小块，分给我们穿钩子。我看得出小沈小时候没有钓过鱼，鱼钩一下子就扎进了手指头。我也顾不了他，随他自己弄。

太阳从岛的山后升起来了，照在本来清冷的海湾里。我和老林逆着阳光把钓饵抛进有点刺眼的海面。海钓与河钓的方法是不一样的，有铅坨但不用浮标，鱼饵不是固定在水中，而是跟着钓者的手，一提一提地在海底上移动跳跃，仿佛是小鱼、小虾在礁盘上嬉戏，借以引诱潜伏在礁石或泥沙中的大鱼。也就几口烟的时间，船尾的老林笑开了胡子：

"有了有了！"

一条闪亮着红光的虎头鱼从水面下被钓出来。老林有意地把第一条鱼悬在半空中让我们惊喜、欣赏。紧接着我也钓上了一条，半斤大小，还比老林那条大。

"老乡，看样子你很会钓鱼啊？！"

"我是信江河边长大的，从小喜欢钓鱼。"

"你说的信江河，源头好像在我老家玉山吧？"

"是啊，在玉山的怀三山与三清山里发源。"

"那阿在上游，你在下游啊。你说我们老乡亲不亲，都是吃一条河里的水大的。"

"老林，老家还有田吗？"

"田？田都不是有的，送把别人种喽，种田不如钓鱼，阿喜欢钓鱼。"

我们一边聊着天，一边钓着鱼，将近中午，我们已经钓了30多条虎头鱼。小沈还没有钓上过一条鱼。

太阳猛烈地照射着海面，海风已经带着一股暑气。那把简陋的遮阳伞费力地要遮挡住火热的阳光。老林不时地调整着伞的位子，尽量地让我和小沈躲在阴影下，而他自己就戴着顶破旧的太阳帽，脸通红通红的。吹过干粮，牛饮过水，人开始犯困。这时小沈有些难受地对我说道：

"洪老师，我想撒尿了。"

其实他可能是想回岸上去，他想拍摄的钓鱼照片早已经拍好，钓鱼的兴趣也已经被海上枯燥的生活打消掉了。老林并没有听懂他不好说出来的意思。

"小青年想撒尿就撒吧，对着海里撒就是。"

"撒吧，往海里撒，没有关系的，也没有美女看见的。"

小沈背对着我们站在船头，好一会儿，也没有撒出尿来。我只好站起来，靠近他，向大海里撒了一泡尿，算是给小青年做个示范。在我的鼓励之下，小沈终于撒出了他的尿，而后就打瞌睡去了。我和老林继续钓着鱼。

此时，一只从岛上飞来的蜻蜓，停歇在老林的鱼杆上。老林没有动鱼竿，他不想赶走这只来跟他做伴的蜻蜓。我看着，觉得很有趣。

"老林，想不想老家？"

"想是想啊！怎么会不想呢？父母亲在世的时候，我每年都会回去看看。最近几年不常去看，姌已经大学毕业在杭州工作，崽还小，下半年要去嵊泗县里读高中了。"

"那你负担是重的，老婆也在岛上干活吗？"

"我们农村人负担重啊，我也是没有办法才出来挣钱的。如果钓鱼挣不到钱，我再喜欢也不能当饭吃啊。老婆要烧饭要管崽上学，做不了几多事，帮渔民补补网，打点零工。"

"你老了哪样办？"

"老了？现在说不清楚啊，到时再说。"

因为我们在，老林决定早点回港，说早也就是比他昨天要早一点点。

太阳从西边的海面上空，透过几片晚霞，俯瞰着这片海乡、这片万亩贻贝养殖场。老林的钓鱼船冒着烟直接靠上了码头。我和小沈上了岸，老林把他的钓鱼船开回海上，在离岸百米远的地方抛好锚，把缆绳系在渔民养殖贻贝的长绳上，然后摇着泡沫小舢板回到码头。

一个鱼贩子开着小货车已经停在码头边，正在收购鱼货。一个枸杞岛本地的渔民，因为价钱低，不肯把他今天钓来的大鲈鱼卖给鱼贩子，两人为交易的事争吵着。

老林也把一筐鱼搬到小货车旁边。鱼贩子用手电筒照着，把虎头鱼分成大、小两堆，大的 70 元一斤、小的 25 元一斤。老林一共卖了 370 元。

"老乡，给你 200 元，你钓的鱼不比我少，好多大的，都是你钓的。"

"老林老林，我怎么会要你的钱啊，今天带我出海，多谢你还来不及啊。"

"那就算了，下次见到，请你到家里喝酒去。"

望着老林背着箩筐，在路灯昏暗的光照里，快乐地回家去了。

2020 年的春节，我在弋阳老家过年。正月初八的早晨，我接到舟山区域的一个电话：

"老乡，过年好！我是枸杞岛大胡子老林啊！"

"啊？是老林啊，你在枸杞岛过年吗？"

"本来想回老家玉山拜年的，现在不是发瘟疫了，船不开了，岛也封了。"

远在东海、远在舟山群岛东北角一个边远小岛上的大胡子老林，想回江西老家，想去走亲戚，却因为疫情防控，只能宅在岛上。

"老乡，你什么时候再来枸杞，来了一定打我电话啊！"

"会来的，来了一定找你，还去钓鱼。"

2020 年 3 月 19 日，于舟山凫石书斋

河上锣鼓催龙舞

江海帆已远

从弋阳城大、小南门下水，乘一叶扁舟往西，船头激荡起信江与葛河相交而泛起的汤汤流水，轻巧地晃动着两岸倒映在水面的杨树林的曼妙身影，经过隔河相望的洲上时家村与乌龟垅村，从文星塔的倒影上划过，再趟过一弯大大的浅滩急流，惊飞起一群群千万年在此生息繁衍的水鸟、野鸭，绕过大茅草密布的南岸湿地，就到了信江河下游一处古渡口。

渡口河堤上的村庄，叫洋里叶家，大屋乡村，好几百户人家。

也可以不走水路，而是过信江河大桥，乘汽车往龟峰方向开，过双岩寺后下公路走机耕道沿信江南岸进入洋里叶家。

信江河的水路早已经随公路、铁路的建成开通，废弃了。我小时候看见过白色的风帆，从河的东头白马洲上的杨树林后悠悠地开进城来，经过凫石包，或下锚停泊于大、小南门的埠头边，或继续鼓舞着帆篷向西而去。

这条信江水路，上承河口、上饶、玉山，下接贵溪、鹰潭、余干，最后连同鄱阳湖、长江。在古代，走过道士张天师、葛仙公，走过王安石、杨万里、朱熹、陆九渊、谢叠山、林则徐等无数的神仙侠侣与风流人物。

将近五十年前，信江水路彻底的废弃了。

但河堤两岸的人家依旧择水而居，在河堤上的田畈里男耕女织，生生不息。

眼光里没有了过往的船帆，渡口埠头上没有了浣女与船工的笑骂声，是遗憾的；但沿河的人家却保留着古老的传统，保持着与河的对话、与河的互动、与河的娱乐，延续着人与河的精神与情感交流。

五月初五，太阳早起，洋里叶家鸡鸣犬吠，在炊烟袅袅里散发着棕叶包裹不住的糯米与腊肉交融升华出的清香。

村委会主任，也就是原来的大队队长，在村中众多长者的簇拥下，在祠堂香烛的光辉中，庄严地请出披挂着黄巾红带的木雕龙头。出祠堂大门，村长把龙头扛在肩膀上，神情肃穆地向村街上走去；后面紧跟着抬着四十寸大铜锣与吹着唢呐的几个人；铜锣后面一个六、七十岁的老人手舞着包着红布头的长木槌子，每向前走几步，就使劲地击打着铜锣，发出"咣"的一声巨响，接着响声的余音，借着唢呐的鼓噪，他嘶哑的嗓子高唱着古老的歌谣：

"新打龙船十八仓，仓仓坐着少年郎……"

于是，洋里叶家渐渐地热闹起来，街道上、村巷间喊人的声音此起彼伏。

"今朝划龙船喽，各家各户快急出来报个名。"

"打麻糍粿的泼泼子，去老屋里搬春口。"

"烧饭的女客，不要蓦茄样，带把刀去祠堂。"

洋里叶家大队，不只一条龙船，各个生产队都有自己的船。各村各队分头召唤，男女老少齐动员，比过年还要热闹。晒谷场上，打麻糍粿的春槌，在青壮男客的吆喝、戏谑声中，一下一下地撞击着石臼里又白又糯的米团团；祠堂的厨房里外，女客们嬉笑相骂的嘈杂声夹杂着灶膛里柴火燃烧的噼里啪啦的声音，以及菜刀与砧板、铁锅与铲勺合奏出来的乡村厨房音乐声。

平时停放龙船的矮屋，以及挤满了虾里崽与姊里崽，他们一堆一伙地玩着自己的游戏。

等太阳开始向屋顶上爬的时候，已经吃过麻糍粿、猪头肉，喝过几碗自己种的稻谷、自己酿的酒后，泼泼子和青壮劳力们开始挑划桨、抬龙船。这时，鼓也抬来了，司鼓的男客由轻由慢到重到急，不断催促着，似乎是在唤醒已经沉睡了一年的龙船，又像似在激愤准备下河去奋勇争先的划船手，让他们刚被酒精点燃的激情不断澎湃起来。

鞭炮在古老的渡口炸响，锣鼓在宽阔的河面上翻滚，洋里叶家各村各队的龙船，纷纷下河，河水涌动起来。集结完毕，几声双管铁铳的轰鸣，赶着四、五条龙船起航，龙头朝东，向着县城的方向，急速地前进，留给渡口与河堤上送行的村民几声古老的龙船调子：

"划嘞呵划呀，划嘞呵划呀，小娘子呀看也看过来啊！划嘞呵划呀，划嘞呵划呀，哥郎忖你忖得困不香啊！划嘞呵划呀……"

与此同时，沿着信江两岸的许多乡村的龙船都哼着相同的曲调唱着有些变异的歌谣，不约而同地从杨树的倒影里窜了出来；上游的是龙头朝西，下游的是龙头朝东，百余条龙船犹如蛟龙出水，心急火燎地向县城奔去。

一场由弋阳老百姓自发的龙舟大赛，在端午的这天，在弋阳县城这段信江河面，拉开大幕，隆重而热烈地开演。

过端午的这天早上，县城也应着沿河乡村的躁动而热闹起来。虾里崽早早地聚集在大、小南门和河沿的杨柳树下，拿出自己姆妈刚煮好的鸡子，与伙伴们比大小、比壳硬，或赤脚戏水于渡口埠头，或奔跑于信江大桥的两端；姝里崽则穿上了颜色艳丽的新衣，辫子上扎着红色的丝带，漂漂亮亮地上街去看热闹了，她们三五成群流连、徜徉于贩卖布料、鞋袜、纽扣、发夹、皮筋的小摊边好奇地选购着，花着她们积攒已久的压岁钱。

临近昼饭时分，北街口、东街、西街，大桥洞底下，凫石岩与叠山书院望江楼上，以及南岸的水南街、上堡、下堡的河沿上，已经人海涌动，一片噪杂、喧闹声。凡有龙船进城来比赛的乡村，必定会跟来一大群本村的男女老少，其中必定会有戴着斗笠放铳的老人，有助威、叫阵的女客和她们的虾里、婶里。

　　并不需要政府来组织、来发号司令，先到的乡村，自发地开始了比赛。在爆竹、烟花、火铳怒放的火光烟雾之中，在万众的杂乱的呐喊声中，在龙船鼓手的槌落声响声中，城南上堡与下堡的龙船、朱坑石上李家与下琬朱家的龙船、洲上时家与刘家、祠堂江家与陶塘陈家等等，先后开始比赛。赛程以叠山书院望江楼前的凫石、信江与葛河交汇处的洲头互为起点、终点，中途穿过信江大桥的七个桥孔中的任意一个。

　　于是，全长大约四百米的信江赛道上，由东向西、由西往东，你来我往，百余条龙船插着各自乡村的旗帜、高傲地昂扬起龙头，张开的大嘴巴吞吐着翻滚的水花，圆圆的龙眼目光带血如炬，龙身矫健。一条龙船十八仓，仓仓坐着壮年汉与少年郎，赤裸上身，头扎或红或黄的头巾，应着鼓点，他们嘶喊着，整齐地挥舞着船桨、急切地向前扎进河水再奋力向后刨起一片片雪花，汗水与河水交融着冲刷着他们涨得血红的脸盘。此时，他们并不唱古老的龙船调子，而是发出急促的划船号声"嘿呀、嘿呀、嘿呀！"那些与岸上女客戏谑的调子，只有等他们退出比赛，巡河表演时才慢悠悠地高歌，直唱到太阳西下，水映着丹霞时分，他们才各自慢悠悠地划着龙船、哼唱着古老的歌谣，向自己的乡村散去。

　　几十个乡村百余条龙船，同河戏浪追逐，难免有胜负输赢，有时也有抢道、挤碰，翻船的事情时有发生。于是河岸上不时地泛起嘲笑与讽刺声，前来助威叫阵的乡下人之间就起了纷争。只听女客们相骂时喊出：

　　"××村的男客有么里卵用啊，跌股喽！"

　　"你屋里男客才没有卵用，你日日夜上摸茄摸坏啵喽！"

　　"××村的龙船，好意思下河来显眼，不怕眼睛生狗屎毛！"

　　"你村里的龙船好当柴烧了，抬转去再打条新咯。"

　　这样的相骂，一旦控制不了就麻烦大了。有一年比赛设了几万块钱奖金，为了争头名，有两个乡村翻了船，结果相骂打起架来，扫了大家的兴头。政府现在也不来组织，让乡下人自娱自乐，只是派警察沿岸维持社会治安与交通秩序。

弋阳人划龙船，除了五月初五端午节，为纪念古代的屈原先生要划龙船；五月十三也要划，因为这一天是关羽的生日，关帝老爷也是弋阳人民敬仰的圣人。其实还有这个月的廿七，少数乡村在上两次比赛中不服气的，又相约下河，再比一比，赢的要硬场，输的要服服帖帖，才把龙船抬上岸放进船屋去休眠，等待来年。

弋阳人划龙船，除了在信江河里划，也在葛河里划。我从小到大，都在家门口看信江河里划龙船，并没有去过葛河看。

2019年，我特意在端阳节安排了探望父母亲的20天长假。可是事先没有想到，农历的端午节，正合着阳历的高考日子，县政府一纸公告：高考期间，禁止县域内所有河道划龙船。

五月初五，端阳节，阴雨笼罩着信江河，看不见龟峰的山影，只看得见凫石犹如一只千万年的神龟在河面上静静卧着，默默地守护着弋阳城邑、守护着弋阳子民。我漫步在信江大桥上，来回地走着，也驻足在凫石岩下我儿时背诵诗词歌赋的青石缆柱边，追忆着端午节的锣鼓声音。

母亲也为我感到遗憾。但我小姑姑却打来对话说：

"不急不急，你难得转来休假，延长几日，等五月十三，有龙船看，大河、小河都会有，阿带你去奶奶的老家过港埠，去看葛溪河里划龙船。"

五月十三很快就到了，这天也是艳阳高照。退休后回葛溪乡过港埠老家盖了房子的陈祥辉，是我舅公的小儿子，他叫我父亲哥哥，我叫他叔叔。他邀请了我们全家去过港埠吃昼饭、看龙船。

葛河，由横峰县金鸡山地界流进弋阳葛溪乡湖西下洋，再经谢家到过港埠陈家头上，被明朝时的祖先们依托山形地势筑坝拦河，形成葛坝上百余米的水面。葛河在此蓄水，浇灌方圆数十里的万亩粮田，滋养几千户农家。

于是这一带的乡民，自古以来，也要祭祀、娱乐龙王与关帝老爷。与信江河划龙船不同的是，龙船是在葛坝上的河道比赛表演。坝上的乡村很轻松就可以抬船下河；而坝下的乡村则要抬船过坝。这是我第一次看到的情景：

坝下缪家，民族英雄方志敏夫人缪敏出生地的龙船来了，几十个青壮年用手使劲地抬起整条龙舴，脚踩着坝上湍流而下的水瀑，奋勇向上；而此时的鼓手，则高高地站立在龙船上，激昂地挥舞着鼓槌，用铿锵的鼓声激励着大家，一鼓作气冲上了坝头。紧接着江叶村等好些个村的龙船上坝来了，有的在坝的南头、有的在北头、有的径直从中间，整个葛坝下，龙船腾飞起来，踏波飞浪，鼓点如雷；上坝后的龙船，便迅速地加入竞赛之中，如大河信江上赛龙船一样，彩旗猎猎，欢声雷动……

这场景把我深深地震撼住了，不由得使我联想起儿时反复观看过的战争电影，联想到抗日英雄们前赴后继、勇往直前的画面，联想到百万雄师过大江的壮美场景……

这就是龙的传人的精神气概，就是我们弋阳人民的一种意志品德，就是我们中华民族生生不息的力量源泉啊。

2020 年春节，瘟疫在大江南北流行，中华大地一片萧瑟。面对这场天灾人祸，成千上万的医护工作者逆行荆楚、驰援湖北，整个国家举全力在抗击、围剿瘟神与恶魔。

凭窗而望，江河滔滔，信江日夜不停地奔流，葛河也源远流长，她们交汇在一起，聚积起更大的能量。

第二天就要返程回舟。临行前，母亲问我道：

"今年还要转来过端阳吗？"

"想不是想转来的，不晓得假期哪样安排。"

我安慰着母亲，同时也担忧着今年已经被耽搁了的工作。

但我想，我转不转来，弋阳人的端午节一定会一如既往地用锣鼓声呼唤起休眠的龙船，一定会抬船下水、抬船过坝，一定会再次高昂起龙头，激荡起船桨，痛快地高唱起古老的龙船歌谣，在浪花里淋漓尽致地展现龙的精神气概、龙的意志品德、龙的健美身影……

尤其是在庚子年，在这个鼠年，一定要驱驱邪疫，吐吐恶气，舒坦舒坦身心。

2020 年 3 月 9 日，于舟山凫石书斋

⊙端午节弋阳老家窗外的风景

⊙大人休息我也划两下

给东极渔民照个像

27 年前，也就是 1993 年，我第一次去舟山群岛中最东边的中街山列岛，走访了庙子湖岛、青浜岛；而它们东西两侧的东福山岛、黄兴岛，虽近在咫尺，只是从岛的面前划海经过。这四个岛隶属普陀区东极镇管辖。

那时，我是舟山日报社的摄影记者。从此，开始为中街山列岛照相，照那片壮丽的海洋、照海天之间奇异的岛影、照耕海牧渔的岛上人家；从此，与那群岛屿、与这片海乡、与岛上以海为生的渔民，结下了终生难忘的情谊。

舟山群岛一共有 1390 多个岛屿，有人居住的岛是 100 来个。中街山列岛是我去过次数最多的力远海岛。

每次，当我背着相机、忍着晕船后的痛苦，踉跄地走下航船，开始在码头、渔村转悠时，总会听到码头上扎堆聊天的老渔民、或是头上包裹着花毛巾正在补网的妇女们兑：

"这人又来了，每次照来照去，不晓得派啥用场。"

其实，他们是在和我打招呼。于是我就靠近去，用我刚开始学的舟山话和他们聊上几句：

"阿伯好啊！这一嗬鱼多吧？"

"鱼多？再多也多不过阿拉小辰光，现在是越来越缺了！"

就在这样的聊天过程中，我同时在摆弄我的相机，不失时机地按下快门。我为东极渔民的照相就这样开始了。

"侬把阿拉像照去，要给钞票吧？"

"阿拉没叫他拍，是他自己要拍，怎会叫阿拉给钞票？"

等他们议论一番后，我笑着说：

"甭给钞票，阿伯，侬要，阿下次帮侬洗好带来。"

"有嘎好事情啊，下次晓得啥辰光，骗骗人啊。"

"听口音，侬外乡人吗？老家啥地方啊？"

"江西，阿是江西老表。"

"侬是来舟山当兵？找好老婆不肯去老家了？"

"阿老婆也是江西人啊！"

"介远路，怎会到海岛里来？穷得嗒嗒响的地方。"

"欢喜吃鱼吃蟹，欢喜看大海啊！"

"吃鱼吃蟹，阿拉海岛是有的吃咯。"

有时是隔了半年或一年以后，岛上的老渔民和织网的渔妇陆续拿到了我为他们拍的照片。渐渐地，他们认识了我，我也认识了他们。

我不仅在东极的岛上为渔民们拍照片，曾经我还带着5位东极老渔民去过香港，在香港为他们照相。说来有点话长：

2005年，是第二次世界大战胜利60周年，俄罗斯在红场举行了盛大的阅兵仪式，世界上其他一些国家或地方也举行了纪念活动。为了表彰舟山东极渔民，在二战期间英勇救助"里斯本丸"号沉船遇险英军战俘的行为，吴兰芳、陈永华、沈阿贵等5位老渔民作为代表，应邀去香港参加纪念活动。我受舟山市政府新闻办的委派，随行采访。香港二战军人协会特别安排了舟山渔民的访港活动。我们到达的当天夜晚，香港著名人士霍英东先生接见了舟山的5位老渔民；翌日，英国政府驻港领事馆官员向舟山渔民授予了纪念奖章。5位老渔民还先后到1941年香港沦陷后日本法西斯关押英军战俘的监狱旧址、英军牺牲军人墓地、香港海防博物馆等地参观。

5位东极的老渔民时第一次到香港，他们都已经是八十岁上下的年纪，连普通话也说不好，更听不懂香港话和英国话了。在离舟访港期间，我既是记者，又自愿地做了老渔民的服务生，照顾他们的起居、吃喝、出行，当然还有本职工作，给他们照相，把他们在港的活动完整地记录下来。

　　同年的十月，因为这次访港活动的机缘，"里斯本丸"号沉船上的幸存者查尔斯·佐敦先生，以82岁的高龄带着自己的老婆和两个儿子，自英国远道而来中国，专程到舟山的东极去，他要了却一生中最后的愿望，去当面感谢那里的渔民，并嘱咐自己的儿子一定要永远记住这段救命的恩情。

　　查尔斯·佐敦先生一家乘船来到东极的庙子湖岛。在码头上，他紧紧地抓住吴兰芳、沈阿贵和陈永华的手，并紧紧地拥抱住并不一定就是从海里救助他的东极渔民，老泪纵横，泣不成声。而此时的老渔民陈永华也是热泪盈眶，他做梦也没有想到会有这一天，当年他只是个十多岁的少年，跟着父亲和哥哥摇橹出海去救人。我也被这眼前的情景感动着，模糊着眼睛迅速地用相机清楚地抓拍下这一幕。这张照片，后来发表在《人民画报》

⊙查尔斯·佐敦先生与东极岛渔民在一起

上，收藏在国家影像档案中，成为我为东极渔民拍摄的最珍贵的影像。

许多年过去了，岛上的许多上了年纪的老人渐渐地走了，岛上的墓园里又多了一些墓碑。有些墓碑上的照片，是我为他们拍的，成了永远的念想。

东极镇文化站的梁银娣告诉我，庙子湖岛的老渔民吴兰芳临终时，他还看过我在香港给他拍摄的照片，并把照片压在枕头底下。又过了两年，沈阿贵也走了。

青浜岛的老渔民陈永华健在的时候，曾喊我一起出海去打鱼，他的大儿子摇着舢板，在青浜岛的南岙海湾里下网；永华阿伯想亲手打些鱼虾给我吃。小船在被形容为"无风三尺浪"的东极海面上摇晃着，我强忍着使自己不要晕船，让自己的身体依偎在船舷，随着波浪起伏。我从镜头里看着永华阿伯儿子摇橹的身影，仿佛看到了60多年前的情景：

1941年的10月1日，被美国"鲈鱼"号潜艇发射的鱼雷击中的日本"里斯本丸"号货轮正在迅速地沉没，船上关押着的1800多名被俘英军战俘正奋力抗争；只有部分战俘逃脱日军的枪杀跳海求生。那时还是十几岁小伙子的陈永华，跟着父亲和哥哥，就是摇着这样的小舢板出海，去风浪里抢救英军战俘的。

"阿伯，摇着介小的舢板，一次能救几个人啊？"

"落海的英国人太多了，救不过啊，眼睁睁看着被海水吞去。伤心足了。"

"当时辰光，阿伯怕吧？怕日本人打过来？"

"怕啊，怎么不怕啊？没办法啊，救人要紧啊！"

在船头收网下鱼的老渔民陈永华每回追忆起那段往事，都会伤心流泪。他告诉我，沉船后的第二天，日本鬼子的炮艇开来了，他们挨家挨户搜捕，好几百英国人只好投降被押走了；只有三个英国人被我们青浜岛的渔民们藏在"小孩洞"里没有被抓走。此时他儿子已经把船摇到了南岙湾的东北角礁石丛边，手指着岸边的巨大岩礁对我说道：

"你看，那块大礁石下面有个岩洞，就是小孩洞。我们小时候经常会钻进去钓石斑鱼。"

在永华阿伯的家里，那张他与查尔斯佐敦拥抱的照片就挂在客厅的墙上。

比吴兰芳、陈永华、沈阿贵小几岁的青浜岛渔民陈阿毛，也是我作品中的人物，又瘦又高的个子，向后梳着长发，下巴上挂着一绺山羊胡子，总是吸引着我猎奇的眼睛。2001 年盛夏时节，"云娜"台风来袭。岛际航船停开，我被台风关在了青浜岛。"云娜"并没有正面登陆舟山，而是擦着外围经过。非常幸运的是，"云娜"掠过时没有乱云飞渡，几乎没有带来暴雨，反而在空中撕开一道缝隙，让太阳的光芒照耀在东极的海面上。但见，青浜岛的沿岸的礁石丛里，海潮翻滚，拍岸撞击，飞溅起几十米高的浪花，发出阵阵的轰鸣声。而南岙口的海堤上，却蹲着两个老渔民，他们正在挥杆海钓。身后的被阳光照亮的雪浪，映衬出渔夫的身影。我从长镜头里清晰地看到一绺山羊胡子。东极渔夫台风中海钓的情景被我凝固在反转片上，成为一张最具舟山渔家特色的摄影作品。

随着舟山渔场资源的衰退，许多渔民纷纷迁出了边远外岛，去舟山本岛的沈家门、东港一带谋生。那些上了年纪的老渔民不愿随儿孙们迁移，他们留守在渐渐沉寂、冷落下来的海岛上，守望着祖祖辈辈在这里耕海牧渔的海乡。

2016 年秋天，我牵头组织了舟山市摄影家协会的会员曾其龙、马卫平、徐复关等老师赴东极镇做义工，我们想走遍庙子湖、青浜、东福山、黄兴四个岛，为那些匿守家园的老渔民免费拍肖像照片。留守的老人们十分地高兴，他们换上了最好的衣服，把脸也洗得干干净净；有些老渔嫂还拉着老头子要补拍一张结婚照片。

"师傅，帮阿拍好看啊，从来没拍过结婚照片。"

"拍好拍好，明朝请客吃老酒，还要闹新房啊！"

"莫开玩笑啊，拍张照片留把后代做做纪念。"

"本来，阿儿子喊阿去沈家门拍，太远了，不肯去。今朝倒好，师傅上门来拍，还甭要钞票，怎有介好事情啊！"

庙子湖、青浜、东福山岛先后拍过，黄兴岛在西边，留守岛上的老人已经不多，交通船早几年就停航了。我们不想留下遗憾，就联系镇政府派了交通船专程送我们过去。船在码头停靠着，喇叭向岛上的村庄喊着：

"快点到码头来，免费拍照片喽。"

几十年前的黄兴岛建有人民公社，兴旺时有好几百户渔家，石头砌的房子很古朴。喇叭不停地在催喊，陆续地有老人从没落的村庄里走出来，加上在码头、海湾正在补网、采螺的老人，一共来了17人。我们在码头边的一块破旧的水泥墙上支起红色背景布，第一次参加摄影义工活动的文联干部宋玲芳，拿着梳子帮老人在细心地梳理苍白而杂乱的头发，曾其龙在引导一辈子难得拍照片的老人，让他们把身体坐正，逗老人遍布皱纹的脸张开笑容。几个手里拿着采螺铲子或补网梭子的老人，怕耽误我们的时间不愿回家去换衣服，高高兴兴地拍了照片，还争看着数码相机即时显现出的肖像。

最后我提议，给黄兴岛上留守的17个老渔民拍张合影照片。徐复关和马卫平引导老渔民在码头边上站成了一排，背景是黄兴岛，是这个逐渐被遗忘的边远的渔村，是散落在岛山上逐渐被废弃的用石头砌建而成的古朴的民居。17个老渔民，有些紧张，他们从来不认识我们，也从来没有见过这么多相机对着他们。

正当我们要按下快门时，一条小狗从渔村里叫喊着飞奔而来，并乖乖地站在了老渔民的队伍里，成为参加合影的第18个黄兴岛岛民。

这次东极行，我们为四个岛上共计200多名留守的老渔民拍了肖像照片。几个月后，我接到过东福山岛的村干部打来的电话，说是村里拿到照片的老渔民一定要他打的，老渔民们说：

"看见照片，交关交关开心！谢谢谢谢！茶也没吃过一口。"

近年来，东极的渔民有些开始从渔业生产转产到做旅游。修缮一些废弃的石头民居，开起民宿来。为了帮助东极渔民们推介海洋海岛资源，我再次牵头收集了舟山摄影家在东极拍摄的 40 多幅作品，并制作成版画，组织协会干部去东极再做义工，在青浜岛老街上创立了东极海乡风光风情摄影画廊。当一幅幅表现舟山东极壮丽海洋、神奇岛礁、好客渔家，以及"里斯本丸"号沉船事件的史料照片，悬挂在青浜老街上时，这条街一时热闹起来。渔民们纷纷围着照片观看起来。

"这是我阿爹在煮淡菜，拍得好看足了。"

"塔湾里钓鱼的是阿毛伯，现在中风生病了。"

在青浜岛旅游的外地游客也被照片吸引着，他们驻足观看，不时地向我们了解照片拍摄的时间和位置。

布置完画廊后，我在青浜老街上买了些水果，去看望已经半年没有下床出门的老渔民陈阿毛。石屋里昏暗的阁楼上，我喊了几遍，阿毛老伯似乎已经不认识了我。我看见床头边的柜子上放着《海乡沉醉》，那是我拍摄中街山列岛的画册，前几年送给他的，里面有他钓鱼的照片。当时他回赠了我一块珊瑚石，那是他在下海捕鱼时捡来的，给我留作念想。

二十多年来，东极的四个岛，四维的海洋，岛上的渔家，还有那些在海洋里、在海岛上讨生活的渔民，与我结下了不解的情缘。我为那里的海、那海上的岛、那岛上的人，一次一次地照相，用影像不断地记录着，为岁月留下记忆、留下念想。

我深爱着那里的海、那海上的岛、那岛上人家，那里的一切也将成为我永远的念想。

2020 年 3 月 16 日，于舟山凫石书斋

⊙青浜岛老渔民肖像

⊙黄兴岛留守渔民合影

茶人谷

杭州湾外、浩瀚东海之中的舟山岛，面积五百多平方公里，岛形由西南向东北俯卧波涛之上。岛的中部为山，东西两座山峰，海拔都不过五百米。东头的称黄杨尖，西头的叫蚂蟥山。蚂蟥山的西麓，有个小小的山谷，名茶人谷，因蚂蟥山九峰岭香柏岩下有茶园千余亩，每年春时有百余名采茶女出没，故名。

大概是 15 年前，我第一次走进茶人谷。当时管理这千亩茶园的人叫阿三，三十多岁，细长个子，蚂蟥山下峡门村的农民。是阿三的哥哥郑意胜领着我进山的。茶园地界归定海紫薇乡，山上的茶树是人民公社时期种下的。后来政府推行山林承包制，阿三一家兄弟姐妹好几个，就合计把这茶园和附近的山林承包了下来，签了 50 年的合约。

从那以后，阿三一家就开始经营着这个千亩茶园和茶园下面的果园，也就是说，阿三一家成了茶人谷的主人。农民阿三没有读多少书，但肯干活，嘴巴说话虽然不是很利索，但喜欢跟人打招呼、说话。阿山的哥哥郑意胜，长的精瘦，脑子十分灵光，会读书、上过大学，是全家人里面的诸葛亮，大小主意都是听他的。意胜那时在民政局工作，因为经常与社团、协会的人打交道，所以认识我。

有一次，意胜跟我说，茶人谷风景很美，你搞摄影的应该去看看。所以我第一次是带着相机去的。

115

的确，茶人谷很美。美在有一条长长的溪流，从蚂蟥山深处，轻轻地哼着曲子，蜿蜒而下，从树林子里穿过，在涧底的岩石缝里拉出又白又细的小瀑布，而且不是一处，是许许多多，大大小小，或隐或现，如我小时候临摹过的《芥子园画谱》里的景象。茶人谷的美还美在满山的树叶，那是竹林、桃树、枫树、板栗树等各种树种应着季节交相映衬、融汇、变化着的野生树林的美感，春天自然是满山的青翠，云雾中又点缀着桃红李白，那是生命在山野旺发中的美。茶人谷的美，当然还美在茶园起伏绵延的绿带曲线，美在挂满露水的芽茶，美在采茶女五彩的头巾。

茶人谷的美，还美在一碗绿茶的清香。

意胜让弟弟阿三从溪流里打来山泉水，用柴火炉子烧开，用滚烫的沸水把白瓷杯里的明前茶冲翻起来，顿时，清香缥缈，扑鼻而来。

一边品茶，一边闲看山谷里的景色，很是惬意。

阿三在一旁，就说些蚂蟥山里故事，特别是关于香柏岩附近有一片草甸子，总是可以看到乌龟王八和眼镜王蛇的出没，有时龟蛇之间还有打斗一番。阿三哥哥补充说道，明朝年间，这山里曾有一座寺庙，叫吉祥寺，香火很旺，方丈是从宁波阿育王寺渡海来的；因为倭寇侵扰，明朝皇帝老爷颁发了一道海禁的圣旨，这吉祥寺就被火烧了，从那时起就湮没在这荒山野岭里，没有了晨钟暮鼓。

我们喝茶的地方，是意胜家在茶人谷半山坡上搭建的中式庭院，院子里有炒茶车间、有品茶室、有伙房和餐厅。阿三看看他哥哥，转过来对我说：

"洪老师，你下次多叫些摄影家来，多拍拍茶人谷嘎好的风景，帮阿宣传宣传，让人客多来来，买茶叶、吃农家饭。"

"哈哈，阿三脑筋好。"

"阿哪有脑筋好，阿哥说的，国家鼓励农民办农家乐、渔家乐，茶人谷也可以办起来。"

坐在一边的意胜，一边续茶，一边说道：

"晓明，搞个茶人谷摄影比赛，活动先搞起来看看。"

翌年开春时节，首届茶人谷摄影比赛就在这里鸣锣开赛了，同时舟山市文联的林海峰副主席亲自授了一块牌匾，让阿三挂在庭院的朝门口的粉墙上，上面写着：茶人谷摄影创作基地。

随着摄影比赛的进行，茶人谷的名气慢慢就起来了，来的人渐渐地多起来。人来了，自然要买茶叶、买水果、买鸡鸭、买蔬菜，自然要吃一餐茶人谷的农家饭、茶叶菜。

于是，阿三和他的几个姐姐、姐夫也就忙碌起来。

后来，浙江海洋大学人文学院的程继红教授、张禹教授、韩伟表博士，舟山自由作家方平仁等一批学者、作家也成了茶人谷的常客，大家在这里品茗聊天，说些舟山岛上的历史人文故事，大家就建议把理学文化引入茶人谷，因为同属紫薇乡与峡门村相隔只七八里地的墩头村，历史上出过一对父子，叫黄式三、黄以周，他们是清末民初的理学大家，是舟山最重要的历史文化名人。推崇、宣传本乡本土的名人、正宗正统的儒家文化，这是多好的事情，值得去做。

于是以黄式三黄以周学术研究为主旨的"二黄研究会"，就经常在茶人谷开展学术交流活动，一时成为舟山学界的美谈。以致于后来，茶人谷里的多处场所，都悬挂了理学经典语录，二黄父子肖像画也被高悬于后来由政府出资搭建的场馆大厅里。

我对于茶人谷的喜爱，还有一个原因，是茶人谷里处处有兰花，是浙东兰花祖产地之一。

记得第一次来的时候，我就问过茶人谷的主人：

"阿三，这里一定有兰花吧？"

"兰花，多足了，洪老师你养兰花？"

一旁的意胜连忙对他弟弟说：

"老三，跟洪老师说说可以，跟别人甭说有兰花。"

"阿哥，晓得，侬放心好了，阿看牢地。"

意胜的话是对的，舟山的野生兰花资源丰富，春兰、蕙兰均有，犹以春兰中的蝶花最好，出品过"千岛之春""黑猫"等奇花逸品。在二十世纪八、九十年代，舟山野生兰花曾遭遇毁灭性地开采。来自大陆绍兴、宁波一代的兰贩子，曾雇佣民工进山采挖，用麻袋装下山来，流入市场，对资源造成极大破坏，影响恶劣。我从小喜欢兰花，学画兰花，在舟山日报社做摄影记者时，应舟山兰人邀请，拍摄过很多舟山的名贵兰花。

"阿三，你哥讲得话记牢，千万别带游客进山采兰花。"

"我带人采兰花？打死我也做不到，采采茶叶还差不多。"

阿三一家人已经放下其它的农活，全家人都在茶人谷经营起茶园和农家乐。几年过后，茶人谷的名气越来越大，舟山跨海大桥舟山本岛出口不远处，也有了茶人谷的交通指示牌。

后来，环保部门接到村民举报，说阿三家的农家乐把污水排放到峡门水库去了。阿三家只好从银行借来一笔资金用于改造排污水管，接了好几里长的管子，把污水排到水库的下游去了。

再后来，当地的乡政府找阿三一家人，要求他们把餐厅搬迁到峡门村来，带动村里其他农户也开农家乐。于是峡门村闲置的几家农舍被改造成农家乐，也做起生意来。

又过了几年，定海区某领导突发奇想说，要大力开发整合定海的旅游资源，将定海中部山区的一些山谷、溪流、村庄连城一条旅游线，美其名曰"东海大峡谷"。而茶人谷就是这个所谓的"东海大峡谷"的西起点，根据这一构想，茶人谷要重新规划、提升改造。

于是乎，以旅游部门为主体的当地多部门协调联动，"东海大峡谷"旅游项目启动实施。茶人谷的主人，阿三一家，一时陷入混乱之中。咋办？承包期还远远没有到期，自己家钞票、银行借的钞票，已经在茶人谷里砸

⊙茶人谷景区

进了很多了。

马拉松式的谈判在政庶与承包户之间展开。几次见到阿三的哥哥意胜，他只是无奈地摇头叹息，并不多说什么，我们也不便多问什么。

在定海旅游部门工作的江西老乡付勇，有一天到文联来邀请我参加茶人谷旅游策划方案的讨论会。看在老乡的情面上，我去了。听完几个搞旅游规划设计的小伙子介绍以后，我实在忍不住了，大致讲了下面的意见：

首先我不认同你们对茶人谷的旅游定位，茶人谷是个依托茶园、山谷、溪流自然资源而形成的适合品茶、赏花，体验农家生活的休闲之所，不适合过度开发，搞成儿童娱乐、成人烧烤野餐的地方，把过山滑道、卡丁车、挖掘机引进来，与环境极不相称、协调。而且茶人谷初步已经营造出的茶文化、理学文化的氛围，也将破坏殆尽。

我的这一炮，并没有打醒为政者。讨论会只不过是个形式，走走过场。

不久，舟山跨海大桥定海进口不远处，赫然出现了"东海大峡谷"的指示牌。过往行人看了，有些人就会纳闷，这东海大峡谷，如果有，应该是在海底吧，怎么会在岛上？有好奇者想看个究竟，就按指示导引把车开

⊙茶人谷开采明前茶

到了蚂蟥山下，也就是茶人谷所在的峡门水库边，下车眺望，并不见海，也不见大峡谷，不过只是一处小小的山沟沟，一条小小的溪流，于是打消进去探险猎奇的兴趣。

茶人谷的名声一时被"东海大峡谷"的美名盖过。里面真的建起了山间滑道、原来的果园成了卡丁车场、儿童版挖掘机工地，还有露天烧烤营地。而峡门村边、水库坝边，设置了岗亭，卖起了门票。因为投资成本，想靠门票赚回来。

有一次在定海街头，我偶然遇见送茶叶的阿三。我喊住他：

"阿三，今年茶叶收成好吗？"

"啊！是洪老师，交关多辰光没有看见你了，茶人谷也不去了？"

"忙啊，跑海岛去的多。生意咋光景？"

"生意？甭讲了！侬都不去，朋友们统不去了。"

阿三一家与政府达成的协议中，只保留了茶园的经营权继续维持原来的合同。其它方面就议价赔偿了结了。说吃亏不好说，说赚了一笔，也不见得。

"阿三，听说你家餐厅也关张了？"

"是啊，关了，洪老师又要搞活动？"

"关了可惜啊，好好的农家乐就关了，为什么啊？"

"洪老师，原因我讲不清楚，我也不想讲，太烦了。"

"那你哥哥、姐姐、妹妹做啥去了？"

"阿哥讲了，现在田没了，紫薇、大沙、小沙、马岙、马目，定海西向片几个乡的田被政府征得差不多了，舟山老黄牛是保护品种，牛不能绝种，让我们养养看，阿哥主意大。"

阿三家的茶园还在茶人谷，每年春季，一家人照样忙采茶、制茶、卖茶的事情。但他家的茶餐厅没有了。

我已经好几年没有去茶人谷了，我曾给茶人谷写过的一句导语却还记得：

"以茶问道，绿谷幽香"。

2020 年 12 月，于舟山凫石书斋

湖坊的桥陈坊的街

赣东北的信江由东向西流经铅山与弋阳两县交界处时，汇入一条支流，陈坊河。陈坊河是信江南向的支流，发源于江西与福建两省交界处的武夷山北麓火烧关一带。河长几十公里、河宽几十米，一路蜿蜒曲折地在山岭与田园之间，串连起几十个乡村、滋养着万余户人家。

从信江的黄沙港逆陈坊河水而上，过铅山境内的汪二镇、弋阳境内的叠山镇，又拐入铅山境内，再上湖坊镇，最后到达陈坊镇。这一路上来，过了大小与新旧桥梁几十座，我最喜欢的桥，是湖坊的澄波桥。

澄波桥，是一座古代的廊桥，由七宝寺的大德高僧澄波发愿，兴建于唐朝贞观年间，清同治年间民众捐资重建。桥长约 60 米，由站立在陈坊河上的 6 个石桥墩，背扛着 7 层方木架，架上再构筑着独具赣东北特色的木结构廊房，7 间廊房之间相通着木结构的廊桥。桥的两端，相连着两条街。其实桥也是街，因为石墩上的廊房就是店铺、桥梁上的廊桥也是街市。

每日清早，湖坊一带的炊烟升起的时候，澄波桥也随之热闹起来，最先在桥上走动的是挑着、拎着竹畚箕、竹篮子上街卖菜的农民，他们把新鲜的蔬菜、瓜果摆放在廊桥上；也有挑着粪桶过桥去对岸菜地的男客，还有桥西这边需要去桥东放牧的耕牛，也会三三两两地从廊桥上经过，有时还会拉下几堆牛粪。桥下的河面上，总是会停泊着几只带蓬的木船，游走着几条打鱼的鸬鹚排。在廊房里开南货店、布店、裁缝店的老板也一早来了，渐次地卸下一块一块的木门板；杀猪卖肉的、炸油条搓麻子粿的、包清汤皮子的、卖豆腐米粉的，则分别占据桥的两头。屠夫举着大砍刀把整条猪从背脊上分开，炸油条的油烟则随风四处飘散。与此同时，镇子出来买菜的女客拎着大小竹篮上桥来；而浣衣的女客则聚集在桥墩下。女人一多，笑骂戏谑声就噪杂起来。桥上买菜卖菜的在讨价还价，桥下浣衣的在拍水捣衣。等这一切场景都有序或无序地在桥上桥下展开后，就该是读书上学的孩童们登场了，他们背着书包，手里拿着油条包好的麻子粿或肉包、馒头，三五结队成群地从桥上经过，有的还会停留在廊桥的台阶上，补写没有完成的作业。最后上桥来的是在家里已经喝完粥出来聊天的老人。他们散坐在廊桥两边的木条凳上，掏出自己的竹烟筒来，先往铜皮包的烟嘴窝里压黄烟丝，再点燃起细长的香，吹一口香头，用亮起的明火去烧烟丝，然后吞吐出一缕一缕的青烟，接着就是断续的咳嗽声。

如果是下雷雨天，澄波桥就是避风躲雨的长亭；卖菜的、浣衣的、过往的农民、卖杂货的商贩、放学的孩童，就会集聚在廊桥上。

如果是佛菩萨的节庆日，澄波桥还会有许多四面八方来的香客，要从廊桥上过往，去不远处的七宝寺烧香礼佛做法事。

昼饭时候的廊桥，集市早已经散去，只有几个开店的在闲聊；另有几个闲散人士在廊桥的长木凳上躺着，不时发出鼾声。不知哪家的狗和鸡鸭，也会在午时上桥来捡拾寻市留下来的吃食，鸡狗之间也会闹出些争吵声来。

而到了黄昏时分，桥上又会热闹一阵子。唱主角的往往是放学后的孩童，廊桥就是他们的游乐场，虾里崽们三五成群扎堆趴在木板地上拍纸牌、打弹珠的，姝里崽们就拉根绳子跳皮筋、踢毽子，也有在两个桥头之间进行跑步比赛的。往往这时，会有几个卖糖果的小贩和卖甘蔗、荸荠的农民，跟在孩童们身边叫卖。

当夕阳西下，晚炊烟散之时，廊桥终于亮起了昏昏暗暗的路灯。热闹了一天的廊桥终于安静下来。此时桥上的人影，往往是匆匆地一闪而过。

只有青年男女会乘着迷蒙的夜色，相约于廊桥，听陈坊河水的流淌声、看月亮和星星，或羞涩地拉着手，或激情地相拥，说些甜蜜的话儿。

澄波桥这样的场景，随着湖坊新街的不断扩建，集市不断地向马路那边转移，以及廊桥两边的人家外迁外移，桥街店铺的关张，慢慢地冷落、消失、沉寂下来。

历经千年风雨、承载无数岁月、见证人世嘈杂的澄波桥，现在已经让位于湖坊镇上可以过往汽车的新桥，让位于现代的交通与现代的商业，被追赶潮流与时尚的人们渐渐地离弃。

这是没有办法的事情。就像北宋画家张择端笔下的《清明上河图》里所描绘的桥景街市，也被新陈代谢，也被岁月无情地抹去。

与澄波桥同时被冷落、被离弃的还有陈坊的老街，一条原本更加繁华热闹的河街。

出湖坊继续沿着陈坊河向南、向武夷山的北麓行进约 20 公里，便可到千余年的古镇陈坊。镇子在河的东岸，街就沿着河，向上铺陈约有 1 公里长，一直到山脚下的茶马古道。陈坊街市兴旺于明、清数百年间，镇上约有几千余户人家，是铅山县武夷山北麓最大的集镇。这里自古就是赣闽通商要道，闽浙皖赣四省行商，往来不绝于途，并在此开店，经营粮油、食盐、烟草、竹木、南货、茶叶，还有陈坊的特产连史纸，古代一种书画、典籍用的高档纸张。

然而，如今的陈坊街，苍老、陈旧、破败、失落的痕迹，遍布在街头巷尾，刻写在门板、廊柱、屋檐、墙体、窗格、台阶等所有的物象上，刻写在行人惨淡的面容和孤寂的背影上。曾经有过的店铺，绝大多数关张很久，门板上的铁锁锈迹斑斑，原有的字号灰暗无光。蜘蛛网任意地挂在年久失修的檐柱与窗格上，褪了色的对联、福字贴，已经不堪入目。至今还在坚守老街的商铺，只有门庭可以罗雀的南货店、理发店、裁缝店、文具店和三两家小吃店，这些店的生意也是极其惨淡。只有街上的万寿寺，还依然有不灭的香火。

我儿时生活在弋阳县城的北街口，经常会看到陈坊人推着山货来贩卖，知道陈坊的麻饼好吃、冬笋好大、香菇很香。我两个叔叔和姑姑他们去过陈坊，凌晨两三点拉着平板车，从弋阳县城步行好几十公里去陈坊一带的山里砍柴火，要半夜才能拉回满满一车茅柴。

时隔50多年后，直到最近几年，我才去过陈坊，而且接连去过几次。当然不是去砍柴火，也不是去陈坊街上买山货。而是去看陈坊的老街、老巷，去探究一条街的历史，去探寻那巷子里的人物。

陈坊街靠近万寿寺不远处有个老字号"罗聚和"。那年腊月廿九日，我第一次经过时，正看见一位头发花白的老伯和一位穿红衣服的小女孩在贴门联。拱形石门两边的对子用正楷体写着：

聚东箭金南有庐宜市隐，

和五风十雨含笑待河清。

而两扇厚重的门板上分别贴着"聚福""和顺"，两门合拢的骑缝处则准备贴上一张"开门大吉"的红方纸。这户人家依然坚守着他们的传统，依然寄托着美好的希望。

陈坊街上的理发店，是我每次都喜欢坐一会儿的地方。店里一把会转向、可以放平的老旧椅子，墙上挂着一面有些暗淡无光的旧镜子，还有几张已经发黄破损的港台美女挂历像。剃头工具杂乱地堆放在靠墙的木柜上。脸盆架上搭着已经洗不干净的毛巾。店的一角，摆放着一张很矮的小桌子，两个等剃头的老人在下着象棋。剃头师傅是个50多岁的中年人，正在给一位80多岁的老人刮胡须。我站在那把椅子旁边，看着剃头师傅手里的刀闪着光，在老人涂满肥皂沫的嘴唇、下巴上轻巧地摆动着，发出沙沙的声响。

"师傅，生意还好吧。"

"混饭吃，人都走得差不多，生意会好不？"

"是啊，就剩下一些老人家，年轻人都出外打工去了。"

"年轻人，不出外，哪有钱赚？靠种田，屋也做不起，老婆也讨不到，结了婚生了崽姊的，读书还要花钱啊。"

"是啊，现在年轻人心也花，都想出外去，难留住人。"

"你是弋阳街上的人吧？我以前经常去东街卖东西，现在东街也拆不了吧？"

"早就拆不了，陈坊街也老得很了，会拆吗？"

"拆？么人来拆？拆得动吗？陈坊街上住的人，好多户都到河口街上去住了，老家的房子就烂在这里。"

"可惜啊，陈坊老街已经破破烂烂了。"

"你到里面巷子里看看，还有更破烂的。"

我离开街面，随意地进入一条老巷子，鹅卵石的巷道把我引入到几处大宅院外。爬墙虎或丝瓜藤爬满的青砖墙紧挨着，墙头的猫咪草在天光映衬下随风摇摆着。枣树、柚子树、梧桐树的树枝杂乱无序地从坍塌的院墙里面伸向太空，伸进破损的门窗中。洞开的墙里面，垃圾成堆，废弃的家具、灶台不堪入目。屋顶的瓦片散落一地，腐朽的气息弥漫在很多无人的老宅中。

几扇向东而开的青石朝门上，分别刻着"渤海流芳""师广寄庐""东阁凝晖"。

我见"东阁凝晖"下的旧木门是开着的，就走了进去，只见朝门背面的左右两块青砖墙上，有毛笔书写的行书墨迹，粗看已经模糊不清，走进细看，却还能识别。右边是苏轼的《念奴娇·赤壁怀古》，左边的是毛泽东的《沁园春·雪》。字写得不错，颇有王羲之的风骨与遗韵。

见有人走进，从正房侧边的厢房里走出个年纪比我大些的人来。

"这是我年轻时写的，写得不好，写上去就擦不掉了，年数也多了，看不清了。"

"写得好啊！这房子是你祖先留下来的吧？"

"是啊，我祖先是做连史纸的。"

"难怪你字写得好，原来你家也是书香门第啊！"

听主人介绍后，知道他是陈坊小学的一名教师，姓黄，名觉民。黄老师让妻子用自己家炒的茶叶给我沏上一杯清茶，他自己进屋去拿出许多字画出来，在八仙桌上一一摊开，让我欣赏，同时告诉我说，陈坊街上许多人家的春联都是他帮着写的。

"黄老师，铅山县自古是人才辈出，陈坊街上也一定出过名人吧？"

"出过啊，我家隔壁'师广寄庐'的主人家就是清朝光绪年间的进士，陈坊街上人都喊他华老爷，官做到翰林院编修、西宁知府。"

"难怪华老爷的家宅最大了，后代还有人住里面吗？"

"后代是有，但早就迁到篁碧乡去了。"

就这样我认识了陈坊街上的黄老师。后来每次去，就都会到"东阁凝晖"去寻访他，喝一杯茶，看看他写的字，听听他讲陈坊街上的故事。

前几天，黄老师在微信里跟我说，他退休了，想出来打工，问我这边能否帮他找点事做。

我心里在想，一个60多岁的人了，教了一辈子书，已经很辛苦了，退休应该在家修养身心，安度晚年才好，怎么还想着去打工挣钱呢，一定是家里等着用钱。经我问询过后，我才知道他想再挣点钱，把"东阁凝晖"翻修一下，因为实在是破旧不堪，无法安居了。可是那么大的老宅子翻修，是需要很大一笔钱的。黄老师虽有一男一女两个孩子，供他们读书上大学已经把他的家底掏空，两个孩子都到城市里去工作了，要在城里买房安家，经济上也是十分拮据。

陈坊街上，像黄老师这样想的肯定不只他一个人。谁不想把祖传下来的老宅子翻修一下？且不说当地政府是否允许。这么一大笔翻修资金都会是个很大的难题。可是，不修，眼看着老宅子被风雨摧残，一天一天地腐烂下去，实在是对不起祖宗，也无脸向下一代交代。

陈坊街上的人，纠结着、失落着、无奈着、伤心郁闷着。电视上看着城市的高楼大厦如雨后春笋，霓虹灯日夜闪烁，街市热闹非凡；而自己世世代代居住在这里的陈坊老街，却被遗忘了、遗弃了，破败不堪的景象让内心哭泣、流泪。往日的车水马龙、行商坐贾与有滋有味的市井生活，迅速地消失了。

陈坊河依然在流淌，只是再也没有了船帆、没有了竹排。陈坊街向武夷山翻越的茶马古道，鹅卵石、青石板已经湮没在杂草灌木丛中，再也听不到马帮的铃铛声，看不到行商们来去的背影。

小小的一条河，蜿蜒曲折，源远流长；河上的廊桥、河岸的老街老巷，似乎还在，又似乎不在了。

还在，是因为廊桥的石墩、木架、廊房还在，但廊桥上的人渐渐地少了、不在了。

还在，是因为老街的残垣断壁、青石门楼还在，但宅子里的人渐渐地少了、不在了。

还会有希望吗？

我好几次在湖坊、在陈坊，也经常在中国的其他乡村，都看到类似这样的标语：

大力推进新农村建设，让绿水青山变为金山银山。

也许这样的标语，在不久的将来，就会变成现实，古老的乡村，会因为坐拥绿水青山，而变得富有。文明、和谐、秀美的景象，会呈现在世人的眼前，让人们不再远离故土亲人、不再外出打工谋生，而坚守乡村，传承血脉、延续香火。

2020 年 4 月 13 日，于舟山凫石书斋

⊙泅坊的廊桥

⊙陈坊的街

⊙街二的理发店

⊙弹棉花的作坊

⊙陈坊废弃的房屋

群岛渔灯照海天

夏、秋的夜晚，家门口信江河上的渔灯，是隔壁巷子里老张家父子俩点亮的，是他家两条鸬鹚排上的两盏渔灯。那灯在迷蒙的夜色里，忽远忽近，忽明忽暗，幽幽地照着，几只鸬鹚在灯的四围戏水，一会儿钻进水下，一会儿又窜出水面，把水溅起让灯照出花开的样子。有时，老张父子也会把竹排停靠在河中央的凫石礁上，抽口烟歇息一会儿。

这就是烙印在我儿时脑海里的渔灯，母亲河上的渔灯。

也许是东海上的渔灯在召唤着我，是舟山群岛上的渔家灯火在召唤着我，28 年前，我由信江河边，梦幻般地漂流到了东海，开始了寄旅海岛、浪迹海乡的生活。

舟山渔场是我国最大的海洋渔场，也是世界上最大的渔场之一。舟山群岛上居住的岛民，自古以来最主要的生计就是打鱼晒盐。打鱼做渔民，是舟山人天然的职业。舟山本岛的沈家门渔港、岱山岛的高亭渔港、嵊泗列岛的嵊山渔港、六横岛的台门渔港、衢山岛的岛斗渔港、中街山列岛的庙子湖渔港，以及各渔业乡镇、乡村的大小渔港近百个，每天进出、停泊万余艘各类渔船；还有来自福建、江苏、台湾等省以及浙江宁波、台州、温州等地的渔船来舟山卖鱼、补给、修船，真是不计其数。

我在舟山群岛第一次看见大片的渔灯，并不是在海上、也不是在沈家门渔港，而是在一张摄影作品上。这张摄影作品是舟山著名的老摄影家叶

⊙舟山远洋鱿钓船起航赴北太平洋作业

文清的代表作，是他 20 世纪 70 年代在嵊山岛拍摄的。日暮时分，夕阳的
余晖还在海天上不肯隐去。枸杞岛的岛影被勾画在天边，在宽阔的海天之
间，数不清的冬捕渔船密集地铺排在嵊山岛的天然渔港中，绝大多数已经
下锚停泊，并相互之间系弓了缆绳。那些从渔场迟归的渔船，拖着疲惫的
身影，在寻找属于自己的错位。这许许多多的渔船，陆续地点亮起了渔灯，
无数的渔灯，与天上渐渐明亮起来的星光交相辉映，同时倒映在波动的海
水里，把海面渲染出绚丽的色彩。而那些迟归的渔船，用鱼灯在画面上轻
轻地画出几道优美的光的线条。而载着渔民上岛的小舢板，则在绚丽的而
波动的水面上摇摆着身影。这一幕，被叶老师清晰地记录在胶片上，凝固
成独具海乡魅力的动人的影像。我还看过叶老师在渔场拍摄的捕捞场景，
舟山大黄鱼一网就是百余石近万斤，还有舟山带鱼、墨鱼丰收的场景。

　　1992 年的夏天，我也来到嵊山岛，也站在了叶老师拍摄渔港夜景的
地方，也是日暮时分，夕阳从几片云霞中透射出来，把海天照亮，枸杞岛

依旧在水天之间勾画着岛影，海面上没有云集的渔船，只有一条小小的舢板，只有一个渔民慢悠悠地摇着长长的橹桨，没有一盏渔灯。因为舟山渔场的冬训捕渔季还没有到来，即使是冬训捕渔季到来，也不再有万船云集，因为舟山渔场的资源从 20 世纪 80 年代末期已经开始衰退。我与叶老师是两代人，他是前辈，我小他 20 多岁。也就是这短短的 20 多年，一个曾经无比兴盛的渔场就迅速地衰落了，好像是转眼之间的事情。

尽管舟山大、小黄鱼和墨鱼几近绝迹，难觅踪影，尽管国家在东海实施了严格的伏季休渔，并大力推行海水养殖，以保护、修复渔业资源；但舟山渔场还有带鱼、鲳鱼、鲈鱼、鮸鱼、梭子蟹、对虾等几百种海产，还是中国最大的海洋渔场，还是会有许许多多的渔船要应着渔讯前来，追逐鱼群，撒网打鱼，以海为生。

我不停地行走在舟山群岛的岛际之间，不停地在追拍着渔船、追拍着渔灯。沈家门渔港穿梭的渔船、璀璨的渔灯、流动的夜色，舟山远洋渔船离港开赴北太、西非的时点亮的渔灯，蚂蚁岛灯光围捕的渔灯，东福山岛外萤火虫似的渔灯，以及普陀山岛观音大佛眼皮底下回港、回家的渔灯……

这许许多多的渔灯，又变化成舟山群岛千家万户渔家的节日鱼灯，渔船上的渔灯，变化为艺术的鱼灯。我徜徉在沈家门滨港路的元宵灯会上观赏鱼灯、我流连在岱山海洋文化节的渔灯会上追寻着渔灯、我沉醉在虾峙岛渔民文化节的灯会上迷恋着鱼灯，我也在并不是渔区的舟山本岛的白泉十字街上分辨变着造型各异的鱼灯。那鱼灯，有的是一串串的大黄鱼灯、鲳鱼灯、螃蟹灯、海螺灯、贻贝灯、乌贼灯，有的是挥舞着长须的龙王灯、穿着龙裤的菩萨灯、亮着"绿眉毛"的船灯，以及奇特的航标灯……。舟山渔民把一切与渔与海与他们劳动生产、与他们日常生活相关的事物，都变化成了一盏盏渔灯，他们是用这许许多多、色彩缤纷、光怪陆离、美轮美奂的渔灯，来表达自己对海洋的感恩、对丰收的期盼、对美好生活的向往。

海风吹拂、海浪波涌。渔场上追赶鱼群的渔灯与渔岛节日里的鱼灯，遥相呼应、彼此辉映、一起交融、共同升华成为一颗璀璨的东海明珠。

嵊山岛的渔夫告诉我，万船云集冬捕大黄鱼的景象，再也见不到了；青浜岛的渔妇告诉我，墨鱼鲞晒满房前屋后的事情再也没有了；绿华岛农村信用社营业员告诉我，渔民卖完螃蟹用麻布袋装钱来储蓄的情景再也不可能发生了。

舟山的渔民告诉我，开出的渔船离家越来越远，远到东海之外，远到日本海、远到南北太平洋、远到非洲，甚至远到拉丁美洲的福克兰群岛。渔灯随之远去，随之飘泊，随之浪迹天涯海角。

并不是所有舟山渔民都喜欢去远洋，都喜欢去面对更大的风险，都喜欢在海上飘泊一年半载，在海上度过艰辛而孤苦的日日夜夜，去忍受劳累、思念亲人的痛苦。这是生活，是以海为生者的习性，因为鱼在哪里，就会跟到哪里。

我从信江河边，漂流到海，也是为了生活，也是为了追逐梦想，欲有所求。当年，我也是迫不得已地远离故乡。

舟山渔民也想在家门口，也想日出而作日落而息，也想每天有老婆儿女的亲情，也想在家伺奉年老的父母，与朋友们喝喝小酒聊聊天。

但面对生活，只能这样，继续升起渔灯，继续耕海牧渔，让渔灯永远不灭在海天。

只要家还在，渔灯远去总会回来。

2020 年 4 月 15 日，于舟山凫石书斋

湘逢有沅

1987年秋天，我由江西第一次去湖南，乘绿皮火车到达湖南苗族土家族自治州首府吉首，由此进入武陵源，最后到达凤凰古城。那时的湘西基本上还处在原生状态。流经凤凰县主要有沱江、辰河等，此二水向北流归湖南四大河流之一的沅水，而发源于武陵山脉与雪峰山脉之间的沅水，绵延千余公里，于岳阳汇入烟波浩渺的洞庭湖，再汇入滚滚长江东流到海。

33年前的这次湘西之行，我主要是去寻访苗族、土家族的村寨，并未涉足沅水，虽参观过沈从文的故居，但没有时间沿着《湘行散记》的水路，由辰河而下沅水，去领略沅水神奇的风景，去体验迷人的风情，去寻找水手们钟情的河街上的吊脚楼。

2013年丹桂飘香的时节，几位分别在上海、广州等地的老同学相约去湖南秋游。网名"老米"的晏礼庆，打给我电话：

"海盗，去不去湖南？去湘西会下土匪？"

因为我迁居东海，出没于舟山群岛，同学们戏称我为"海盗"。老米电话里喊我去湘西以前窝藏土匪的地方，自然引起我的兴趣：

"好啊！老米，怎么走？"

"走沅水，逆水而上，吴耀东带路，去沅水一个好玩的乡下。"

吴耀东，1980年代初班上最时髦的男同学，瘦高个，留长发，穿《庐山恋》女主角的时装"喇叭裤"，而且一进大学就谈恋爱，经常让班主任、系主任头痛。老米说的耀东，我将近三十年未见过了，听同学们说起过，他现在长沙做房地产。耀东应该熟悉湖南，由他当向导，自然是好事。

那年9月29日，我们分头从各自的城市，或飞机或高铁，向长沙集合。一见面，老米给每个同学以及各自随行的家属，一人发了两件白汗衫，胸前赫然印着四个黑字："相逢有沅"。意思是老同学有缘相逢在湖南，一起去沅水玩。临时决定参团的邹剑、网名"蛤蟆"，张开大嘴哈哈哈地叫起来：

"这么大汗衫，我们男生穿穿还可以，晏蔚青穿，裤都可以省去喽！"

站在一旁的晏蔚青，网名"燕儿飞"，是我们班女生中个高排倒数第二的；此时没有想到"蛤蟆"会拿她开玩笑，红起脸来，但并没有生气，看了一眼后面站着的邹剑老婆，灵巧地回了一句话：

"蛤蟆，你老婆可以当裙子穿啊！"

于是大家开心地欢笑起来，一边闹着一边把汗衫塞进了旅行包中。

第二天一大早，我们并没有急着去沅水，而是先搭乘高铁由长沙去了岳阳，去看潇湘大地四条江河汇聚一起的洞庭湖，去登临千年名楼岳阳楼。沅水与湘江、资水、澧水组成一个庞大的水系，分布在潇湘大地上，滋养古楚国的子民、孕育荆楚文化，造就几代风流人物。站在岳阳楼的窗台前，放眼湖天，水草漠漠、鸥鹭翔飞、舟楫穿梭，小君山点缀于波光闪耀之中，不由得你不去遐想古人、思慕圣贤。八百里洞庭，三百字楼记，一湖水一座楼一篇记，一个古人满怀家国情怀，在此亦忧亦乐。让多少后人赞叹、颂扬、敬仰啊！

看过洞庭湖，必须去探究湖水的源流，方能追溯其自然地理与人文脉络。

第二天是国庆节，我们从湘江大桥上经过，桥两边的灯柱上插满了鲜红的国旗，湘江上的风吹拂着我的脸庞，我看见滔滔江水托起的橘子洲头，看见楼宇如雨后春笋似地林立在两岸，看见岳麓书院的参天古树和天空里自由飞翔的白鸽。

汽车载着我们向常德上游方向驰去。我们今天要去亲近沅水流淌的山乡田园。

车行数小时，在秋色已经渲染的乡野上奔驰、在茂密的山林间穿梭、在绵延的弯道上爬行，有些疲劳正在瞌睡中的我们，来到了闻名天下的福地洞天——桃源山。

但见山中有石刻、碑林，就近察看，有碑文云："秦时明月依然在，世上桃源久不存。"不远处，山岩断壁上的水草丛中，遮掩着四个红字"洞口长春"。我回过头看了一眼身旁的"蛤蟆"，两人相视而笑；于是领着大家往号称长春的桃花洞走去。沿桃花溪、过穿林桥，赏菊圃黄花，拜谒供奉陶公的渊明祠，小憩于方竹亭，流连于集贤祠，经桃花观、过遇仙桥等古迹，赏读历代文人在此留下的诗词文章与笔墨陈迹，穿越千百年的时空，抚摸历史的沧桑，体悟古代隐士的田园情怀，久久不肯离去，直到落日朝西，在沅水造就的山水田园景象中开始铺陈黄昏的影子和霞光的色调时，我才想起耸立在江边断崖上高高的水府阁，连忙向大家喊叫起来：

"快急走啊快急走！再慢就看不到喽！"

我背着两台相机，也顾不着身后的妻子，连奔带跳地登临水府阁，一口气上到顶层，楼台的窗外正展现着这样的景象：

太阳也许是被人间的美景陶醉了，正涨着红光，迟疑着分秒的时间，缓缓地向天际处沉没；河岸那边的白鳞洲上，一层层的树林、一脉脉的田垄、一缕缕炊烟、一点点的村舍、一只只飞禽，交错在画面上，倒映在沅水的波光里；而波光里像倒进葡萄酒似的，泛滥起耀眼的金色；在这金色的霞光里，如柳叶般的渔舟，荡着桨声，轻轻地摇出曼妙的涟漪；依稀听得到乡村里鸡犬叫唤、听得到河岸上牧牛的长啸、听得到农妇与渔夫的笑骂声……

这就是著名的潇湘八大景之一的桃源渔村夕照图。

令我顿生感慨的是，经过千百年的时光洗礼，经过席卷神州大地的工

⊙日暮时分的桃源乡村

业化浪潮的冲击，潇湘依旧保留着这处世外桃源，依偎在古老的沅水怀中。

夜宿桃源县沅水岸边的兴隆街客栈，家属们在准备晚餐。而此时，老米接到南昌"老边"邓滨的电话，说他与晏南已经开车走了几百公里，现在到沅水岸边，却找不到兴隆街。再一询问，原来他们从下游的桃园大桥开到沅水的西岸去了。我和老米只好去街上寻找已上床躺下的渡工；热情的渡工一口答应，在昏暗的渡口把渡船发动起来，解开缆绳，我们向黑暗中闪着车灯的对岸开去。与邓滨、晏南拥抱一番，把车开上船，原路返回东岸。于是晚餐在饥肠辘辘中热闹而急切地开始。一天的旅途折腾劳顿与兴奋，经过酒水的过滤，很快发酵为鼾声梦呓，没有梦游到沈从文笔下的河街，更没有遇见吊脚楼上的女人。

翌日一早，太阳还没有起来，我就溜出了客栈，兴隆街上只有几个老人在行走。我乘了第一趟渡船去沅水对岸。在迷蒙的晨雾中，我依稀看清了昨夜未曾看清的河岸与人家。我给渡工递上香烟：

"老师傅，昨天夜里辛苦你了。"

"没事没事，难得的。"

"河对岸，有没有打渔的人家？"

"有啊，多的是，桃源人不打鱼就白白活了。"

137

我顺着西岸的河堤向一处树林隐没的支流水口走去。初秋的田野、菜地上结满了露水。小河对岸的山峰若隐若现，芦苇、茅草散布的地方，有一条小船在水面上或走或停，我从相机的长镜头里看到，一对渔家夫妇正在收网，白色透明的银丝网水淋淋的，渔妇熟练地把网上粘住的鱼虾取下来，再把网放回水中；渔夫则在船尾慢悠悠地摆动着木桨，夫妇俩默契地配合着，怡然地沉浸在与河水、与鱼虾的对话之中。

返回渡船时，船上站着几个去兴隆街上卖菜的村民，其中有个老人带着半竹篮还在呼吸的河鱼，有我小时候在信江河里常常钓到的黄鱼角、八胡须、鲫鱼、鲤鱼，以及我叫不上名字的杂鱼。

"老人家，去街上卖鱼啊？"

"是啊，卖鱼要赶早，死掉了就不新鲜，价钱不一样了。"

"起早收网很辛苦啊？"

"辛苦什么！只要有鱼打，就挣得到饭吃。现在鱼越来越少，越来越小。"

我还想再聊几句，而渡船已经靠岸。老人吃力地提着竹篮随着卖菜的村民一起上岸去了。

我们一行人在兴隆街上吃过早点就包了条民船走了。船逆水上行，约半个多小时就停靠在沅水上的一座山下。山不大，其实是个孤岛，如一颗硕大的冬笋从沅水河床上冒出来，耸立在水面。山顶上有三片枫树叶似的房子。爬山的石阶路陡峭蜿蜒，女生们不敢回头看身后的悬崖。大家费了些功夫爬上了山顶，迎接我们的是一个寺庙的山门和香炉里忽明忽暗的香火。原来这个岛叫观音山，山上自然会有观音庙、庙里自然会有观音菩萨。

伫立在山门前，环顾四维，水天高远、山脉依依、村舍散落；沅水在这里又汇进了一条支流，名曰：夷望溪。我手持三支清香，不由地生发出怀古的幽思：

潇湘自中国古代魏晋南北朝以来也是汉传佛教的南下并逐渐昌盛之

地，南岳衡山续传的香火一定也会由沅河水道向湘西、向黔东南、向川滇腹地传承。千百年来，在水道上行走的生命、在河道两岸生息的人家，是需要佛菩萨的慈悲关爱的，是需要有寄托灵魂与情感的庙宇所在的，是需要让自己的脚步暂息一下的亭台的。这座观音山，这山上的庙宇，这庙宇里的佛菩萨，一定慰籍过无数的亡灵，他们也许是水手、是行商、是士兵、是官吏、是吊脚楼上贫病而死的娼妇……

离开观音山岛，船就离开了沅水，拐进了弯弯曲曲的夷望溪。中午时分，船头所直的前方河岸不远处，一颗高大的樟树出现在眼前，像个戴斗笠的农民在期待着远方客人的到来。这就是我们今晚要歇息的地方：樟树坪。

大家在樟树坪村一户农民家安顿下来。"蛤蟆"邹剑急不可耐地从行囊里取出他的钓具，并对我们班的老二冯元海自信地说道：

"二哥，今天晚上加一道菜，夷望溪溪鱼。"

二哥在我们班上是生活委员，管过我们百余号同学四年的饭票，吃饭的事大家还是习惯让他来张罗。二哥笑呵呵地回道：

"那好啊，我只问农民买只土鸡，蔬菜由女生和家属们去菜园里拔。"

我和一辈子做编辑的"老边"邓滨结伴去村里遛弯，去访问农家，看猪栏里嗷嗷乱叫的猪崽，看鸡窝里默不作声的母鸡，看农家厨房烧柴火的土灶和竹架子上存放的腌制泡菜的瓦罐，看他们家墙上张贴的已经破损发黄的小学生的奖状，还有户堂上高挂着的满是灰尘的老人遗像。

半个下午很快就过去了。我们回到入住的农家，要自己准备今天的晚餐，这顿晚餐将是丰盛而有特色的。女生和男生的家属们已经从菜园里拔了许多的蔬菜，她们正聚集在厨房外面叽叽喳喳地整理着；问农家买的土鸡已经退好毛；就等着"蛤蟆"钓的夷望溪鱼了。"燕儿飞"已经好几次打电话催问了"蛤蟆"。等他很不情愿地从岸边回来，大家只见"蛤蟆"的网兜里空空如也，一片鱼鳞也没有啊。

⊙沅水上的渔家人

农家主人这时过来笑着说：

"没有钓到没有关系，我带你们下田去抓吧。"

一听去田里抓鱼，"老米"、和我兴奋起来。田，就是农家门前的稻田，已经收割完稻子的田里，水浸着泥土和半截稻茬。农夫拿来三根竹竿子，一头扎着一个网兜，把裤子往上卷起就下田去，"老米"和我也跟着下了田，女生们站在田边看热闹。我们在泥水里深一脚、浅一脚地走着，水声惊动了潜伏在稻茬里的田鱼，哗哗哗地窜了出来，左一条右一条的，我们学着农夫的样子追逐着，可就是逮不住那些四处逃窜的田鱼。稻田里的水被我们和鱼越搅越浑，水越浑，鱼就越难逮，我们像瞎子似的在稻田里走来走去，但很快乐，女生和家属们不时地在起哄、在嘲笑着我们。这时，爱国从房间里出来了，赤着脚，身上穿着那件印着黑字的白汗衫。

"海盗，你不行，快急上来，让我乡下长大的抓几条看看。"

网名叫"理想国"的张爱国，个子小，腿短，下了田，并不着急，而是探头探脑地环顾四周，摸准了田鱼逃窜的方向，伸长竹竿，用网兜截住鱼头。不一会儿就逮住了一条大田鱼，倒进老米的网兜后，一转身又逮着了一条。于是田边的爱国夫人手捂着嘴笑起来：

"老公，你的白汗衫上都是泥巴了。"

只见爱国刚穿出来的新汗衫，已经被泥水湿透，紧贴着他的小肚子，"湘逢有沅"四个字也模糊不清了。爱国并不在乎夫人的喊叫，他正乐呵呵地在水田里享受着久违的童年快乐。等他提着最后一条田鱼准备上来时，我也忍不住喊叫起来：

"爱国，你穿的裤子呢？"

"裤子？裤子不是穿在身上啊！"

"哪里看得见，你的汗衫比裙子还长啊！"

于是大家又是一阵欢笑，"蛤蟆"的嘴笑得合不拢。而这一切，都被网名叫"黑色幽默"的刘坚同学用摄像机记录了下来。

当晚，在沅水夷望溪檀树坪农家的晚餐，就在院子里开始。女生和家属们纷纷把自己烧制的菜肴端上桌来，晏南瘸着痛风的脚把车上带来的几瓶酒拿出来。满满一大桌菜，满满一大圈人围着，满满的酒杯；田鱼的鲜美和土鸡的清香，清炒出的农家茄子、豆角、黄瓜等蔬菜散发出田园的气息。

四年同窗共读，是人生的一份缘起；许多年过后，分散的同学又会陆续相逢相聚，更是人生的一份缘续。相约湖南、寻访桃源、放舟沅水，在幽静的夷望溪深处，借着檀树坪农家的灯火，我们再次相聚，应该把酒畅饮，激情放歌。酒过几巡，"蛤蟆"叫道：

"晏蔚青，你是班上的百灵鸟，来一首吧！"

"老了老了，还百灵鸟呢，唱不动了。"

"老米"晏礼庆的夫人，大律师郑小明也喝得高兴，她以晏家人的媳妇身份说道：

"蔚青该唱，为我们晏家挣个面子吧。"

于是，"燕儿飞"晏蔚青有些腼腆地站起来，清了清嗓子说道：

"我们是八十年代的大学生，那时正好流行《年轻的朋友们来相会》，我们今天就一起唱这首歌吧，我献丑领唱了。

熟悉的曲调想起来，我们班的百灵鸟亮起了金嗓子：

"年轻的朋友们，今天来相会，荡起小船儿暖风轻轻吹，花儿香鸟儿鸣，春光惹人醉，欢声笑语绕着彩云飞……"

紧跟着，我们这些已经年过半百、头发斑白的老大学生们也唱起来：

"但愿到那时我们再相会，举杯赞英雄光荣属于谁，为祖国为四化流过多少汗，回首往事心中可有悔……"

歌声从农家小院里飞出，似乎惊动了村狗、惊动了那棵老樟树上已经入梦的鸟儿；其实，这歌声是叩响了我们自己的心扉，深深地感动了我们自己。

一夜酣睡，我在桃源的乡野、在沅水支流夷望溪边的农家，懒睡到日上山头。我走出院子时，爱国已经带着露水从古樟树那边回来。我笑道：

"爱国，这里就像是你的理想国吧？"

"理想国就应该是这样的，可是现在的人们，却都往城市的石屎森林里跑了！"

"现在的世界各国，都在搞城市化，城市像块越做越大的蛋糕；人们趋之如鹜啊！"

"蛋糕越大越虚幻，终有一天会化为乌有的。"

爱国以"理想国"为自己的网名，是十分贴切的。他是富有理想而善于思考的人。他来自江西"那个叫春的城市"——宜春；现在工作在广州，也是个春花浪漫的城市。

"爱国，将来退休留在广州还是回老家？"

"自然是回宜春，宜春好，宜春的山水田园也如桃源一般啊！"

"家伙，想得倒好，只怕你已经永远回不去了吧？"

"那我就下海，去找你，到海天佛国去打发日子。"

"你以为普陀山就清净吗？如今的寺庙香火兴旺，香火越旺，就越不

江海帆已远

⊙流经桃源的沅水

清静啊！"

"那倒是，海盗，那就找个无人岛吧。"

"恐怕这世间的清静，只能在我们自己的内心，自己去寻找了。"

这样的对话，在昨夜的盛宴中是没有的。对于大都市的非议，出生在上海、下放到江西、又回到上海的二哥元海是很不认同的，他常常在群里说：我们不能离开城市，因为城市提供了最优越的医疗保障；在城市里，什么都能买得到。这话当然是有道理的。但现在城市本身也生病了：房价飙升、空气污染、交通拥堵，还有教育成本、医疗成本的大幅度增加，而收入的差距却越拉越大。所有与人生存的困惑与危机，正潜伏在城市的角落、潜伏在繁华的背影里；还有聚集在城市的人们，似乎越来越冷漠。更为可怕的是如此飞速膨胀的城市，一旦发生公共性的灾害时，怎么办？这绝不是耸人听闻的谎言，也绝不是杞人在忧天啊！

没有不散的宴席。这天中午，我们一行回到兴隆老街后，"老米"夫妇搭乘邓滨、晏南的车取道张家界走了。剩下的人决定继续沿沅水逆行。

搭载我们的船，也许是沅水上保留到最后的航船。柴油机马达的噪音，

143

⊙沅水支流 仙人溪

与宁静的河面极不协调。在沈从文的时代，沅水航道上往来的主要是帆船，水手们依靠风能、依靠木桨、依靠拉纤，在沅水上艰难而富有诗意地过着生活。与我们同船的旅客中有一个十几岁的小男孩，他背着塞满课本的书包，并不坐在船舱里而是侧立在驾驶台边，手扶着船舷，清澈明亮的眼睛静静地凝望着水面上的风景。船行二十多里时靠上了一处村渡，小男孩独自一人跳上河岸，消失在竹林后面。

　　我本来想打听小男孩的名字，问些学校里的事情，没有想到他半路就离开了。望着小男孩背着沉重的书包消失的身影，我想，这充满灵气的孩子，迟早也会离开那竹林背后的乡村，迟早也会离开这条滋养他们家庄稼的河流，他一定会展翅高飞，去看外面的世界，去繁华的都市探寻人生的所有奥秘的。也许等他年老了，疲倦了，厌恶了，他会想起这里，会顺着这水，如洄游的鱼儿一样，悄悄地回到母亲般的家园来。但愿到那时，水是清澈的，依旧倒映着岸边的竹林，依旧听得到竹林后面的鸡犬之声，看得到他的祖祖辈辈一直守望着的土地。

我们接下去的行程，到了沅水河上古老的县城沅陵。我们寻访了发动"西安事变"、促成蒋介石暂停内战的张学良将军软禁地之一的凤凰山寺。站在张少帅当年钓鱼的岸边，我对邹剑说道：

"蛤蟆，何不在此钓半天？"

"钓不得钓不得，这地方水太深、太急，水下有漩涡，钓不得。"

"那张少帅不是也钓过吗？"

"张少帅是何等人物，他钓过的地方，鱼是不可再钓的。"

告别凤凰山，暮色降临，沅陵大桥的路灯连接着沅水两岸的万家灯火。闪烁在水面上的霓虹灯影，被泛起的夜雾萦绕着。河街下边停泊着许许多多的各式船只，只是没有帆船，没有相连在一起的吊脚楼，可能也没有沈从文时代的风流轶事……

我们的沅水之旅到此结束，将来如有机会，我们相约再来，去辰河、去酉水……去放松身心、云寄存心灵、去医治也许永远也医治不了痼疾。

2020 年 3 月 12，于舟山凫石书斋

⊙沅水上的船工

145

苗乡侗寨歌悠远

几年前，为了考察舟山渔民画在海岛民间的文化生态，我来到舟山海岛县（区）中最边远的嵊泗县，入住在泗礁岛五龙村海边渔家民宿。散落在海滩上的渔家，远看就是一幅画，近看是一幅幅画，因为每户渔家的墙体上都画满了渔民画。

那天晚饭前，在黄昏时的落日余晖里，我漫步在海堤与岩礁上，村尾处刚安静下来的五龙修船厂，有 2 个工人坐在路灯下的台阶上，正拿着手机在听歌。不是听流行歌曲、也不是听戏曲唱腔，而是在听一种古老的民歌。我似乎听过这歌声，不是在电视里、不是在 OK 厅里。于是，我好奇地靠近前去。工人手机的屏光照亮着他们有些黝黑的脸庞，照亮着他们洋溢着喜悦的眼神，含着笑意的嘴唇露出雪白的牙齿。

"师傅在听什么歌啊？我好像听过的。"

"听我们家乡的歌，你去过贵州吗？我们老家黔东南。"

"哦，你们是贵州黔东南的，是苗族还是侗族？"

"我们是苗族的。"

"你们听的苗歌，我在湘西听过的。苗族的女人长得漂亮、穿得漂亮、歌唱得漂亮啊。你们怎么跑到海岛里打工来啊！"

"没有办法啊，不出来打工，盖不起房子讨不上老婆啊！"

因为劳动力缺乏，舟山二十多年来，先后从安徽、河南、四川、湖南、贵州等内陆地区来了很多农民工。但我还是初次在边远的嵊泗列岛遇见贵州来的农民工，而且还是苗族人。

古老的苗歌，其实是苗族人的民歌、是山歌、田歌，既是歌唱自然山水的歌，也是叙述农耕劳作的歌，更是抒发男女相互爱慕的情歌。

1987 年，也就是 33 年前，我随江西上饶地区群艺馆组织的采风团来到湖南少数民族地区湘西，寻访一个叫德夯的苗寨，在寨口被一群苗族妇女团团地围住，她们唱歌跳舞，用牛角斟酒，欢迎远方到来的客人。那时还没有作兴旅游，苗乡也没有搞旅游开发，村寨的一切还处于原生态之中。我们作为汉族人，也是第一次接触苗族人。因为陌生、新奇，也因为苗族人的热情好客、因为他们的纯朴善良，我们沉浸在愉悦与兴奋之中，那些层层的梯田、那些遍布山坡林边的的吊脚楼、那些盛装而又含羞的苗女，无不成为我们绘画或摄影的题材。我们听见田间地头里唱出的歌声、听见山谷云雾里隐隐传来的歌声、听见与林间小鸟们一起四处飞翔的歌声……

最近四年里，我去了三次贵州，而且都是黔东南。我与凯里市文联的主席（兼凯里市摄影家协会主席）王绍帅成为了好朋友。

邵帅是侗族人，他为我们的黔东南之行作了十分细致周到的安排。在我第一次去黔东南时，他就亲自带路，把我们去采风的舟山摄影家带到一个叫美德的侗族村寨，他跟寨里的长老们很熟。

那个侗族村寨离凯里市很远，隐藏在云贵高原的崇山密林深处。车绕行在云雾缥缈的山间、穿梭在忽明忽暗的山林，一路有鸟语花香，有村落时隐时现的影子，有偶遇的骑着摩托车的青年，车架上载着山货，也有载着姑娘或是老婆的。

一路上，绍帅接到寨主几个问询的电话。车将要到达美德寨时，我们听见了几声火铳的鸣响，和牛角吹出的悠远的哨音。许多的侗族妇女和儿童穿着节日的盛装早已唱着歌迎候在村口；而侗族的男人们则簇拥在古树底下，一边跳着舞蹈一边吹着响亮的芦笙。

喝酒，踏进山寨第一关，那是必须的。打扮得漂漂亮亮的侗族妇女们，用水牛角斟满一碗又一碗自家酿制的酒，每个来客都要畅饮三杯，方让你步入寨门。我在绍帅的催促下，在侗族妇女的吆喝声中，在同行的朋友们的起哄声里，连喝了三碗酒，顿觉脚下腾起云团，血在欢快地奔流，精神为之激昂起来。一旁的绍帅却在窃窃地偷着乐。

进了寨，兴奋的影友们四散开来，去寻找拍摄的题材，或爬上山顶鸟瞰山寨的全景，或走进山谷、田垄去猎奇侗族人的劳作，或在吊脚楼的窗前拍绣花的侗族女孩。1个时辰过后，侗族鼓楼里响起合唱的歌声、响起芦笙的齐奏。但见高高的鼓楼下，燃着篝火的火塘，围坐着侗族长老和寨子里的妇女与孩子。她们中有年长些的妇女，在人群中领唱，其他妇女随着她的指引，一段又一段地唱着歌词，小女孩也张开稚嫩的小嘴用童声歌唱着。我听不懂歌词，绍帅在一旁解说着，歌词的大意是说：

侗族人从遥远的地方，跟着勇敢的祖先，来到这美丽神奇的地方，树林的鸟披着美丽的羽毛、草地上的花儿张开动人的笑脸、牛羊吃着鲜嫩的青草、男人们开荒种地播撒种子、女人们生儿育女……

这是侗族人在歌颂自己的祖先、歌唱自己的生活、抒发对爱情的向往。绍帅告诉我，侗族人合唱，少则十几个人，多则上百人，甚至数百人；而且有声部，有分工，有领唱，有和声。侗族大歌已经是世界级的非物质遗产，享誉海内外。

当晚我们在美德用餐，与侗族的长老、妇女、孩子们，一起分享独具侗族人风味的美食。有稻田里的鲫鱼、有家养的土鸡、有用树叶子打酱成糊的素食、有箬叶包裹着的雪白的糯米糍饭……，当然还有侗族人家酿的米酒，那侗族妇女劝酒的歌声，那歌声包含对远方客人最美好的祝愿，包含着的侗族人善良而高贵的品德。

车打开了前灯，鸣响了离别的喇叭。我们依依不舍地告别美德，告别

⊙漂洋过海去舟山很远

这个远离城市、隐藏在深山老林子里的侗寨，告别这里无比善良与热情的侗族人民。寒风中，侗族人的歌声还在车窗外回响，还在山谷与树林里像儿歌似的，久久回荡着。

在以后几年的黔东南之旅中，我还寻访过西江的千户苗寨，那个苗族人聚集已成集镇的苗乡，领教过那苗女的"高山流水"和比美酒更清醇的苗歌。我还去过雷山，看过季刀苗寨人杀年猪，喝着疱汤与苗族人欢度他们最传统最重要的节日。雷山的苗年，是场超大的苗族时装盛会和热闹的歌舞晚会。世界各地的苗族后裔都会派出代表前来祝贺新年。每个地方的苗族在服装、银饰上既保留着民族的传统元素，又创新出多彩多姿的时尚特色；而苗歌更是异彩纷呈、韵味无穷。而这所有的传统与时尚，都因为拥有共同的祖先的印记，汇聚在雷山。而且不仅仅是苗族人，在黔东南生活的汉族、土家族人、侗族人、革家族人等，也都来了。黔东南不同的民族欢聚一堂，跳着不同的舞蹈，唱着不同的歌谣，喜迎苗族人的新年，祈求五谷丰登、六畜兴旺，共祝风调雨顺、国泰民安。

2018 年夏天，绍帅来到舟山，带来了"黔东南风光风情摄影作品展"。在定海文化广场上，岛城的市民被一幅幅黔东南少数民族地区的照片吸引

149

着，他们惊艳着苗族人瑰丽的服装与银饰，赞叹着侗族人的高大而奇特的鼓楼。但舟山的岛民们，却很难从照片中听到苗族、侗族女人们的歌声。

在舟山本岛由跨海大桥相连的朱家尖岛，岛的东北角上有个传统的渔村月岙村。这里的渔民以流网捕鱼捉蟹为主。每年的秋冬季节，需要一批妇女在海滩和码头上整理网具。不知从什么时候开始的，我们发现来月岙村理网的妇女渐渐地换成了外地来舟务工的妇女。他们跟随自己的丈夫或村里年长的妇女，从遥远的内陆地区来到舟山群岛。她们的男人去船厂、码头，甚至下渔船出海，卖苦力干重活；她们就在附近找些补网、理网、晒鱼鲞的零工做。她们中就有来自湖南、贵州少数民族地区的妇女。

我在这两个季节经常会去朱家尖岛的月岙村。因此与湖南湘西、贵州黔东南来的妇女们有些熟悉，她们有时也会主动地对我说：

"你又来照相了。上次给我小孩照的有照片吗？"

有时我还真的带着照片送给她们。有时我并没有带相机，只是过来看看渔村、看看这片海滩、看看在这里理网的妇女们。有一次，我是在午饭后，从乌石塘的渔家民宿，借了辆电毛驴骑去月岙海滩的。已经吃过午饭在沙滩上休息的妇女们围在一起，有说有笑地唱起歌来。我停在远处的树林边听着，是我熟悉的苗歌，是苗族妇女歌唱家乡的歌；有个妇女站起来，走向海边，不由自主地跳起了苗族人的舞蹈来。听着听着，歌声却突然停止了。我靠近前去，几个妇女在用粗糙的手擦拭着眼泪，其他几个都低着头或凝望着大海，默默地不再唱歌了。

我的心有些感动，我懂她们，知道她们远离了家乡，在遥远的海岛上，打工挣钱的辛苦；知道她们的家里，还有老人、有孩子、有稻田、有菜地；知道她们有牵挂、有思念、有乡愁；知道她们要等到春节前才能跟随自己的丈夫回家去……

根据苗族歌谣和侗族大歌的记载，他们的祖先从北方迁徙而来，是逃避战乱、纷争与饥饿而来到西南山区、躲进深山密林之中，谋求生存。而今他们又开始走出深山密林，走向外面的世界，也许是在追寻着时代变迁与社会的发展步伐，追寻着新的生存之道。

但愿他们只是暂时地远行，相信他们永远都不会忘记自己的家园、自己的文化、自己的精神、自己的情感，忘记他们承载着着民族血脉的歌谣。

2020 年 3 月 23 日，于舟山凫石书斋

⊙妇女在村口唱歌欢迎远方的客人

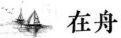

在舟山得吃

29 年前的秋天，母亲随着我搬家的货车，不远千里，把我和儿子从江西弋阳老家送到舟山海岛。我们临时的家是在定海老城一条弄堂里。弄堂口便是中大街与县前街的丁字路口。每天早晨与傍晚时，丁字路口就是临时菜场。

海岛的秋天，正是东海梭子蟹旺发的时节。乘我们还在布置家居放置衣被的时候，母亲带着孙子从路口的鱼贩子手上买了两只大螃蟹回来。

这是我们第一次在舟山买螃蟹吃。母亲说：

"我也不会挑，只看大的买两只，两块钱一斤。"

螃蟹大，不一定好，长红膏的螃蟹不一定是大的。挑选螃蟹的技巧，是以后慢慢学到的。

29 年后的现在，也就是 2020 年的夏天，已经退休的妻子回老家把公公婆婆接来了舟山。8 月 1 日，东海休渔期部分结束，捕蟹捉虾解禁。开捕出海第一水的梭子蟹被抢先的渔民捞上了岸。封海 3 个月后的鱼市一下子热闹起来。于是，岛城的街头巷尾又有了流动的鱼贩子，鲜活的梭子蟹又在箩筐里不断地向外吐着水泡泡。

我说可以吃螃蟹了。父母亲却表示反对。父亲因为心脏里放了四个支架，怕吃海鲜过敏引发身体不适。母亲则是想旅游旺季刚上市的螃蟹一定价钱高，说等便宜后再买。妻子不吭声，因为她已经在几年前皈依了佛菩萨，要守戒律，不杀生不碰腥。

我忍了半个月，今天终于起早到定海城中村东江浦老街上买了几只螃蟹回来，立马蒸熟，端上桌来当早餐。父母亲晨练回来，一惊一咋后，就连忙洗净双手坐下来吃螃蟹。母亲问道：

"多少钱一斤？"

"40 元。"

"比你们刚来舟山时贵了 20 倍了。"

父亲拿起我分开的半只螃蟹，插话道：

"不是螃蟹贵了 20 倍，是人民币贬值了 20 倍，我说了不吃，你们还是要买。"

母亲接过我掰开的红红的蟹壳，马上回怼了父亲一句：

"你哪有那么啰嗦，买给你吃也要啰嗦。"

"老爹，不是钱不值钱，是螃蟹越来越少了，而吃的人越来越多了，远在新疆乌鲁木齐的人也吃上了舟山的梭子蟹，大家都抢着要吃，海里的东西自然就越来越少了。"

"还是崽讲的对，不仅仅是螃蟹贵了，小黄鱼、带鱼也涨了很多价钱，墨鱼干都卖 100 多块钱一斤了。"

父亲被母亲怼过了，就又找了个话题：

"老早听你说过，吃螃蟹也过敏，还送医院去抢救过。"

父亲是眼前的事不记得，很早以前的事倒是记得清楚。那是我在舟山日报社刚当记者时的一件往事。1993 年夏天，我独自一人去六横岛，采访一家渔业公司进行鳗苗养殖试验的新闻。采访完的当天，公司老板准备了一桌海鲜，请我吃晚饭。除了他们自己养的鳗鱼外，还有生呛的膏蟹、盐焗的虾、水煮的螺、炖汤的贝等等，全是海鲜，一道蔬菜也没有。问我喝什么酒，我这个江西老表本来倒是可以喝点白酒的，随口却说了"随便"。于是老板就打开啤酒，而且是冰镇过的啤酒，舟山本地自产的紫竹林牌啤酒，满满的一大杯，一碰杯就被要求见底。然后就是一大块膏蟹、一大把虾，各种生猛海鲜，着实是大快朵颐。饱餐过后，回到镇上的个体小宾馆，又来了个凉水冲澡，一天的乘船乘车、进出养殖场采访拍摄带来的疲劳顿时消除，早早躺下，开着电风扇，准备美美地睡到天亮。不料半夜时分，肚子就开始闹腾了，几个小时就趴在厕所里无法出来，人一时虚脱得连话也说不出，好不容易把宾馆的老板娘喊醒，五点不到就被送到镇上的卫生院。值班医生听说我是报社的记者，十分慎重，马上开好药，给我挂起点滴输液。同时联系镇里领导，派出渔船，紧急送回定海。船行约一个小时。当我妻子在定海道头民间码头接上我，再送至定海人民医院急诊部，我基本处在半昏迷的状态。因为得到及时的治疗，腹泻止住，其他的反应也得到控制，几天后身体渐渐恢复过来。

这是我吃海鲜第一次也是唯一一次遭罪受苦。报社的老记者、专门跑渔业的臧祖林老师对我说，初次出海的渔民，要彻底地晕一次船，晕得死去活来，只要你挺过来，以后就没有事了。初来乍到的外地人，在舟山做记者，要经常下海岛渔区，经常与渔民打交道，与渔民老大喝酒吃海鲜也是基本功夫，有些渔民的民俗、禁忌要尊重，言语要合乎渔家人的习性。

从那以后，我每个月有半个月时跑渔岛渔村，渐渐地习惯了吃海鲜，也学会了怎么吃海鲜，也喜欢上了海岛渔乡，喜欢闻渔家的海腥气味。

20 世纪 90 年代中后期，舟山群岛的渔业资源开始出现了危机信号，引起了省政府和渔业主管部门的重视。省长万学远带领科研人员要去嵊泗列岛调研渔场修复和水产品养殖工作。我被报社派去随行采访。由舟山本岛到嵊泗列岛去，要乘半天的航船，等我赶到嵊泗县政府所在的泗礁岛时，万省长一行已经由上海芦潮港乘船先期到达。嵊泗县的渔业工作汇报会后，万省长又去实地参观了一个由驻军废弃坑道改成的鲍鱼育种试验场。第二天他就先回杭州了，留下科研人员继续去走访嵊泗列岛中的嵊山岛、枸杞岛。因为省里规划要在这两个岛建立浙江省最大的海上贻贝养殖基地和梭子蟹暂养试验场。于是我又随省里的科研人员由嵊泗本岛泗礁岛换乘岛际班船前往更加边远的海岛渔乡。

正是金秋时节，在杭州或者舟山城里，已经是丹桂飘香。而舟山海岛的这个时节，正是东海梭子蟹丰收、秋冬渔汛大生产的季节。我们先到嵊山岛，拜访了梭子蟹暂养带头渔民郑根仕，看过他在嵊山岛海湾附近利用礁石丛建筑的小小的养殖池，池底是一层海沙，池水是用水泵从海底打上来的海水。从拢洋的淮船上收购来的梭子蟹被寄存在池中暂养2、3个月，喂些小鱼小虾和鱼粉杂食，让它们在这里静养增肥长膏，等春节临近再捞起来放进特制的保活保鲜的增氧包投放国内外市场，取得更高的经济效益。由嵊山再换小机帆船，渔民带我们渡过三礁门海峡，就到了枸杞岛。贻贝育种试验场也在海边的礁石丛里。省里的科研人员，十分仔细地察看了附着在网板上的贻贝幼苗，向渔民了解海水水温、充气含氧等技术问题。

当工作结束后，我们又原路返回到嵊山岛，这个设有舟山渔场指挥部的渔岛。夕阳西下时分，岛上空气里开始弥漫起蒸螃蟹煮海鱼的气味。已经被码头上的海腥气味熏得有些头晕的我们，将畅开肠胃，饱尝丰盛的海鲜大餐。餐桌上的主角，是装得满满一脸盆刚出蒸笼的红膏蟹，还有一碟碟的呛蟹和蟹糊，一串串的红蟹钳，后来又上了一道渔家的家常菜"膏蟹炒年糕"让年糕的米香与蟹膏鲜香融合在一起，吃得是永生难忘。而海鱼，更是琳琅满目，清蒸石斑鱼、鲗鱼，虎头鱼炖豆腐，葱油黑鲷，爆腌鮸鱼等等，贝壳类则有藤壶、芝麻螺、贻贝，还有一种长在礁石上当地人称为"石奶"的东西，应有尽有。这就是海岛人招待远客的大餐。特别是在丰收的季节。至于酒，我已经有经验了，只喝舟山本地的杨梅烧酒，这是舟山人预防海鲜过敏的土酒。

当晚，嵊泗县报道组的郭振民老师也在，他是嵊山人，从小在这里长大。饭后，郭老师的几个渔民小兄弟硬是把他拖住，还要把我喊上，一起去卡拉OK。丰收的喜悦，一天的劳累，都要借助烟酒、借助酒后的狂歌来消受。渔民的性格就是这样，他喊你去，你不去，就会骂你看不起他，就再不会理你。我虽说已经有点喝高，杨梅酒的后劲开始上来。但郭老师的渔民兄弟喊我去，那就只得去。由驻岛部队遗留下来的旧仓库改造而成的歌厅，厚实的石头墙被歌厅的老板画满了渔船和章鱼、螃蟹，还有织网的渔家姑娘。歌厅里已经挤满了很多渔民和商贩，烟雾腾腾、荧光闪烁、歌声刺耳，谁在唱歌、唱得怎么样，似乎并不重要，大家只是为了寻开心，只是让歌声来敞开情怀，让烟酒来麻醉疲劳的躯体与神经。我带着相

⊙风鳗鱼

⊙晒鱼鲞

⊙敲海螺

⊙黑鲷与虎头鱼

⊙剥淡菜

⊙风带鱼

机，却没有拍照，因为在歌厅里拍摄是自找没趣，肯定不受欢迎。搞不好会被渔民打得鼻青脸肿。那就喝酒吧，歌厅只卖啤酒。郭老师的渔民兄弟把啤酒瓶盖子用牙齿咬开，把酒放在我面前，还叫来两盘鱿鱼丝、龙头烤下酒，并示意我吹个喇叭。我便硬着头皮，吹了个喇叭。半个小时后，面前已经有三个空瓶子了，我也一声不响地在桌子上耷拉下头睡着了。后来怎么回宾馆的，第二天怎么也记不起来。

接下来的采访，由郭辰民老师当向导，目的地是嵊山岛与花鸟岛之间的绿华岛。机帆船在碧绿的海面上翻开一片雪白的浪花，航行半个来小时，绕开常年锚泊在航道边上的海上减载平台"双峰海号"巨轮，我们便靠上了绿华岛的码头。岛上也如嵊山岛一样，空气里弥漫着鱼腥与蟹膏的味道。听说岛上唯一的金融机构是农村信用社，里面正好有许多渔家嫂子在存钱。今年梭子蟹旺发，渔汛生意好，几天的捕捞、销售，就换来了大把大把的钞票，以至于渔家人是用麻袋子装钱，背着麻袋上信用社存钱。

我举着相机走进了绿华乡农村信用社的营业厅，但见一群渔家人在窗口排着队，年轻的渔嫂双手紧紧地拎着麻布袋子或是用床单包扎成的包袱，身边跟着个自家的孩子，后面还有个七老八十的老渔婆。他们是以家庭为单位来存钱，小孩子做护卫，老人家不放心也跟着来。麻袋里装的钱，大多数是 5 元、10 元的纸钞。每户人家要存的钱，多的 7、8 万，少的 3、5 万，户均 5 万元左右。信用社的职工几天来加班加点在数钱，说把手也数得酸痛了，眼睛也红肿了。而排着队等候着的渔嫂们还很不满意，不停地抱怨：怎么介慢啊！有钱也数不清啊！家里的活都被信用社耽搁了……，而营业员开头还会回怼几声，听多了，也懒得理会，只顾埋着头点钞票、记数字、做台账。

这样的场面要是放在内陆，那得公安局派人来维护安全。好在边远海岛，交通不便，封闭管理，没有流窜人员，大家都是同乡、同村的熟人，有些就是街坊邻居、是一起下海劳作的伙伴，治安没有问题。渔嫂间最多就是找些家常里短的事相互嬉笑、调侃、辱骂几句而已。而最热门的话题就是，某某家盖好楼房娶媳妇进门了，或是某某家的囡要去上海买嫁妆、拍婚纱照了。

20 世纪 70 年代末，中国的社会改革是从农村开始的。而农民、渔民都是先行者。农民靠土地的承包分产到户实行责任制，来激活农村的活力，使土地增产、农民增收；而渔区则是实行渔业股份制，让渔民拼股打船，用新的劳资关系和合理的资源配置来取代原有公社集体制的模式，极大地激发了渔民的生产积极性。就农民与渔民的比较来看，渔民的生产性投入成本比农民大，因此获得回报也大。传统的舟山渔民重捕捞轻养殖，加上渔业资源还能暂时支撑一段时期，使舟山渔民在改革开放后的前 20 年时间里，其整体收入遥遥领先于农民。"万元户"在内陆农村的出现是比较稀少的，而在渔区，则是雨后春笋般的呈现。正是这样的时代背景，才映衬出渔民丰产丰收、踊跃储蓄的动人情景。

我有幸见证了这样的情景，也分享过舟山渔民的丰收喜悦，正是他们的丰收，也使我饱尝了丰盛的海鲜，品味了海鲜美食的鲜美，留下人生中的关于海、关于渔民、关于这个我已经生活了近三十年的第二故乡的美好记忆。

母亲说过一句话：你从江西跑到这么远的舟山海岛，最划算的是，得吃，吃遍了舟山的海鲜。

这话实在，实实在在，得吃啊。

2020 年秋，于舟山凫石书斋

⊙野生的虎头鱼与黄婆鲫

桃花岛渔家民宿

"晓明，明天收海带了，侬下半日落班前好来了。"

桃花岛塔湾村渔民老朋友吴瑞庆，4 月 22 日一大早就打来电话说。每年春夏之交的时节，他会看准晴好的天气、打听好同村渔民收割海带的日子，提前给我来个电话。他知道我喜欢拍渔民收割海带、喜欢拍渔嫂们在海滩上晒海带、喜欢吃刚从海水里割上来的鲜嫩的新海带。

老吴虽说也是桃花岛塔湾村的渔民，但他已经没有生产作业证书了，那条我跟老吴多次出海乘坐的渔船，已经被收缴封存。早在 15 年前，他就响应政府号召，转产转业，开渔家民宿，搞渔家乐了。

老吴年长我 8 岁，地地道道的桃花岛人，海边出生，海边长大，在家排行老三，上有两个哥哥。20 世纪 60 年代时，父亲送这个小儿子去读书，却遇到了长达十年、史无前例的"文化大革命"。没有好好地读到书，就辍学在家，跟着哥哥去海湾礁石边钓鱼、采螺，用钉耙在沙滩里掏沙贝，帮助母亲在对峙山脚下种番薯、土豆。终于长到 18 岁，可以到人民公社的渔业生产队去当渔民，挣工分了。

以前我到桃花岛采访，都喜欢住在老吴家的客栈。在民宿大门口的雨棚下坐着，一边喝着酒、吃着海鲜，听着夜晚的海潮在沙滩上来了又去、去了又来，传来一阵阵很有节奏的声音。这声音就成为我和老吴聊天的背景，成为老吴回忆往事的伴奏音乐。

"刚满 18 岁那年，接到生产队的通知，交关兴奋，困不着，晓得自己可以挣工分，为家里赚钞票了，心思就不一样了。我阿姆说了，你赚来的钱，帮你存着讨老婆。我们农村里的人，18 岁就好结婚讨老婆。"

"你最远到哪个海区捕鱼？"

"一落船，正好是冬汛生产，我背着一床棉被、左手拎着一袋米、右手提着一包换洗衣服，就跟大队的机帆船去了沈家门，再由沈家门去了嵊山岛。"

"我知道嵊山岛，舟山渔场冬讯生产的指挥部就设在那里。"

"我们的船靠近嵊山时，箱子岙里密密麻麻停满了机帆船，吓煞人了，怎会有嘎多的船啊！"

"你刚下船搞生产，工分多少？"

"像我是新手，只有 6 分，老大 14 分。集体每个月发给渔民 12 块钞票，40 多斤粮票，年底分红时我能得到 200 多块钞票，再加 5 块过年钞票，全部在了。"

"那没有多少钱，怎么讨老婆啊？"

"那时讨老婆跟现在不一样，花不了多少钱。"

老吴就这样做了渔民，成为人民公社的一名生产队员。他告诉我，舟山渔场冬讯捕捞作业中心是由北往南移动的，最远的地方，他们的机帆船追赶鱼群一直追到了福建的南部海区，还去过钓鱼岛附近，有一年连春节都在海上，没来得及回家过年，好多人在船上哭了。

"晓明，做渔民太苦了，我们每天挤在船舱下的隔板上困觉，海浪的声音就像有人不停地拍打你们家的门板，棉被是潮湿的，睡不出暖气来。吃，吃不饱，下饭都是咸得像盐头的鱼，偶尔闻到肉的香味，老大和壮劳力先吃，轮到我们新手都是汤水；蔬菜不是南瓜就是冬瓜，或者腌菜、榨菜。不分夜里日里做生活，只要老大打铃了，就爬起来拉网理鱼，冬天的渔网被北风刮过后，像刀片一样扎手。这苦，侬没吃过，也忖不着。太苦了！"

老吴捕过几年鱼，就结了婚讨了老婆，先后生了两个儿子。为了照顾家庭，他向生产队要求不跟机帆船捕鱼，改为养殖海带，成为海带养殖渔民。一开始是帮生产队养。后来政策变了，人民公社也没有了。到了80年代末90年代初，集体散伙了。渔民自由选择、重新组合，实行渔业股份制了。选择继续捕鱼的，几户人家拼股打铁壳船。选择养殖的，政府也鼓励。

因为家门口的塔湾海域，海水清澈、潮水平缓、沙滩平整，适合养殖海带。老吴就带着老婆和两个儿子养殖海带。

"老吴，你最多养了多少海带？"

"塔湾村，我养得顶多了，上万根海带吧。"

其实养海带也是十分辛苦的。要到海底打毛竹桩头、要包海带苗子、要收割几米长的海带、要装到岸边挑上沙滩、要一遍一遍地翻晒，每一道活都是汗水都是辛劳都是苦啊。还要担心风暴灾害、海水污染、市场销售，卖掉了海带才看得见钞票。

"侬自己去卖过海带吗？"

"卖过啊，不卖怎么办？我卖海带卖到安徽、江苏，带着两个儿子一道，在南京睡菜市场。"

听老吴说，一卡车海带，要从桃花岛装船先装到舟山本岛，再雇货车过海峡轮渡到宁波，跑两天才到南京。要进市场卖海带，真是太难了，刁难你的人、想占你便宜的人、想偷你海带的人，都围着你。晚上就在菜场里，睡在海带堆里。蚊虫、苍蝇像轰炸机似的围着你转，根本睡不着觉。

"一开始，我总是蚀老本，一半是卖掉的，一半是被人骗去、偷去的，总郁煞了。后来当地也有好心人，就教我给市场管理员塞香烟、不让市场的贩子独家买进，尽量少被他们坑、骗。去的次数多了，慢慢地就混熟了，钱也收得回来了。当我们抱着一袋钱乘火车到宁波再换船到舟山，一路换车换船回到桃花岛，进了家门才把心放落来。"

老吴养海带一养就养了10多年。期间还卖过塔湾沙滩上的黄沙。卖给建筑工地造房子。到了90年代末，桃花岛开始有游客来了。镇政府把一些渔民叫去开会，说要发展桃花岛旅游产业，让他们转产转业搞旅游，开民宿做渔家乐生意。塔湾沙滩边的老吴家被认为很适合做民宿。老吴一开始搞不懂什么叫"民宿"，他理解就是把自己家的房间腾出几间来，让需要住的游客住一下。

老吴家的房子是 80 年代，靠养海带赚的钱建造的，两层楼带厨房、渔具间、柴火间和一个农家小院子，院子里有口水井，水是对峙山下来的山泉水。那时两个儿子还小，就挤在一间房里住，两间做客栈的房间分别安装了吊顶的电风扇，一共改了四张木头床，配了四个热水瓶、四双塑料拖鞋。卫生间是大家公用的。就这样，老吴家的"金沙客栈"挂牌营业了。

这是桃花岛塔湾村第一家由渔民自己开的客栈，一张床铺 20 块钱一个晚上。客人需要吃饭的，老吴的老婆就自己烧几个菜，有老吴和儿子用粘网捕来的小鱼小虾、用钉耙从沙滩上挖来的沙贝，白菜萝卜土豆等时令蔬菜是老吴老婆自己在对峙山脚下种的。

那时桃花镇的镇长叫刘生财，满脑子都在想开发桃花岛旅游的事情。有一次我去采访桃花岛渔业的事情，刘镇长却跟我讲对峙山上的炼丹洞，说在秦始皇时代有一个叫安期生的隐士，从大陆渡海过来炼丹；又说金庸的小说就是写桃花岛上的神仙侠侣。他一边讲着桃花岛开发旅游的设想，一边已经安排了一条小渔船，带着我进行环岛旅游。其实，刘镇长是要我为桃花镇拍摄一组旅游风光照片，他要拿着这些照片去市里、省里跑旅游开发的项目，说白了，是去讨钱来做旅游的事情。我跟着刘镇长，去了悬鹁鸪看龙牙礁、千层岩、弹指峰等海岸景观绝佳的几个地方，最后来到塔湾沙滩。他指着沙滩上的塔湾村说，我们的渔民已经开起了民宿搞旅游了，这是桃花镇渔民转产转业的新路子，你这个记者要帮我好好地宣传一下。

的确，桃花岛渔民转产转业搞旅游服务，在当时是新闻，是舟山渔区的新生事物。舟山渔民面对资源衰退，在调整生产方向，寻找新的出路，这可是鲜活的新闻题材。

几年后，也就是新千年伊始，普陀区政府评选了首批旅游接待户，桃花岛老吴家的金沙客栈就是其中之一。乐得老吴又贷款投资改造扩建了房子，客房增加到 10 多间，餐厅也变大了，住宿条件更好了。

又过了几年，也就是 2004 年，那年 9 月 3 日，阳光普照桃花岛塔湾村。老吴家客栈门口突然停下来几辆政府部门的车，车门打开，先后走下来几位大领导，其中最大的是浙江省委书记习近平。留着八字形胡子的老吴连忙上前迎接，握着习书记的手，不知所措地说了些话。习书记走进老吴家客栈，上楼看了几间客房，问老吴游客多不多？生意好不好？住宿的价钱是多少？老吴如实地回答了习书记。临别时，习书记在客栈门口，向在场的舟山陪同领导说，舟山一部分渔民从传统渔业生产转产搞旅游，是条致富的新路子，政府要积极扶持他们。

当时，我作为舟山市政府新闻办的摄影师，将这情景一一拍摄记录了下来。事后，我把照片，放大了几张并配好镜框，送给了渔民老吴。老吴把照片挂在了客栈的大厅里，让过往的游客看看。因为习近平书记的来访，桃花岛渔家民宿的名气一时红火起来。渔民老吴，便成了新闻人物。

再后来，习近平成为了党和国家的领导人。桃花岛塔湾村老吴家的民宿又热闹了起来。挂在客厅里的照片，放得更大了。

而我和老吴，就成了朋友，我在舟山又多了一个过年会给我送鱼吃的渔民兄弟。

前后算起来，65 岁的老吴，下过海拉过网捕过鱼，打过桩养过、卖过海带，这有 20 多年；转产上岸开渔家民宿也有 20 多年了；从为人民公社捕鱼、养海带，到为自己开旅游客栈搞渔家乐经营，这一辈子也算经历了时代的变迁，经历了生活的艰苦和甘甜。如今老了，似乎该休息了。

接到老吴电话的当天，我到沈家门墩头民间码头，搭乘最晚一班航船再次来到桃花岛，老吴像等自己家人似的等候在客栈门口。当晚，我俩又坐在大门口遮阳棚下面，喝着酒，吃着老吴下午特意为我去掏来的沙贝，还有老吴老婆做的青饼，我们聊着今年的疫情灾害，分析疫情给旅游业造成的严重的冲击，今年的生意肯定是泡汤了。

"老吴，你现在劳保每个月有多少钱？"

"我只有几百块，年轻时为集体捕鱼、养海带，一共算了20多年工龄，按10块钱一年算。"

老吴老婆插话道：

"我为集体养海带也算了几年工龄，自己又买了社保、医保。"

"多也不多，你们自己吃吃，应该是够的。"

"这些年开民宿赚来的钞票，帮两个儿子在沈家门买房子、讨老婆结婚；前几年，老婆生毛病，到上海动手术，存折里老早空了。"

"那生意还得继续做，今年的疫情是暂时的，今后游客还会来的。"

我的安慰话，似乎并不能消除老吴的忧虑。他皱着眉头，看着夜色中的塔湾海滩，默默地吸着香烟。老吴的老婆过来收拾碗筷，提醒老吴说，这次晓明来，让他拍些民宿的新照片，把网上的老照片换下来，想办法做做下半年的生意。

第二天的早晨，太阳从海上升起来，金色的光辉洒满在桃花岛塔湾沙滩，在熠熠闪动的波光里，收割好第一船海带的渔船缓缓地靠近海滩，一根根鲜嫩的海带被渔民从船上拖上沙滩，又被挑上潮水够不着的沙丘上。包裹着头巾的渔妇，脸上交汇着海水和汗水。她们一天要挑起几百根一百多斤重的海带，要把一根根的海带摊平在沙丘上，要在正午太阳当头晒的时候，把一根根海带翻晒一遍，等太阳从对峙山顶西下以后，再一根根收拢起来叠放在沙丘上，等第二天的太阳出来，再摊开翻晒一天。

而老吴，早在凌晨匹点多钟就下海了，他在齐腰深的海水里，使劲地拖动着将近3米长的钉耙，走20来步，停下来，提起沉重的钉耙，看看扎在钉耙上的网兜里是否有沙贝或沙蟹。他一遍一遍地拖着钉耙，在浪花里掏来挖去。

⊙收割海带的季节

　　这就是渔民的生活。他们世世代代以海为生，向大海讨生活。

　　老吴像许多同年龄的舟山渔民一样，走出家门，拔起锚、升起蓬、摇起橹、撒下网，不断地追逐鱼群、闯荡海洋，为人民公社的集体捕鱼劳作，靠力气挣点工分、分点汗水钱。他也打过桩养过海带，跑过内地的市场，见识过欺行霸市，品尝过市场经济的味道。他还转产转业开民宿、办渔家乐，在马路边招揽游客。他也握过高官的手、说过真实的话。他说：

　　"晓明，我们出身就是渔民，就靠着家门口的海，不管你转到哪里，转来转去，还是离不开海，只要你肯吃苦，肯勤力去做，就会有生活。"

　　但一个不争的事实是，舟山渔民的后代，只要会读书、肯读书的，都离开了海岛、奔向了城市；即使不会读书的，也想着办法不去下海做渔民，不去风口浪尖讨生活。

　　老吴的大儿子，在沈家门城里，自己开了家理发店；小儿子在朱家尖岛帮酒店老板打工。他们的孩子都在城里上学，过年过节偶尔回桃花岛来看看。

　　老吴的老婆告诉我，客栈没有生意的时候，老吴就坐在海堤上、坐在沙丘上，一个人发呆，也不知道他在想什么。

　　　　　　　　　　　　　　2020 年 5 月 26 日，于舟山凫石书斋

书斋闻香话兰缘

浙江海洋大学人文学院的柳和永、张禺、程继红等教授与韩伟表博士在 14 年前，牵头成立了"黄式三黄以周学术研讨会"。"二黄"，定海紫薇墩头人，乃父子俩，是晚清理学研究的集大成者。研究会开门之举就是把黄氏父子的学术著作进行点校刊印，以便学人作进一步研究。程继红是我大学同学，也从江西上饶迁居舟山，戏称是怕我孤独，来岛城与我作伴的。

一日我看过他整理的黄氏家谱，请教于他：

"继红兄，黄式三，号薇香，是否与出生地紫微有关？"

"应该无关。"

继红治学严谨，作为学者注重考据，自然不会轻言。但我这个"艺术的顽童"却突发奇想，紫微这个地名，是宋高宗赵构避难舟山以后，当地人以为是紫微星下凡，便改地名为紫微。程朱理学肇始于宋王朝，作为理学的传人，黄式三取"薇"字为号，只不过在"微"字加了个草头，有避讳之用意，因与此有渊源 这是其一；其二，紫微地处舟山本岛的西部，山岭连绵，松竹与乔木遍布峡谷之中，得海天云雾荫蔽、泉水滋润，自古盛产兰花，而中国的文人学士无有不爱兰者，故在"薇"后加上"香"，成"薇香"之号。这是我的臆想，继红兄和"二黄"的研究者们不一定会认同。

我常常翻看古代文献、字画、阅读诗词文章，深知兰花在中国古代文人、墨客、学士心目中的地位。他们将兰花与梅花、竹子、菊花并称为"四君子"，人格化地赋予她们清正、高洁的精神品德以及平和、淡雅的情感。没有兰花的书斋，是不可陈放四书五经的；没有兰香的书斋，是不可久坐玄想、清谈的；没有兰性的人，是不配拥有远离庸俗的兰房、书斋的。在《孔子家训》中记载过孔子的一段话："芷兰生幽谷，不以无人而自芳；君子修道立德，不为穷困而改节。"孔子还说："与善人居，如入芷兰之室，久而不闻其香，即与人化矣。"屈原，春秋战国时代的著名诗人，他在《九歌》《九章》《离骚》等不朽诗篇中叙述了自己滋兰、佩兰、纫兰的高洁之事，借以表达自己的情操与志趣。书圣王羲之在东晋时的会稽兰亭，以其灵动、华美的笔墨书写了暮春时节、惠风和畅里的文人雅集，留下千古佳话。宋代的诗人、书法家黄庭坚，则以其沉雄奇崛、收放自如的独特书风书写了唐人韩伯庸的《幽兰赋》，以表达自己不染尘俗的"君子"气节。明清之际则有"八大山人"朱耷、"扬州八怪"郑板桥等书画大家，无不以养兰、画兰为能事。

无论是孔子的"芷兰之室"，还是屈原的纫兰、佩兰之举，抑或会稽的兰亭、青云谱的兰园、郑燮的竹园兰室，乃至释家的禅房，兰草始终都会应着花时待在书斋的一角，案几的一侧，静静地陪伴着读书人、陪伴着文人墨客，散发出沁人心脾的幽香。

我想象着定海乡贤黄式三、黄以周父子，在他们发蒙伊始，诵读《千字文》《三字经》《弟子规》以及唐诗宋词元曲之时，他家的书斋里，或是先生的私塾里，或是院墙内外、村后雷公山上，一定是有兰花的。

方平先生，定海小沙人，与黄式三的紫微墩头相距 10 余里，隔着一座长有兰花的九峰山。活在当今的方平先生也有个号："花如掌灯"。他的长篇小说《奇花》、散文集《故乡有灵》《青绿》等著作，都署名为"花如掌灯"。我认识方平先生之前，他是公职人员，做过珠宝生意，精通金、银、翡翠、玛瑙交易里面的猫腻；他炒过股票，见过大进大出的钞票；他也炒过兰花，混迹在兰市，看着如香葱一般的兰草，以苗为单位，倒卖出比金子还贵的天价来。但方平先生没有在珠宝、股票里沉沦，变为一身铜臭的商人。他也没有在兰市里成为"搅屎棍"。我认识他时，他早已经洗手不干了，而是拿起笔来，一边喝着浓浓的绿茶、一边抽着不肯断熄的香烟，回想着童年的往事，叙写着九峰山下那些个古老乡村里的人物与故事。

我第一次走进他在岛城定海城北水库边的自建房舍，院子里一株梅树正开满了白花，在春光里有些耀眼。几丛修竹遮掩着兰房。客厅也是书斋，很大，有好几盆兰花正依偎在书架周围，散发着幽香。寒暄、入座、品茶、闲聊之中，我特别关注着兰花。 方平先生随手端起一盆，告诉我说：

"这是紫微乡附近的山里掏来的，春兰里的蝶花。"

"有名字吗？"

"有，我给她起了'翠薇'，翡翠的翠，紫微的微加个草头。"

"那就是你的方氏兰园的'翠薇'，别的兰家没有吧？"

"绍兴人来过几次，想买几苗去，我不卖。"

"听说80年代，舟山兰花被倒卖了很多出去。"

"山里好的兰花已经没有了，剩下的都是草兰。"

临别时，方平先生送了几苗红颜色的春兰色花给我，并嘱咐我不要老去浇水。

我与兰花的结缘，最早始于画兰。还是上小学的时候，美术老师黄良骥是我父亲的同学。父亲知道我喜欢画画，有一天晚上，带我去黄老师家玩。又矮又胖的黄老师正蹲在地上往一个木柜子门面上画花鸟。黄老师并没有歇下手，而是一边画着，一边跟我说，这是兰花、那是菊花，我还要画梅花、画竹子，这是古代人最喜欢的四样东西。那天晚上，黄老师把一本陈旧的《介子园画谱》送给了我。从那以后，我就经常照着画谱画着里面的鸟儿、画着我最喜欢的兰花，因为菊花的花瓣太复杂了，我总是画不好。

在大学毕业时，我给同学们的毕业纪念册上，画过很多兰花。

⊙作者在舟山本岛的山中寻找兰花

　　我也送过我画的兰花去参加江西省青年画展，但没有入选。

　　我来舟山后，在定海老城桑园弄里采访过舟山兰家顾学镜，他当时有一盆春兰开出了奇花。

　　我开始养兰花，则是在认识方平先生以后。其实我家的住房并不适宜养兰花。四楼阳台朝南太热，五楼的阁楼是我的书房，虽说有个朝北的平台，但我妻子让工人安装了不锈钢雨蓬晒衣服，不透风、也吃不到露水。因为从小就喜欢，那就养一些吧。多的时候，也有近百盆。品种以春兰为主、也有蕙兰；这些兰花有我自己买的、朋友送的，也有进山自己掏来的；这些兰花中有春兰传统铭品"宋梅""汪字""素心"，也有舟山名兰"千岛之春""黑猫""九头兰"等，但多数都是草兰。

　　我把阁楼上小小的兰园命名为"弋海兰园"，因为我是江西弋阳人，寄居海岛，取"弋"字，游弋于海上的兰园。我请定海的老篆刻家金成珍老师刻下这四个字，并于边款上铭刻了"不炒一支兰"的警语。

　　莳养兰花，说难，是真难，难得有人能养三年以上的。因为浇水、施肥不当，因为病虫侵扰，因为阳光猛烈、通风不足，因为你没有足够的耐心，兰花很快就与你拜拜而去，让你损失银两、白费功夫，让你郁闷。我也经历过这样的郁闷，也惋惜过一盆一盆的兰草，渐渐地悟出了一点门道：就是你越在乎她，她就越会离你远去。

10多年以来，我总是空出时间、寻找机会，去全国各地参观兰展、寻访兰市、请教兰人。继红兄常说我有兰缘，这话让我内心喜悦。

有一年我带着妻子从四川的九寨沟、黄龙回到成都的第二天，我们去吃早点。在旧城老街一处已经拆了半边的老宅里吃完火热的汤粉走进后街，眼前一亮，地上摆满了兰草，围着许多年长的市民，原来这里是成都的民间兰市。妻子知道我喜欢，就到正在开门的街店里去转悠了。于是我挤进人群，一边听着四川话在讨价还价，一边把地摊上摆放的兰草细看了一遍。最后选了10来苗四川的"春剑"兰花，跟我坐飞机飞向东海之滨。

还有一年的清明节，我回老家去扫墓。在东门岭上把爷爷奶奶与老丈人的墓地祭扫之后，我跟随本家老哥洪建华去湾里乡塔桥洪家，去看看老祖宗们的墓园。塔桥洪家村的后山叫雷公山，是本村的祖坟山，信江丘陵上很普通的一座小山，甚至低得都不能称为山。我的爷爷是26岁时死的，死在离老家10来里的葛溪乡许家村，由他的奶娘安葬在黄泥岗上。我的老爷爷是在县城里死的，是葬在湾里乡的祝家，因为他在祝家山上买了一块地，他想守着。所以我清明节是不来塔桥洪家扫墓的。这次来，是想看看老家的人，看看族谱，叙叙乡情，解解乡愁。老家同一房的"牛旺"兄弟领着我们走进了雷公山，我跟着建华老哥去给他父母亲扫墓。完事后，我们穿过一片树林，林子并不很大，但树木却是十分茂盛。我一进林子，驻足环视之时，惊异地发现了一丛兰花，隐藏在不远处的灌木丛中。走进细看，春天开过的几朵花蕾已经蔫黄、卷缩在茂密的叶丛中。没等我开口，"牛旺"兄弟就举起了手中的锄头，几下就把这丛兰草挖了出来。

"牛旺，我们的雷公山里怎么会有兰花？"

"阿不晓得，以前看过女客戴在头上，好香好香。"

"你屋里的女客戴过吗？"

"没戴过，不敢戴，怕阿骂。"

"兰花是世界上最香的花，女客戴花，是让男客闻的。"

"反正阿不让女客戴花。"

在老家弋阳，我是第一次见到野生状态的兰花。在龟峰景区工作的朋友钟俊峰说山里有兰花，曾带我钻进画壁峰下的老林子里，看见许多百年以上的竹柏，但没有见着兰草的影子。

在江西，我还去过庐山、三清山、龙虎山、葛仙山等名山，都没有结下兰缘。这次会在塔桥洪家平平常常的祖坟山上遇见兰花，真是件非常开心、值得一辈子去回忆的兰缘。

前些年春节，我把兰花带到上海九亭，给在那里暂住过年的父母亲闻香；后来，父母亲回江西弋阳老家养老了，我春节去时又把兰花带到了弋阳。

2020 年，寄养在弋阳的兰花没有出花苞，春节时就没有了兰香。被爆发的新冠肺炎病毒困在家中，父母亲一个多月没有出过家门下过楼梯，很是郁闷。元宵节的头天，老父亲问我道：

"听你以前说过，在塔桥洪家挖过兰花，还带到舟山去了；现在那些兰花还在吗？"

"还在啊，应该快开花了。"

"你这么长时间回不去，兰花怎么办？"

老父亲的问话，让我挂念起远在千里之外的"弋海兰园"来。去年秋天，我已经把定海阁楼平台上的大部分兰花搬迁到临城，安放在金跃大厦三楼"海风艺术馆"的后平台去了。谁也没有想到会遇上这该死的病毒；道路封堵，使我滞留在老家。本来元宵前后是春兰的盛花时节，舟山市民会去定海公园里看兰展闻花香；而我就会在"弋海兰园"里赏花闻香了。

往年，每到这个时节，我都会将兰盆端进书房，端进餐厅、卧室，整个家就沉浸在兰花的幽香之中。夜深人静的晚上，我独坐在书房，说是看书，其实是看叶赏花，是待在一阵一阵的兰香里，品鉴着似有若无、似近又远的浮动着的暗香，心镜无比地平和、淡泊，无比地清静、愉悦。

元宵节的那天，已于三月初一带着自己妻儿紧急回舟山去的儿子，发来微信：

"老爸，兰花开了。"

打开微信里的照片，但见我的兰花正从我冬天时为她们铺盖的松针丛里张开了花苞，在向我微笑着。

我仿佛闻到了千里之外的兰香，闻到了我久违了一年的兰香，闻到了可以让我释怀、愉悦、安忍的兰香。

2020 年 3 月 27，于舟山凫石书斋

书斋闻香话兰缘

⊙青瓷兰花小品

⊙春兰莲瓣花品

⊙春兰蝶类花品

⊙蕙兰花品

雪　瑞

　　把"瑞雪兆丰年"的"瑞雪"二字前后调换为"雪瑞"。雪，因为圣洁，而蕴含瑞气与吉祥。

　　我儿子用雪瑞给我们家的狗取名，因为这条狗全身洁白如雪，他的祖先来自西伯利亚的冰雪世界，曾是雪域民族萨莫耶德人培育的最优良的犬种，是游牧民族最忠实的伙伴。

　　雪瑞还没有满月时，便由朋友从上海把她带到舟山，进了我家的门。把她抱在怀里，真像一个毛茸茸的玩具，没有一根杂色的毛，只有小小的鼻尖和柔软的嘴唇是墨色。雪瑞的眼睛很迷人，晶莹明亮的眼珠凹嵌在密密的毛绒里，幽幽的、默默的。

　　雪瑞小的时候很顽皮，并不讨我喜欢，甚至让我很讨厌，因为他干的坏事实在是太多了。有时是乘我睡着了，把我的袜子拖走了，让我起床时到处寻找，这边尿又急着，就气得来火；有时下班回来，看他躲得远远的，就知道又干了什么坏事，不是把沙发布咬开一个角掏出一地的海绵，就是在厨房或卫生间拉上一堆屎尿，弄得满屋子里臭气熏天。我家都成了狗窝，成了狗任意撒野的地方，让我无法忍受。好几次我想把他撵出去或者送与他人，都因为老婆、儿子坚决不同意。为这事，我跟儿子吵过嘴、赌过气，跟老婆打过冷战。

　　最后还是我妥协。因为雪瑞渐渐长大、渐渐地懂了些人事，渐渐地和我们融洽起来，最后成为我们家的一份子。其实，还因为，雪瑞让我的儿子渐渐地从极为叛逆、烦躁的青春期里走了出来，从辍学的压力与阴影中渐渐走了出来。自从有了雪瑞，儿子开始正常地回家睡觉，半夜里我如厕时没有看见雪瑞在大厅里，就知道他在儿子的房间里，陪着他的主人睡在床脚边。

儿子晚睡晚起，老婆要做早饭，雪瑞每天一般是由我溜头一趟。我总是很早起床，牵着早已经等候我的雪瑞下楼，在小区外围遛弯，乘人们还不多时，让他就着树木或草丛，把头一泡尿分好几次拉出，再找个隐蔽处把屎拉干净。有时被人撞见，人家看着这雪白可爱的小狗，一般都不会说什么，笑一笑，或夸赞一下，问一问狗吃什么食物，是不是很费钱，不会计较。

小区里常有猫叫，特别是发情期的猫叫，很难听。当然也有狗叫，别人家的和我家的，不时地也会来几声，有时是看见陌生人，有时是狗与狗之间相互怼上了。

我们尽量不让雪瑞无端无故地叫唤，但狗总是要叫唤的，叫是他的说话的权利，是他表达情绪的方式，高兴或饥饿、口渴、郁闷、烦躁时，免不了是要吼叫的。每次吼叫，我们都觉得很不安，觉得对不起左邻右舍，实在是影响了他们的生活。于是就讨好雪瑞，给他吃喝，给他挠痒痒，让她安静。

小区里邻居真好，他们渐渐地也习惯了，还喜欢上了我家的雪瑞，几日不见也会问一声。

我出差去的日子里，也会想念雪瑞，不知她早晨是几点出去，有没有因为没有看见我而烦躁干点坏事。我老婆或儿子外出几天时，也常会来电话，要我下班就往家去，不要在外应酬忘记了雪瑞。有时我是急匆匆地先回家，把雪瑞溜好、喂好，再出去应酬。回家时，狗听见我开车库门的声音时，就会叫唤几声，然后就摇着尾巴等在门后，她知道是我回来了，她要迎接我回家。这样的时候，总是有温暖的感觉。

每年春节，我们全家是要回江西老家去过年的，我们要先乘大巴车到杭州再转火车，一路费时而且折腾，途中十分漫长而辛苦。有了雪瑞时，我们家还没有买汽车，头一年的春节，难题就来了，我们不能带着雪瑞上路，把她留在家里，谁来照顾？或者谁留下来照顾？儿子想留舟山一个人带着雪瑞过年，但他爷爷、奶奶，还有外婆不同意。其实儿子也想回老家，他自从4岁跟我们离开江西，没有一年是不回老家过年的，他要回去吃外婆做的咸猪脚、包的灯盏粿，那舌尖上的馋虫早早地盼着过年了。

我只好请前两年刚从江西上饶迁来舟山的老同学程继红来帮忙，他不回老家过年。但他老婆不同意把狗接到他家去，只答应每天早晚陪继红到我家来照看一下。这样已经是很好了。我们十分感激，我计划早去早回，老婆和儿子母子俩可以多待些时候。

除夕日，当老家弋阳信江两岸的鞭炮声此起彼伏的时候，东海上的舟山定海岛城也是烟花怒放、爆竹声声。只是我家的雪瑞，被烟花爆竹吓得屁滚尿流，大小便失禁，不停地哀哀吼叫，吵得邻居们不得安宁、无法休息。让我深深过意不去。六年初三，我就匆匆飞驰千里赶回来。一开门，雪瑞立起双脚紧紧地拽住我，发着怨气声的嘴唇咬着我的衣服，久久不肯放松。搞得我很歉疚似的，抱着她不停地抚摸着，吹着我遛狗时常常吹的哨音，好一会儿才让他安静下来。然后我再清扫家里到处可见的屎尿。

后来家里买了辆SUV的车，那以后，我们无论是到哪里去旅游或回老家过年，雪瑞都是车上的乘客，跟随我们。他去过舟山很多的海岛，去过他的出生地上海，当然去的最多最远的地方是我们江西弋阳老家，跟我们一起过年去。我带着他在信江河畔溜达，在我的母亲河里喝水、洗澡，像我小时候一样。

雪瑞是条公狗，成年以后，也就要发情，也就要找女朋友。但舟山，很少有萨莫耶，路上偶尔遇见的几只，也都是"带把"的，雪瑞隔着马路就会朝着对方怒吼，一副誓不相容的样子。

我儿子后来终于找朋友打听到有一只母性萨莫耶，对方的主人在验明雪瑞的正身，确定雪瑞是纯种的萨莫耶后，才乐意让两只惺惺相惜的狗儿相聚在一起，了却它们的烦恼，满足它们的需求，成全它们的本能。厉害的是，我们家的雪瑞，竟然一枪中了九环，让他的女朋友一肚子生下来九只小萨莫耶，而且只只雪白，绝对纯正。十分可惜的是，对方只送给我们一只，这只小雪瑞还没有进我家门，就被儿子的朋友抱走了。真是岂有此理，让我好不遗憾。

雪瑞在我们家第九个年头时，我儿子也成家立业，有了自己的小家，但雪瑞继续留在我们这里。又过了两年，我的小孙女出世了。儿媳妇的月子是在我家做的。每每听到婴儿的哭声，雪瑞总是很好奇，久久地贴着房间门站立着，还会发出嘤嘤的声音。我儿子把他女儿抱在手上坐在客厅时，雪瑞就会去舔婴儿的脚，一旁的我就连忙把她拉开。儿子说，雪瑞是想闻闻小主人的气息，想认识、亲近自己的小主人，绝不会伤害他的小主人。

雪瑞大概是 10 岁时，得了一场病。有一天，我发现他没有撒尿，郁郁闷闷的，总在家里转动；第二天他还是没有拉出尿来，开始烦躁起来。我告诉儿子这个情况，他连忙带着雪瑞去了动物医院。畜医说，一定是得了尿结石，如果你们要治疗，就赶快带她去宁波的一所大的动物医院，那里可以做手术。当即我儿子就开车带着雪瑞过舟山跨海大桥直奔宁波，我老婆也跟着去了。第二天，他们回来了，雪瑞则留在宁波住院了。一个礼拜后，儿子再开车去宁波把做完手术的雪瑞接回了家。我问老婆，雪瑞这回花了我们多少钱，她看看我，话到嘴边还是没有说出来。

狗的生命期限一般是 12 年左右，养得好也能长寿。我家的雪瑞过了第11 年时，背脊上的皮肤总是瘙痒，雪白的毛发开始脱落。儿媳妇从网上买来好几件背心，换着给雪瑞穿上。其中一件是阿根廷足球队的球衣款式，上面竟然印着 10 号，那可是球星马拉多纳的球衣。雪瑞穿着这件背心，在外遛弯时，吸引了不少目光，仿佛他也成了球星似的。

我老婆 55 岁退休后，开始潜心学佛，成了在家修行的居士，与两个同修的姐妹常常在一起打坐念经。每当此时，雪瑞就坐在旁边，听着经声，闻着香炉里散发出来的檀香味道。

庚子年，也就是今年，雪瑞陪伴我在老家待了 2 个月，从春节前的 1 月 16 日到 3 月 20 日。因为突如其来的新冠肺炎疫情，使整个中国乃至全世界的时钟停摆了。我们被封锁在老家。儿子带着自己的老婆和孩子，在封城封路的前一天，也就是大年正月初一，就开着车从弋阳撤离回了舟山。我老婆虽然也在老家，却住在她娘家，相隔 5 里多路。雪瑞只好由我带着住在老城区，陪着我父母亲。我可以戴着口罩，但雪瑞无法戴口罩。我每天清晨和傍晚，就牵着他去洲上刘家的湿地，或沿着信江河边，在无人的地方溜一溜，形影如小偷似的。

其实我们弋阳老家很安全，在官方发布的疫情防控动态地图上，江西只有弋阳等几个县始终是绿色的。

等我接到单位的通知可以返回舟山时，儿子再开车过来把我们连同雪瑞接回。

但庚子年的不吉利，是有历史依据的，好事者在网上传着帖子，历数庚子年的坏事，我将信将疑。我们家的雪瑞自从江西回来以后，就有些萎靡不振，食欲不佳，毛发愈发地脱落，眼神也少了光亮。好在今年的夏天并不很热，凉爽的海风总是能让岛城的人们免除很多的暑热。到了秋天，早晚的凉意却早早地到来。雪瑞开始不愿意出门，即使遛弯，也不愿多走路，多走了一会儿就停下来喘气。然后就赖着不走了。上楼梯也是迟疑不前，唯恐失足跌跤。

雪瑞真的是开始老了，就像八九十岁的老人。我老婆想着法子给她变换着食料，给她吃平时最喜欢吃的火腿肠，给她煮加了鸡蛋或肉沫的稀饭。但雪瑞的肠胃已经无法消受这些营养。有一天，雪瑞上吐下泻，躺在地上翻滚，后来则昏迷过去，把我们一家人吓傻了，以为他要走了。

当晚，我老婆的两个同修居士来到我家，把我的书房当作临时的佛堂，她们把雪瑞盖好毯子，围坐着齐声念经，经文就一句：阿弥陀佛。她们不间断地唱念，变化着节奏地唱念，由低声到高声，又由高声走向低声，循环往复，借以超度雪瑞，想把他送往西方极乐世界去。可是直到子夜过后，我悄悄地进去查视一下，看看雪瑞的胸腹依旧在起伏，虽然有些虚弱。于是我劝说她们到此为止，时候不早，回去休息，不要把人累坏了。

雪瑞似乎暂时躲过了一劫生死，第二天苏醒过来，老婆和我儿子有些欣喜。我对他们说：雪瑞是老了，他该走的时候，你们不要勉强他，那样反而会增加他的痛苦。

又过了两个多月，雪瑞终于是走了。在经声的唱诵里，在檀香的烟雾缭绕中，在阿弥陀佛的关照下，安然地被接引到生命的另一个境界里去了。

怎么安葬雪瑞，事先我和老婆、儿子有过商量。最简便的是海葬，因为岛城四周都是海，但大家认为海水太冷，海底的世界很凶险；火葬，舟山青岭的火葬场只接收人体，何况火葬也是痛苦的；那就还是最古老的土葬吧。我建议找一处寺庙边的山林，听得见晨钟暮鼓的地方，有檀香缥缈的所在。

第二天，我要参加五年一次的舟山市文学艺术界的代表大会，我还要忙会务上的事。安葬雪瑞的事情就由儿子去办理。我老婆在雪瑞走的前些天，因为摔跤断了股骨头，还躺在床上不能下地走动。我特别嘱咐她，不可跟去。

那天阴雨，且有些寒冷。我在市政府的大会场忙乎着；儿子、儿媳妇开着车带着雪瑞去了临城城北的高云寺。他们在高云寺附近转了几圈，并没有找到合适的山林；于是下山开往定海城北的长岗山，在我们经常去的日照禅寺后面终于找到一处清净处，儿子、儿媳在雨中挥锄铲土，挖出一个深坑，小心翼翼地把包裹着佛经衣被的雪瑞放了下去，现场响起阿弥陀佛的名号唱诵声。

　　直到晚上，我回到家里，见到老婆，才知道她爬下床，由儿子背上车，也跟去送雪瑞了。她说：我不去念经，雪瑞就没有阿弥陀佛接引的。看着虔诚于佛菩萨的老妻，感受到她对雪瑞的一如既往的关爱，我只好无语。

　　雪瑞老了，走了，家里一时像少了一个人似的。半夜起床，习惯地看看雪瑞睡觉的地方，

　　心凉凉的、空空的。

　　感谢雪瑞，感谢他陪伴着我儿子走过一段迷茫的岁月，感谢他给了我们全家人一种特别的温暖、一种值得永久珍藏的念想。

2021 年 12 月，于舟山凫石书斋

熹熹的婚事

　　熹熹的爸爸叫东有，年长我 11 岁。40 年前的 1980 年，当我告别父母亲，离开弋阳、离开家门口的信江，乘绿皮火车独自来到省城南昌、来到赣江之滨、走进青山湖边的江西大学校园时，东有成了我同学，因为班上 108 个同学中，他年纪最大，于是成为了"中八零"的大哥。大哥被班主任指定为学习委员，管我们学习上的事情。我似乎天生地不喜欢学英语，东有曾担心我英语考试通不过，要影响毕业。

　　东有上大学之前下放当过农民、回城后又当过教师；我们一起读书时，就知道大哥在找对象，他总是笑着说那是他表妹。毕业后，东有就结了婚，很快就有了一个女儿，她就是熹熹。

　　熹熹长得小巧玲珑、眉目清秀、天资聪慧。老天爷似乎有些妒忌，给她开了个小小的玩笑，把她从娘肚子带来的胎记隐隐地留在了右脸上。但东有夫妇那是百般疼爱、细心呵护着熹熹，让她健康、快乐地成长，直到完成博士的学业。这期间的艰辛与付出，每个做父母的都能感同身受。

　　2014 年，我的儿子结婚成家了，两年后我就升级做了爷爷。我们班的同学，大多数也陆续升级，男的不是做爷爷就是做外公，女的不是做奶奶就是做外婆。按常理讲，东有大哥应该是最先升级的，看着"中八零"比他小很多的弟妹们一个个争前恐后地忙升级，大哥心里是有些着急、有些郁闷的。

熹熹的婚事，也许是因为她太爱学习、太专注于自己的学业，而疏忽、隐匿了一个女孩子的心思；或许是她心中倾慕的白马王子还没有及时地出现，因此耽搁了些时间。"中八零"同学们的关心也是情理之中、期盼之中。搞得我都不好意思在大哥的微信里发我与小孙女一起玩耍的照片，不敢向大哥讨喜酒喝。

东有大哥家的喜酒，终于酿好了，该开坛上桌时一定是要分享的。熹熹在给我的微信里，把这个喜讯告诉了我这个远在舟山群岛上的海盗叔叔。紧接着，大哥来电话说：

"晓明，中八零就你当代表了，而且是唯一的代表，不可告诉其他同学。"

我们"中八零"有那么多同学，怎么就只我做代表？这待遇也太高了啊，我一时没有反应过来。大哥在电话那一头似乎感觉到了我的疑问，补了一句：

"原因你懂的，记住，你和夫人是熹熹特邀的，你既是来喝酒，也是来照相。"

"大哥，我们一定来喝酒，给熹熹拍婚礼照片，是我多年来的愿望。"

在"中八零"百来个同学中，我倒是有几个唯一，唯一的弋阳籍同学，唯一的一心只想做画家却先成为摄影家的，唯一离开江西内陆漂泊东海、羁旅舟山海岛的。但参加大哥女儿熹熹的婚礼，我竟然也成为了"中八零"唯一的代表，真是没有想到。

理解东有大哥，坚决为大哥保守秘密。毕竟大哥从母校的教学、科研岗位换挡到省委主要部门的领导岗位，曾在江西的学界、政坛上也是风云人物，在研学与为政两个领域都有很高的建树。虽说，东有大哥几年前已经退休离岗，赋闲在家，但还是有相关的纪律约束，有些规矩要遵从。熹熹婚事从简，邀请人数与对象严格控制。既符合东有为人淡泊、治家勤俭的德行，也符合当下社会的事理。熹熹十分理解老爸。

但自古以来，婚嫁是中国家庭的大事、喜事，怎么也得办。这是人之常情、常理，天经地义的事情。我作为"中八零"唯一的代表，也倍感荣幸。

老婆问我，熹熹的新郎官长什么样？是哪里人？在哪里工作？我说：别急，去了就知道，熹熹的新郎官一定很帅。

从舟山去南昌，可以乘公交大巴先到宁波或杭州再换乘高铁，也可以搭乘由普陀山机场飞往重庆的航班、在经停南昌时下来。我们早早就在规划行程，准备行李。可就在预定机票的前几天，我老婆摔断了股骨，医生说治疗期估计三个月，她是肯定去不了南昌，喝不了熹熹的喜酒了。大哥得知这个消息后，马上要求我取消行程，在家伺候弟妹。去还是不去？这真的让我犯愁了。看着因为摔断骨头卧床不起的老妻，每天吃喝拉撒都需要我照料，我怎么能去呢；但不去，又违了我的心愿，不是我做人的风格，我是早早就答应熹熹的啊，答应海盗叔叔要亲自给她拍婚礼照片的。

熹熹真的很懂事，她从老爸那里得知消息后，直接电话打来问候阿姨，还说：

"海盗叔叔，阿姨摔伤了，离不开你照顾的，您就别来了，婚庆公司也有摄影师会拍照片的。"

我感动得一时无语，有些心酸。

但我没有答应东有大哥，在熹熹婚礼的前夜，我背着装有长短三个镜头的摄影包，搭乘航班，在阴雨中飞抵南昌昌北机场。当晚半夜时，大哥见到我说：

"真是熹熹的好叔叔！"

第二天一大早，我从饭店前台的服务员手中接过刚送到的早餐，趁热吃下两个肉包子，便拿着相机走进了位于赣江边红谷滩的东有大哥的家。清晨四点就被化妆师叫起来梳妆打扮的熹熹，正在她的闺房里被几个闺蜜围着上妆。我冒失地挤进去跟熹熹打个招呼。

"太好了，海盗叔叔来了，带相机了吗？"

"来了，海盗叔叔怎么会忘记带相机呢！"

一边说着，我这个好摄之徒手中的相机已经响起了快门声，我要把熹熹出嫁时的每一个情景都拍摄下来，留着永久的记忆。在新郎官来迎娶新娘子之前，东有大哥和嫂子要按中国的老传统，给心爱的女儿一份娘家的祝福。在自己家的门厅、客厅、书房和阳台，到处贴满了富有创意的红双喜，挂着彩灯，堆放着彩球，营造着最温馨、最吉祥、最喜庆的氛围。熹熹穿着红色的婚礼盛装，满怀无限的幸福，在闺房里期待着新郎官的到来。

其实，我参加亲戚朋友家的婚礼，一般是不带相机去的，喝喜酒就得好好地喝上几杯，喝得开开心心、热热闹闹，带相机是喝不好喜酒的。"中八零"同学中，彭民坚、刘浩结婚时，那时还没有婚庆公司，拍照片就是我的事，一顿喜酒喝下来，同时拍掉几个胶卷，觉得很是过瘾。后来彭民坚的儿子鲲鲲结婚，我又是一边喝喜酒一边拍照片。这在"中八零"同学中已经传为美谈。这也见证了我与同学们的友情，见证了我们的友情延伸到了"中八零"的下一代。

随着婚礼的过程，我不停地在拍摄：我记录下了新郎官在伴郎的助阵下敲开东有家的房门、敲开熹熹的闺房、双膝跪在床边给熹熹穿上红鞋子；

我记录下了这对新人向家中的长辈行礼，从镜头里清晰地看见东有大哥和大嫂笑眯眯地接过女儿女婿敬献的茶礼，看着大哥从怀里拿出厚厚的红包轻轻地放在熹熹的手中，看着熹熹撒娇地亲吻着父亲的脸颊。

我记录下了帅气英俊的新郎官刘成家抱起熹熹，从高楼最顶层一直抱下来，放进迎接新娘子的婚车；看见东有大哥和大嫂满含眼泪、深情地望着宝贝女儿熹熹出嫁，离开自己的家，离开父母的怀抱。熹熹没找对象时，大哥大嫂天天急，见到熟人就怕问女儿的婚事；如今熹熹真的出嫁了，大哥大嫂又依依不舍。

正式婚礼是在瑶湖千禧阿尔代夫大厅举行。在这个特别喜庆、典雅、大方而略显简朴的婚庆现场，东有家的族亲、熹熹的同学和从辽宁丹东大鹿岛远道而来的新郎官的迎亲亲友们一起欢聚一堂，共同为熹熹与成家这对新人举办成婚典礼。

我见过许多婚庆的排场，我不得不说，东有大哥家的婚庆是刻意地从简的，没有请婚庆公司做奢华的现场布置，没有邀请大牌的婚庆主持人，没有邀请很多想来而不能来的亲友、同学、同事。

婚典虽然简朴，但却很有品味、很有文化、很有情谊，毕竟东有大哥是有学养的人，毕竟熹熹也是女承父业、也是大学的副教授，他们父女俩身上的学养、理念，在这时、在这里，彰显出来的是对世俗的淡漠、对人情的谨慎、对亲友发自内心的真诚感谢。

我再次从镜头里看见大哥的眼眶里闪动着泪花，感动大哥对女儿最深沉而温暖的感情。我看见大哥牵着熹熹的手，把她交给新郎，看见大哥无限深情地亲吻着熹熹的额头。

我感动东有的致辞，我认为这是他一生中最精彩的、最生动的讲演，尽管我知道东有大哥很会做报告、很会讲演，很受他的学生、他的部下们崇敬，也知道江西卫视热播的"东有论见"很受欢迎。但年近七旬的大哥，在女儿熹熹婚典上的致辞，深深地打动着在场的每一个亲友。其实东有大哥并没有讲什么客套话，在他简短的致辞中，他讲了一个故事，讲了他带着熹熹妈妈去遥远的丹东，去那个在中国地图上看不见的只有几百户人家的偏远渔村大鹿岛，去岛上走亲家，认一认亲家的门，看看他的宝贝女儿即将远嫁这里的人家。他说，那天成家的父亲一大早就出海去了，驾着自己家的小渔船，在风浪里捕鱼抓蟹、在海滩礁石上采螺拾贝，就是为了用渔家人最丰盛的海鲜美食招待远道而来的亲家。当成家的父亲从海上归来，带回两百多斤海产走进家门时，东有的手紧紧地握住亲家的手，他说亲家的那双手，粗大、厚重而有力量，他感到十分地踏实，这是一户克勤克俭的好人家，他放心把女儿熹熹交给这样的人家。

这是一个父亲在女儿的婚典上讲的故事，这是一个在江西学界、政界颇有建树的长者讲出的人生感言，这故事平凡，却在平凡中蕴藏着深刻的哲

⊙穿婚纱的熹熹

理、传递着最真、最善、最美的情感。对当下的社会世态、民间风俗，对青年一代的价值取向，都具有令人深思与反省的意味。

东有大哥在厦门大学研读博士时，课题是中国明清以来的海洋经济与贸易，他曾问我知不知道双屿港，那是明朝海禁之前，葡萄牙人在舟山群岛开辟设立的商埠之所在。我说知道双屿这个地名，在六横岛的西南沿海边，正对宁波的郭巨有个渔村所在地。但我那时还没有实地去拍过照片。东有大哥对海洋的认识与研究，始于厦门，博士毕业后还继续深入海洋领域，试图用自己的学术成果来丰富发展中国的海洋学，来启发国人对海洋的再认识，来影响中国海洋战略的新谋略。

没有想到的是，东有大哥的女儿也爱上了海洋、海岛，并与海洋、海岛结下不解之缘，成为渤海湾海边上渔家人的儿媳妇。

这是大哥当年坐在厦门海边，吹着海风时没有预想到的事情。

也难怪熹熹在"中八零"他父亲的同学中，特别喜欢我这个"落海为盗"的叔叔。

离开南昌返回舟山时，熹熹的新郎刘成家来送我，他说：

"海盗叔叔，你一定要去我老家，去大鹿岛采风，我们开船出海去。"

"好啊，一定去，我的《以海为生》摄影集就在你们渔村、你们家画上句号。"

2020 年冬，于舟山凫石书斋

庚子年清明记事

一

2020 年 4 月 5 日，清明节，久雨初晴。

上午十时整，汽笛、喇叭、警报声响，响彻在神州大地，响彻每一个华夏儿女的心中，这声响是如此地悲凉、凄苦、沉重，让人们潸然泪下、郁闷不止；这声响又是如此地壮怀、激越，催人奋进，让我们直面人生、感恩英灵、发愿前行。

我肃立在门前，却能感知到天安门前的国旗在半垂致哀，感知到山川、树木、田野在浸润着泪水，感知到每一朵花儿在阴霾中急切地向往春天的太阳。

一场瘟疫，无情地残害、剥夺了鲜活的生命。无辜的人们倒在恶魔的猖狂肆虐中。而天使，并非来自神话里的天使，并非是哪位上帝指派而来的天使，他们只不过是我们身边普普通通的医生、护士，却面对瘟神，勇敢地逆行，用他们的双手，与死神抗争，把许许多多也是普普通通的生命，从死亡的边缘上拉回人间。有的天使，也倒下了，倒在生命还是那么年轻的时候，倒在他的亲人最需要他的温暖、他的支撑的时候。

我肃立，与全体华夏儿女一起，为失去这些无辜的生命、为失去这些仁慈而英勇的天使，默哀、缅怀、致敬。

无论你们的坟墓在哪里，无论今天是否有你们的亲人前来献花、祭祀，你们的在天之灵，一定会感知到无数无数的人们在为你们祭祀，在你们通往天国的道路上铺满献花，人们真诚地祝愿你们在天国里快乐、安详。

庚子年的清明，注定是会让活着的生命，更加明白生命的意义，更加珍惜生命的价值，更加懂得生命的传承。

二

4月6日，天气晴好，春光明媚。

我和妻子前往舟山本岛定海城西的竹山，登晓峰岭，祭扫大清国阵亡将士墓群。

将近180年前，也就是鸦片战争时期，大英帝国的远征军不远万里，先后两次开来十余艘军舰，进犯舟山群岛定海港，威逼城池，将数千发炮弹疯狂地射向城防阵地。大清国将士被迫奋勇抗击侵略者。激战数日，败在英军的坚船利炮之下。葛云飞、王锡朋、郑国鸿三位总兵与5000多名将士血流成河，战死疆场，阵亡在定海城下、竹山晓峰岭上。部分将士的遗骸被当地民众就地安葬。

拾阶而上，由"忠烈齐仰"四个苍劲有力的石刻大字下，折向茂密的树林。阳光从枫树、香樟树、竹林的枝叶之间，穿透进来，照射在灌木丛里正在盛开的映山红上。十余处老坟静静地散坐在林间，到处都是冬春交替时节落下的枯枝黄叶。每座坟头都立着一块十分简陋的、有些已经破损的石碑，上面刻写着"奉旨阵亡将士墓"。没有姓名、籍贯，没有任何牺牲者的个人信息。石碑后，就是乱石堆砌泥土覆盖、上面杂草丛生的墓冢。

我躬身清理着每一座石碑前的枯枝落叶，将黄白两色的菊花供献在石碑前，打开我妻子递过来的杨梅烧酒瓶，用酒浇淋着石碑上有些依稀的字

⊙舟山本岛定海竹山晓峰岭上的阵亡将士墓群

体，再打开香烟，敬献在碑石上头。一旁的妻子，则口诵着佛经，同时将小瓶子存放的金刚沙撒向墓冢。

墓群所在的林子里开始有了酒香。我想，他们是很久没有喝过酒了。这酒也许可以慰籍一下乡愁，让这些长眠于此的无名将士们，念想起遥远的家乡，念想起他们也已经入土的双亲，念想起他们生时牵挂的每一位亲人。想当年，他们也是风华正茂、血气方刚的青年，他们也有自己的家，也有对爱的渴求；但他们在民族危难之际，在家国惨遭欺凌之时，却无畏地战死在海疆，成为英魂，永远地客居在他乡。

"大清国的兄弟，喝杯酒吧！"

"大清国的兄弟，抽根烟吧！"

"大清国的兄弟，谢谢了！"

我想告诉你们，大英帝国的远征军已经被我们赶走，红毛鬼子的枪声早已经消失，你们头枕的这座被炮火烧焦的竹山早已经是绿树成荫，你们为之献身的国家早已经焕发出勃勃的生机。且看，竹山脚下、定海港内，我们的"中华神盾"威武雄壮，正驶往蓝海远洋；且看你们曾经用血肉之躯护卫的城池，已经是高楼林立，人们在这里过着和平、幸福的生活。

在我为最后一座无名将士墓祭扫时，我的儿子带着我5岁的孙女，由另一条道从晓峰岭上过来。小孙女将手上捧着的一束菊花，供献在了墓碑前，并合起掌，随她奶奶一起，轻轻地念了几声：

"南无阿弥陀佛！"

我20多年前，在舟山鸦片战争遗址公园建成之前，我就完整地拍过这群无名阵亡将士墓。从那以后，只要我清明节没有回老家扫墓，就必定会在这个时节带着家人来竹山，在晓峰岭上祭拜长眠于此的大清国无名将士们。

很多次我来时，发现无名将士墓已经都有人祭扫过了。在这个岛城，在这个时节，总会有人来祭扫，总会有人会念想起那些连名字都没有留下的英烈，念想他们宝贵的生命，他们火热的情感，他们伟大的灵魂。

三

在我祭扫过的亲人与烈士墓之外，还有一座墓，总会让我牵挂着，尤其是在清明时节。

那是座古墓，安放着一位我十分崇敬的古人。这位古人，在731年前也就是公元1289年的元代初年，绝食5天，向南而坐，仙逝于北京的悯忠寺。

这位古人就是谢叠山，南宋爱国志士、诗人、学者，我老家弋阳的乡贤英烈。

谢叠山，名枋得，字君直，号叠山，江西省弋阳县玉亭乡（今叠山镇）人，1226年生。1256年，与文天祥同科进士。一生坚持抗击元人入侵中原，誓死拯救南宋王朝。文天祥牺牲后，谢叠山仍旧率领起义军坚持抗元，

庚子年清明记事

191

⊙江西弋阳叠山镇谢叠山墓园

兵败后隐匿武夷山中，后被元军捕获押至燕京（今为北京），在威逼利诱面前，坚守节义，誓死不降，遂绝食抗争而亡。用生命践行了他自己的座右铭：

　　　　清明正大之心不可以利回，

　　　　英华果锐之气不可以威夺。

　　他的儿子不畏路途遥远，从燕京把他的遗骸装进棺椁，迎接回弋阳老家，安葬于玉亭乡上坊村的雷龙山上。其妻其女，闻父亲死难，亦先后自缢、投河，不活于元朝。悲天动地，可歌可泣。

由谢叠山学生发起各方捐助兴建于元代的"叠山书院"就在我家的隔壁，我从小就在里面玩耍、读书，听闻过许多关于谢叠山的故事。

玉亭乡是弋阳古代的地名，后来改为港口人民公社，再后来就改为叠山镇。那里离县城很远，位于弋阳县最南部的崇山峻岭之中。

我一共去过两次，都是专程去祭扫谢叠山墓。但两次都不是在清明时节。第一次去是10多年前的事，由发小徐健开车带我去寻访。最近一次，是去年的春节，正月初三日，按弋阳民俗，这天不拜年，要拜可以拜祖先。同行的有著名书画家李仕明夫妇。车行50多公里，问过5位当地的农民，才找到那座雷公山。山下是几垅稻田，那片高大而茂密的竹林，依旧是郁郁葱葱、遮天蔽日，像天然的院墙，围拢着一座朴素而庄严的古墓。

仕明兄这次是从深圳回老家过春节，他的夫人汪海鸥，是我在"叠山书院"读初中时的英语老师。汪老师把在县城里买好的蜡烛、檀香、鞭炮、黄草纸，一一拿出来摆放在墓前。

我们三人先把墓地上的竹叶杂草清扫掉，把蜡烛安放在墓碑前，并点燃起来，借着烛火，我们一一点香，一一对着坟头朝拜，一张一张地焚烧着黄草纸。

火光闪现，映红了墓碑上陈旧而肃穆的文字；鞭炮响起，声音穿越竹林、穿越时空，似乎在呼唤一个伟大的灵魂。

谢叠山被羁押建阳初期，绝食病重。投降于元人的宋臣魏天佑欲将谢叠山押往燕京邀功请赏。临行前，谢叠山曾写过一首《魏参政执拘投北，行有期，死有日，诗别儿子及良友》诗：

雪中松柏愈青青，扶植纲常在此行。

天下久无龚胜洁，人间何独伯夷清。

义高便觉生堪舍，礼重方知死甚轻。

南八男儿终不屈，皇天上帝眼分明。

此诗，正是这位古人、我们弋阳乡贤英烈的灵魂自白，是中国古代君子品德的最真实的写照。

祭扫完谢叠山墓，我们从竹林中走出来，回望这座安放英灵的青山，我对仕明兄说道：

"老兄，你画过方志敏，也画一幅谢叠山吧！他们都是我们弋阳人的骄傲，他们之间虽相隔600多年，但他们之间有心气相通，都有清明正大之心、都有英华果锐之气啊！"

"阿明，我正有此意，今天来扫墓，有感觉。"

"我说个建议，你们两个联手，仕明画谢叠山的像，晓明作诗题上。"

"海鸥老师好主意啊！"

仕明兄看看他夫人，又看看我，大家相视而笑。

庚子年的清明节，我没有回乡去。只能在东海上，在海上的岛中，寄托哀思，缅怀祖先，致敬乡贤英烈。

2020年4月8日，于舟山凫石书斋

194

仙姑

仙姑，也叫神婆。在中国民间，就是指那些具有某些奇功异术的女性，他们被认为有神灵附体，要在现世除妖捉怪，祛病救人，行善除恶，抑或妖言惑众、兴风作浪。

古代最著名的仙姑，当属"八仙过海"里的何仙姑。宋朝初年的《太平广记》引《广异记》称其"何二娘"。在古代文人笔记里多称她幼遇异人，得食仙桃而成仙姑；又有称她放牧于郊野，遇异人送仙枣，食后而成仙。何仙姑得道后，为人占卜休咎、并可预测人生祸福、指引迷津。

人类社会早已经远离了原始时代，逐渐地跨进了文明时代。人类借助科学的翅膀已经飞越了愚昧的泥潭、冲出了无知的黑暗。仙姑也好，神婆也罢，似乎已经失去了存在的土壤、褪去了神秘的面纱、丧失了原有的法力与道术。

但是，在中国民间，主要是广大的农村，依旧有仙姑的存在，依然能见到她们隐藏的身影，听闻到神婆占卜、算命，预测凶吉，时不时也代开药方、代取名字的故事。

可是，令我困惑和惊讶的是，我从小就喊她为姑姑的一位没有血缘关系却与我家颇有亲情的农村妇女，成为了仙姑。她的奶奶，是我爷爷的奶娘。我爷爷从小在她家长大，她的父亲喊我爷爷为春生哥。她们家有五姐妹，是葛溪许家村的五朵金花。排行老三的许秋花，是五朵金花中最美丽的那朵。我上小学的时候，她大概十一二岁，虽然个子不高，但面容姣好如她家门前竹林边盛开的桃花，她的眼神总是含着温柔、嘴角抿着笑意。我每年可以在春节、清明节和暑假期间去葛溪许家村玩。小学毕业的那个夏天，我见到她时，她已经成了葛溪人民公社的一名女民兵，背了一杆崭新的步枪，英姿飒爽，仿佛是从《红色娘子军》电影里走出来的演员。我第一次见到真枪，第一次端在手里扣动扳机，就是秋花姑姑背回家的那杆枪。那个夏天，因为这杆枪，我赖在许家村不肯回城里去。每天看到她背着枪走出家门，走过村口的那座小小的石板桥，消失在对面的田野里，总是期待着秋花姑姑早点背着枪回家来。我在许家村，打鸟是有点名气的，但我用的是弹弓，是用报废的自行车内胎剪出的皮绳扎在开叉的油茶树枝上做的。有了秋花姑姑的真枪，我就架在晒衣服的竹竿上学瞄准，三点成一线，对着桃树、苦楝树上歇息的麻雀、八哥、白头翁，也对着小河那边田野里吃草的鸡鸭鹅和耕地的水牛，体会着扳机击发的感觉，虽然是没有装子弹，但感觉是神奇、刺激的。

就是这个秋花姑姑，现在成了仙姑，不可思议，我怎么也没有想到，小时候印象中美丽、温柔，甚至有些弱小的秋花姑姑，现在成了仙姑，据说她还颇有些名气，还受到弋阳南北乡农村的一些老人的作兴。至于她怎么成为了仙姑，做了仙姑后她做过哪些事情，一时成为我心中的谜团。几年前在我儿子的婚宴上，许家爷爷曾告诉我，秋花姑姑现在日子活得好，做仙姑赚到钱。

临近退休的我，近两年从舟山回弋阳老家的次数明显增加了，但几次在清明节去许家村叫亲戚给我爷爷扫墓时，都没有遇见秋花姑姑。今年的清明节，我提前告诉了许家村的许雪明爷爷，说我要带父亲一起来叫亲戚扫墓。许家爷爷说，清明那天，几个姑姑、叔叔都会回来，想见见很多年没有看到过的我父亲和我。

清明节那天的中午，我们到许家村时，秋花姑姑和她的两个姐姐正在厨房里为我们做饭菜。

已经六十多岁的秋花姑姑，已经布满皱纹的双眼还是满含善意，镶着假牙的嘴里笑出温柔的声音。我以一个摄影家锐利的眼睛，仔细打量着秋花姑姑，似乎想从她身上找出仙姑的特色来。可是眼前的秋花姑姑，就是一个普普通通的农村妇女，没有仙气，更没有妖气啊。因为要去许家村后山扫墓，一时没有时间坐下来交谈，匆匆吃过许家几个姑姑做的饭菜，就和许家两个叔叔带着锄头、铁锹，拎着香纸、鲜花去后山了。

下山后，秋花姑姑邀清我们去相隔五里路的周家村她自己的家看看。我儿子开车只过了一个山岗、一片树林、一条公路，就到了秋花姑姑家，一幢漂亮的三层楼新房矗立在眼前，院子边上有竹篱笆围着的菜地、鸡圈。走进家去，里面清洁明亮，楼梯口边的鞋子摆放得整整齐齐。只见过一次的黑皮肤的姑父下田干活去了。秋花姑姑忙着倒茶水，还要蒸她自己包的清明粿。我察看了房间里的物品，想看看做仙姑可能会用的道具或服装。但并没有看到。倒是大厅一侧的窗前摆着一个手工制作台引起我的注意，上面堆放着类似头饰一类的工艺品。

"晓明，不要笑话姑姑，我空闲的时候接些义乌老板的手工活，挣点小钱，买买油盐酱醋。"

"你怎么有时间做手工活？"

我颇感奇怪地问道：

"我听说，你是仙姑，远近闻名的仙姑，哪有时间待在家里赚小钱啊？"

"你不要听人家乱恰，姑姑年纪大了，外出打工没有人要，只好待在家里做些没有名堂的事情。'

"怎么是没有名堂的事情？仙姑是懂道术，能驱鬼抓妖、为人消灾求福的，名堂大得很啊！"

"哪有么里妖怪啊！"

⊙农村的稻草人

秋花姑姑的眼睛里满是善良与笑意。

"你真会画符？"

我用手比划着，秋花姑姑只是看着我笑，并不回答我。

"听说你还给人看病开药方子？"

"不要听人乱恰，吃粿，吃粿，姑姑包的清明粿，你小时候就喜欢吃。"

清明节那天，我从早餐开始吃粿，已经吃了两餐粿了，但秋花姑姑家的粿还是要吃两个的。秋花姑姑在粿馅里，放了虾皮、墨鱼丝，味道鲜美。我一边吃着，一边又问道：

"盖这幢楼房的钱里面，是不是有你做仙姑赚来的？"

"晓明，姑姑家的房子大，你退休了就回来住，你喜欢打鸟钓鱼，我家周围都是树林，还有荷花塘，离葛溪河也不远。"

"好啊，我退休后是会常常回来的，每个姑姑家都住几天。"

"姑姑每天做自己家田里种的菜，煮自己家种的大禾米打的年糕，比城里吃的东西要绿色环保多了。还有……"

"还有什么？"我见秋花姑姑有些迟疑没有把心里想的话说完。

"晓明，你读的书多，见的世面大，帮姑姑讲解……"

"讲解什么？"

秋花姑姑最后还是不肯说出来。其实我是猜出了她的心思。她是想让我讲解些易经上的东西，讲那些占卜算卦里面的奥秘。虽说我是大学中文系毕业的，对于《易经》一类的圣贤之书，有过接触，那都是些皮毛，根本不敢说弄懂了其中的玄而又玄、密不可告人的神仙之术。看着眼前站着的秋花姑姑，一个文化不多的农村妇女，哪里看得懂《易经》、搞得明白卦书？

不过，话又说回来，神仙之术，通灵之道，绝非一般凡人能学习、领悟。

我的秋花姑姑，也许就是个另类。

我想，退休后，一定要常来她家住住。

2021 年 5 月 28 日，写于舟山凫石书斋

几十亩茶园

江海帆已远

老同学程继红从江西上饶迁来舟山时，一直住在岛城定海的北边，长岗山东皋岭下的东湾村，紧邻浙江海洋学院的围墙。东湾村中有条路边的短街，三两家杂货店、一家理发店、一处卖肉的摊点，和占道席地早晚开市的菜场。卖猪肉的摊主是个女的，长得有几分姿色，人称"卖猪肉的西施"。理发店的女理发师，通常也是有姿色的，不仅人好看，嘴也甜，手艺好不好，各有说法。理发店的隔壁住着个矮胖的老头，绍兴人，姓潘，二十年前他承包了东湾村的一片茶山，清明前后，也就是新茶上市的时节，他会在门口卖点刚炒出的茶叶。

继红的头发比我少很多，脑门上的半亩地过早地不长草了。尽管头发少，但总是要修整的，作为大学的教授，门面还是要干净整洁的。因为方便，继红理发喜欢就近进了东湾村的理发店。也因为方便，继红从学校出来，也常常光顾东湾村的路边菜场，常常光临猪肉摊，让"卖猪肉的西施"挥起大砍刀，从半边猪身上抽出两、三根小排骨或是拉出一条五花肉。日子久了，大家都认识了这个江西来的教授，把他当成了村里的熟人。

有一年的春天，继红刚到海大图书馆就任馆长，我去找他借书。他在图书馆的顶楼办公室里，给我泡了一杯绿茶。水是东皋岭上的山泉水，滚烫的水翻腾起一把碧绿的新铭，顿时清香随着热气飘荡起来。

"好茶啊！"

"不错吧，这是东皋岭上的明前茶，东湾村的人送我的。"

"就是东湾村理发店隔壁的绍兴人种的？"

"就是那个绍兴人，老潘；前几天我在那里剃头，老潘在卖茶叶，他用报纸包了些给我，让我尝尝，说海院的人每年都会来买他的茶叶。"

继红走近窗边，手指着窗外不远处的东皋岭，在竹林、枫树林、樟树林交相叠翠的山岭上，隐约可见有个庙宇的影子。

"东湾的茶园就在那个寺庙的后面。"

我知道那个寺庙，叫日照禅寺。我比继红早14年来到这个岛城。城的南面是海，海上又有许多岛屿；城东是东山、东北是长岗山，北面是海山，西面是竹山；三个方向的山，都有险峻的山道，山道翻越山背的地方便是岭，东头的是东皋岭，北头的是鸭蛋岭，西头的是晓峰岭。而且岭上都有寺庙，自古就有神灵镇守，护佑着岛城人的精神家园。

上东皋岭，有古道，由鹅卵石与青砖铺就，蜿蜒在东湾村后的茂密林间。最初，我喜欢在深秋与初冬的时节来走这条古道，因为道上有散落铺陈的红红黄黄的枫树叶；有零零星星散落的苦槠子；还因为听说舟山本岛的山里有蛇，而且是眼镜王蛇，秋深天凉了，蛇就隐藏在洞穴准备冬眠了。东皋岭并不很高，步行半个多小时就能到达岭头，过了岭头就是白泉镇皋泄村的地界了，古道是皋泄村民进定海城的捷径便道。

日照禅寺就在东皋岭头上，朝迎旭日，晚送夕阳。凭栏放眼，山海尽览，岛城全景如画般画在山与海、岛与岛之间。天气晴好的日子，可以望见宁波穿山半岛山上的风车、北仑港3号集装箱码头的吊塔，和在深水航道上往来的各式轮船。我最初所见的日照禅寺，还是几间低矮的老旧殿堂与禅房，外搭一间厨房，爬满藤蔓的石墙里长出一棵老树，不时有炊烟袅绕，远看有点像烽火台似的。庙的后面和西北角，是一片枫、樟、松、竹包围的山坡，这里便是茶园的所在。其中一株樟树和一株枫树很高大，独立于茶园的中间，两树相隔几十米，像这片茶园的主人似的。

但我之前，没有走进茶园去。只是远远地看看，当作现实中的一幅古画欣赏。绍兴人种的茶叶，倒是去买过几次。朋友说这茶不差于西湖龙井、黄山毛峰、普陀山佛茶。

又过了几年，海洋学院总部搬迁到舟山本岛对面的长崎岛新校区去了。继红每天乘校车去长崎岛上班了。但他还是住在定海，住在东湾村附近的小区里，还是经常去东湾村理发、买菜。有一年的冬天，我从老家回来，带来些家乡的味道请他来我家喝酒。席间，他告诉我说：

"东湾村的茶园，绍兴人的承包期明年到期了，那个老潘年纪大了，想回老家养老去了。"

"是女理发师告诉你的？还是卖猪肉的西施说的？"

"是西施说的。"

"那茶园并不大，也就几十亩吧，要不我们把它包下来？"

"看看豆豆有没有兴趣，也算增加个副业做做，多个营生？"

"年轻人不会有兴趣，你我退休后玩玩，倒是可以。"

接下来的几个双休日，我得空就往东皋岭上跑。不是烧香礼佛，而是从东湾村后的几条林间小道走进那片小小的茶园，我大致数过茶园周围的樟树、枫树，察看过茶园山谷里的溪流，并在松树林与灌木林混杂丛生的地方，发现了大叶水仙和野生兰花。我还在冬天的雨雾迷蒙里，一个人躲在茶园的那株大樟树下，想着如何重新规划绍兴人老潘已经无心打理的茶园。我想在那株大枫树下搭建一个木屋，在有溪流的小山谷里用石头垒筑一个水池来截留山泉，每隔几垅茶树就散种上几株桃树、梨树。甚至还想用篱笆把整个茶园围起来，不让村民和外来民工的家属随便进入采摘茶叶。还想着，采茶的时节，需要请多少帮手采茶、炒茶……。

好像我已经是这片茶园的主人，可以考虑经营管理上的事情了。

其实我根本不懂茶事，也从来没有干过农活。虽然走访过几个茶场，读过几本种茶的书本，略知些茶道上的事情。但真正要做个茶场的主人，却是门外汉，不着边际、摸不着头脑。

好友方平先生，是定每小沙农村长大的人，莳养兰草多年，地方上的事情知道得多，不妨可以请教于他。一日方平先生亲自登上东皋岭，察看了东湾村的这个小小的茶园。他平静地说道：

"风水是好的，茶也是不错的，但面积太小，成不了气候，玩玩可以。"

一天，我把这个胡思乱想告诉了儿子豆豆。他说东皋岭，他经常与伙伴们骑行上山，再熟悉不过了。他接着说：

"让我去管这个小小的茶园，有什么效益吗？你是自己想玩吧？我告诉你吧，我们骑行时，好几次遇见过蛇，眼镜王蛇，你敢玩吗？"

我一时无语。我是个从小怕蛇的人，别说眼睛王蛇，就是水蛇也会把我的胆吓破。记得小时候，跟叔叔去城外的水田里钓青蛙，竟然钓起一条半米多长的水蛇，吓得我把钓竿也丢进水田里了。

承包茶园的事就这样暂时搁置起来。来年的春天，绍兴人老潘采下最后一批春茶、卖完最后一批茶叶，到了夏天，就收拾家当卷起铺盖退了村民的房屋，打道回府去老家了。临行前，隔壁的女理发师说了些温暖的话，卖猪肉的"西施"也有些眼睛潮湿，毕竟在东湾村的街面上，大家相处了很多年，老潘剃过无数次头、砍过无数斤肉，女理发师和卖猪肉的西施也喝过老潘种的茶叶。

东皋岭上的茶园，一封没有了主人。没有了主人的茶园，就像没有农妇的菜园子一样，开始有些落寞的景象。

那年的初秋，我与继红又上了东皋岭，又走进了茶园。下午日暮时分的光影，把茶园四维的树木照得熠熠生辉，那株大樟树的树冠在茶树陇上拖着长长的起伏着的影子；而那株大枫树，叶子还是青翠碧绿的，在风中发出一阵阵沙沙的声响。我们从茶园中的小道走进樟树的身影里，因为没有人修整而疯长的茶树枝，有些已经高过我们的腰身。正当我们靠近大樟树时，忽然听到茶树丛中有急速爬行的声响。继红有些惊恐地叫道：

"晓明，有蛇！"

"赶快跑！"

我们两个人惊慌地跑回日照禅寺的后门，面孔苍白，喘着粗气，相互安慰着，还好，没事。有事就完了。那蛇可能就是我儿子说的眼镜王蛇。

从此，我就彻底地打消了那个念想。

这年的冬天，舟山下了场雪。我独自上了东皋岭，看山海之间岛城的雪景，看山岭之上日照禅寺的雪景，当然也看了庙后面东湾村那个小小茶园的雪景。

只见薄薄的一层雪，像纱巾轻轻地覆盖在一垅一垅的茶树上，起伏绵延在几十亩山坡上。那株大樟树，撑着一头的白雪静静地站立在茶园中间，而那株已经掉光树叶的大枫树，裸露着斑驳的枝干，像一支特大号的枯笔，指向天空，无言地书写着天书。雪后的东皋岭，宁静的茶园，没有鸟语，没有花香，只有日照禅寺传来的木鱼声，还有几个和尚师傅有些瑟瑟的诵经声，以及大雄宝殿门前的香炉里，残余的奄奄的香火。

山海辽阔，苍天高远；岭上云烟，随风来去。四维的清净，悄然入心，平日的杂念顿时化为乌有。眼前与心中的景象，正印证着 1300 年前的一位和尚的诗句：

菩提本无树，明镜亦非台。

本来无一物，何处惹尘埃。

2020 立秋日，于舟山凫石书斋

回乡飞翔

庚子年虽闰了四月，但秋天还是应着天时如期来临。

端午节后由妻子从江西弋阳老家接来避暑的父母亲，已经在舟山岛住了三个月，他们开始想自己的家了。我告诉他们，今年的中秋节与国庆节同时，两节一起放假8天。

于是，我带着他们乘大巴车过舟山海峡至杭州，再换高铁前往江西。高铁飞驰在沪昆线上，车窗外浙西山野与乡村的秋色已经开始撩动着我们急切的归乡之情。当常山的柚子树林从眼前划过后，高铁便进入赣东北，上饶玉山的红色丘陵上装饰着一片一片的金色或黄绿色的稻田，就牢牢地吸引住了我的眼球，唤起了我对家乡秋景的无限向往。

节前连日的天气是阴雨，加上要帮父母亲做些家务、招呼些人事，我并不急于出城走乡。

将圆未圆的明月，却迫不及待地在中秋节的前夜，从信江河与其支流瑯港河交汇处的柳树林后、从白马洲对岸的朱家山上探出羞涩、红润的脸庞，给期待团圆的凡世间一个惊喜。其时，我正漫步在滨江湿地，听着绕城而来的葛溪河水与信江亲昵相拥的言语，洲上刘家有几处灯光倒影在流水中、有几声喝酒的拳令若有若无地传来。

翌日，鸡鸣时醒来，从阳台上望见20里外的世界自然遗产龟峰的山影有暗红色的晨曦。

我下楼来，从文庙前的棂星门下穿出，再从信江大桥引桥洞里穿出，便直奔凫石岩上，这个陪伴我度过童年又少年的望江石上，看着江中的凫石，那个我游泳、钓鱼的江中礁石。身后是高庙，也就是元代始建的叠山书院，高高的楼宇、苍天的古树；以及近年来拆掉包括我家平房后扩建的叠山文化广场与弋阳腔仿大戏台。

我将这次特意带回来的航拍无人飞机启动起来，迎着初升的太阳，起飞，升高。我在舟山群岛，曾经多次搭乘直升机飞行航拍，可以说飞越千岛，在海天之间拍摄浩瀚的东海、星罗棋布的岛屿。在家乡，今天是第一次飞行，第一次展开翅膀飞翔，第一次鸟瞰我的家乡。

只是一架小小的无人飞机，我在地面操控着键盘。我的第一个飞行目标就是凫石包，只需短短的几秒钟，我就高高地悬停在了凫石包的上空，俯视着这个我小时候要逆流划水近百米才能攀爬上的江中礁石。我的湿脚曾经无数次亲吻过的凹凸不平的石头，我曾经放竹篓的小岩洞，我赤身裸体躺下仰望天空的石板，我潜水用细铁叉追寻黄鱼角的岩隙，映满云霞的

⊙江西省弋阳县信江河畔的文星塔

206

江水，轻轻地托浮起的这块只有十几张八仙桌大小的礁石，一切都历历在目，几十年过去了，似乎没有一丝一毫的改变，只是寄生依附在礁石上的水草、苔藓换了一茬又一茬，只是信江的水春涨秋落。

看罢凫石包，我飞临叠山书院。我与儿时的伙伴们捉迷藏的望江楼、闻香的桂花园、打鸟的古树木，以及后来上初中时改做我们教室的山房、藏经阁与明仁堂，虽经几次修葺，但基本完好。我盘旋于上，回想儿时的往事，久久不想离去，直到无人机的电池即将耗尽警报蜂鸣响起。

双节之晨的飞翔航拍，拉开了我这次回乡采风的序幕。老天有眼，或许是感念一个游子归乡的情怀，给了我接下来几天的晴好天气。正所谓秋高气爽宜飞翔。

中秋后的山野，尤其是田野，因为正值晚稻收割的时节，乡村到处呈现出饱满、绚烂的金黄色。以信江为中线，向南，我深入武夷山北麓的叠山、洪山、港口、箭竹、龟峰一带，这里属弋阳县南乡；向北，我走进湾里、花亭、樟树墩、葛溪，这边属于北乡。一南一北方圆近百公里，我的小小的航拍无人机，竟然飞来飞去，如春天的小蜜蜂，嗡嗡地嗡嗡地飞呀飞呀，飞得好爽啊。蜜蜂迷恋的是春天里满山遍野的花朵，是花朵里蕴含生命信息的花粉；而我掌控的无人机，是追寻秋天里连绵丘陵之间的稻田，是稻田里由饱满的稻谷集锦而成的色彩斑斓的丰收美景。

千万年以来，信江及其支流葛溪河、琬港河等，在这片大地上，淘沙聚土，形成盆地和平原，造就了肥沃的田野，使我们的先民能在此农耕渔猎、采桑养蚕。粮田阡陌连片成畈。畈上的稻田，成千上万亩，如金色的海洋，洋溢着太阳洒落的波光。而那些夹杂或逶迤在丘陵间的稻田，则如一条条金色的丝带，随意地飘舞在山林与村庄之间。其实，更准确地描绘是，已经完全成熟的稻谷所闪烁的金光与即将成熟尚未熟透的稻谷所蕴含的金色，共同编织着丰收的景象，共同渲染着秋天的荣光。

我看到了，农民开着收割机在葛溪田畈上裁剪着华彩的衣裳；看到湖西村的古戏台已经翻修一新；看到葛溪坝下的小沙洲上有农民在放牧着羊群。我曾经在坝上的河面上看过划龙舟，希望明年的端午节，我能再次来这里，飞行航拍农民自发组织的龙舟竞赛。

我看到了，樟树墩柴角湾水库大坝下的金色粮田，环绕着盖满新居的村庄，我知道那是在舟山当海军的方兵兄弟的老家，那崭新的农家新楼群里，有他用多次巡航亚丁湾赚的补贴钱为母亲盖的楼房。

我看到了，龟峰丹霞山崖下的新农村夏家，粉墙黛瓦，被金色的田野烘托得格外醒目；每一处农家院落都铺陈、翻晒着金色的稻谷；我曾在这里走进农民开办的休闲农庄，在柴火厨房里闻过饭菜的香味。

我看到了，被群山竹海环抱的方团水库，看到了我父亲在 20 世纪 70 年代参加过义务劳动由全县人民共同兴建的水电站；如今这里清泉般的水，正由新铺的管道源源不断地流向县城，为千家万户提供最优质的饮水。

我看到了，诞生过古代民族英雄谢叠山的那片乡野山村，看到蓝天下站在竹林之中的叠山公塑像，他是那么庄严、威仪，遥想他誓死不降元朝的节气与绝食于北京悯忠寺的英勇，感叹一个英灵的忠诚。

我看到了，高铁从这座千年古城的边上飞驰而过，从城东的一片金色田野而来，又在城西的一片金色田野里消失，如飞驰的梭子，在金色的织锦上穿针引线。

我看到了，国庆节前夕刚建成投入使用的第四座信江大桥，一桥跨南北，车水马龙，连接沪昆高速出口与弋阳高铁站，看到这座水城因现代交通而焕发出的勃勃生机。

我还看爬高飞行到文星塔塔尖上空，在夕阳的余晖中，眺望信江西去的身影，我知道不远处的浅滩与湿地就是中华秋沙鸭的越冬之所，正所谓"落霞与孤鹜齐飞，秋水共长天一色"。

早出晚归，抓住每一刻良辰，不想错过每一处美景。在采风飞行航拍的间隙，我会邀上几个童年的伙伴、读书时的同学、曾在舟山当兵已经退伍转业回乡的兄弟，聚一聚，品尝他们垂钓来的鱼虾和为我现包的灯盏米粿，甚至吃到了狗肉炒的新米年糕；而每当这时，自然是要喝上几杯家乡的谷酒，兴致高了也会划几圈酒令，输赢几拳，也就多喝几口酒而已。

这样的下乡采风、聚会喝酒，回到城里的家中，母亲必定是要责骂的。但她看我难得回乡，难得这么放松、高兴，难得与儿时伙伴、同学们相聚，也就是说说而已，并不真正生我气，只是希望我少喝点酒。

与以前回乡不同的是，我这次没有去漆工镇湖塘村，也没有走进方志敏烈士纪念馆，去缅怀一代乡贤、志士、忠烈、伟人方志敏。我没有去，并不等于我没有缅怀、没有思念；我是用另一种方式在缅怀、在思念。因为，我这次回乡采风飞行航拍的一处处乡村田园、一幅幅家乡美丽的图画，正是方志敏烈士在牢狱中戴着镣铐艰难书写、深情展望的景象：

"……中国在战斗之口一旦斩去了帝国主义的锁链，肃清自己阵线内的汉奸卖国贼，得到了自由与解放，这种创造力，将会无限的发挥出来。到那时，中国的面貌将会被我们改造一新。所有贫穷和灾荒，混乱和仇杀，饥饿和寒冷，疾病和瘟疫，迷信和愚昧，以及那慢性的杀灭中国民族的鸦片毒物，这些等等都是帝国主义带给我们可憎的赠品，将来也要随着帝国主义的赶走而离去中国了。朋友，我相信，到那时，到处都是活跃的创造，到处都是日新月异的进步。欢歌将代替了悲叹，笑脸将代替了哭脸，富裕将代替了贫穷，康健将代替了疾病，智慧将代替了愚昧，友爱将代替了仇恨，生之快乐将代替了死之忧伤，明媚的花园将代替了暗淡的荒地！这时，我们民族就可以无愧色的立在人类的面前，而生育我们的母亲，也会最美丽地装饰起来，与世界上各位母亲平等的携手了。这么光荣的一天，决不在辽远的将来，而在很近的将来，我们可以这样相信的，朋友！"

在 85 年前的旧中国，以方志敏为代表的民族志士、英雄们，他们宁可抛下自己的头颅也绝不背弃自己为之奋斗的救亡图存、振兴中华的伟大事业，可歌可泣、山河铭记、千古流芳。

我要用我飞行航拍下的每一帧照片，来告慰九泉之下的英骨、九霄云天之上的英灵，你们所追求、所展望、所创造的可爱的中国，已经不是幻影、不是空中楼阁，而是真实的现实，是人世间活跃的创造、日新月异的进步，是人世间最动人的欢歌、笑脸，是人民的富裕、康健与友爱，是中国人的生之快乐之花绽放在明媚的花园……

短短的几天假日，我不停的飞翔、不停的拍摄，但我实在是没有看够我的家乡，没有飞遍南乡、北乡的每一个角落，没有看够金色的田野、雨后春笋般的乡村新居、正在继续改造的一江两岸城区。

我也没有时间坐在弋阳腔古戏台下，听听弋阳新一代梨园弟子们的唱腔，这高古悠远的声腔，时常回荡在我的耳际，总在慰籍着我的无限乡愁。

2020 年 10 月 16 日，于舟山凫石书斋

⊙高铁奔驰在美丽的乡村田野

黑娃子

黑娃子死了。

几年前，我母亲从弋阳老家来舟山避暑，在一次晚饭后的闲聊时，不经意地说了这个消息，让我从记忆深处回到了几十年前、回到了我儿时住过的那条东街里的小巷子，想起了一个活生生的人物。

因为他从小就长得黑，也许是从小就被太阳晒黑的，大家都喊他黑娃子。当然，我是没有喊过他黑娃子的，但我也不知道他的真实姓名。

巷子里有个大户人家，用青石雕花造就的朝门很大很高，里面有庭院，有两层的楼房，有些威严。听大人们说，解放前是"孙老虎"住的。孙家大门的斜对面，大概也就二十米不到，有个相对应的小朝门，用红石砌的，门里很深，套连着好几间瓦房。后门可以通到信江河沿那排高大的杨树下。大人说，这个小门里曾经住着一个女人，说是跟孙老虎有关。

黑娃子一家就住在这个小门里最里面的两间房。黑娃子为什么住在这里？我想可以肯定的是，黑娃子绝对与孙老虎没有一毛钱关系。这条街知道原因的街坊邻居，早已经老去了。

我从小就觉得黑娃子是个好人，是个高个子、皮肤黝黑、说话粗糙的好人。他好像有用不完的力气，总是从早做到晚，干着卖劳力的活。记得他有一辆平板车，有一个用竹筒做的大水壶，有一顶一年四季无论天晴还是下雨都跟着他出门的大草帽。有时，我放学回来，偶然会在信江大桥下、

⊙好像是黑娃子的身影

或北街口遇见他，就会跳上他的大板车玩耍一会儿。他看见我，总是张着大嘴巴笑笑，还故意把车把抬高起来又低低地放下，像是让我坐跷跷板。我似乎只记得他跟我说过的一句话，就是：

"阿明，好好读书啊，将来不要卖劳力，像阿一样。"

黑娃子还有一个大木盆，木盆大得比最大的汽车轮胎还大。吃过晚饭后，黑娃子就会用一根竹扁担挑着，手里抱着一条卷起来的鱼网和一张小蛤蟆凳子，晃晃悠悠地下河去，我看着他黑色的身影随着木盆的摆动在河面上来回游走，看着他把鱼网顺进河水里去。

黑娃子的老婆，邻居们喊她"圆姅"，大概是看她长得有些矮胖吧。圆婶一天到晚忙家务、带小孩，下河洗衣服，一手提着个特别大的竹篮子，一手拿着搓衣板，裤脚卷得高高的，粗大的双脚走起路很有劲。她喜欢跟我娘靠在一起洗衣服，说话的声音与搓衣声、棒槌的拍打声混杂在一起。有时，圆婶也拎着竹篮子到街面上去卖鱼，把黑娃子清晨从河里收网打上来的鱼虾拿去换些小钱贴补家用。

我家北街口的房子，因为县城要改造街道，在 1969 年拆了，我家搬迁到东街的最东头凫石岩上去了。但我奶奶家还住在那条巷子里，直到 1980 年代才拆迁搬走。在那次大拆迁中，大朝门里的孙家大院连同斜对过的小朝门里的房子也拆了，老街老巷的街坊邻居们从此散开了。

而同时期的我也长大了，到外面读书、后来又到外面工作去了。黑娃子一家搬到哪里去了，我不知道。也许奶奶说过，我也没有记得。

黑娃子比我父亲小很多。怎么就走了呢？或许是劳累过度、生了毛病？母亲知道我好奇，还是告诉了我她所听到的故事：

据说是有一天，黑娃子在街上与人发生了争吵，也不知道是为了什么事，双方吵吵不解气，就动起手脚打起架来。黑娃子身高马大的，其实并不会吃多大亏。万万没有想到的是，黑娃子一脚踩到了一块西瓜皮，哗啦啦摔倒在地上，后脑壳重重地撞击在水泥地上。就这样，黑娃子就没有再爬起身来。这件事，一时成为弋阳城里的大事，惊动了公安局。

后来事情怎么了结的，我母亲并不清楚，我也没有再追问。我只是觉得，黑娃子就这样死了，死得冤，死得不值得，可惜了，没有享到子女的福。

前年国庆节回弋阳老家休假期间，我和大妹妹在北街上遇见一个与她年龄相仿的女人，她停在我和妹妹面前说道：

"洪校长，你哥哥回来了？"

妹妹看看我说：

"老哥，不认识了吧，她是黑娃子的女儿。"

真是不认识了，那时她还小。

"哦，是黑娃子的姊啊，你娘身体好吧？"

我还算反应快，没有问她父亲好。

"还好，还好，老娘现在住阿屋里。"

"你孝顺，娘享姊的福；你弟郎呢？"

"阿弟郎去深圳做生意了。"

节日的街上人多，大家正好也有事情。就这么跟黑娃子的姊打了个招呼，匆匆地说了几句话，就离开了。

妹妹晓玲告诉我，黑娃子的姊和崽都会做生意，开眼镜店，挣到钱，发了财。

黑娃子一辈子勤劳、发奋挣钱养家，如果他还活在世上，一定会享到子女的福报，一定会有个幸福安康的晚年。

我越是这样想，越觉得黑娃子的死，死得冤，死得可惜了。

2021 年 6 月 2 日，写于舟山凫石书斋

⊙这样的巷子已经很难找到了

酒票没了

2005 年的春节前夕，我在舟山本岛定海城北长岗山下的东湾村边，放了两万响爆竹和 8 个墩子炮仗，引来村民的围观，也惊动了一墙之隔的浙江海洋学院的几个门卫。

当时，天正下着小雨，一辆破旧的卡车疲惫地停在学院围墙外新建的几幢教师宿舍楼前。车上并没有装什么像样的家具，值钱的东西就是 70 箱沉重的书本。这就是我的老同学程继红教授从千里之外的江西上饶师专搬来的家当。随车而来的继红告诉我，昨天晚上，卡车停在师专的围墙外，书箱是由学生们翻过墙头装上车的。后来这件事在上饶师院被演绎为程教授翻墙逃跑的故事。

我之所以放爆竹，一是为老同学接接风，二是庆祝一下我在这偏远的海岛上孤独地寄居，10 多年后，终于有了个伴了。

浙江海洋学院，由浙江水产学校与舟山师专合并后更名而来，师资底子薄，正设法从内地招聘、引进一批教授。继红正想走出赣东北的茅家岭、走出信江流域。因为我早在 20 世纪 90 年代初就"下海"漂泊到了东海上的舟山群岛，落海为"盗"，成了岛民。我只是顺便一说，你也"下海"吧。就这样，继红跟着我出家的足迹，义无反顾地漂洋过海也来到舟山，成了又一个江西移民来的岛民。

于是，两个老同学就常有吃喝。继红的菜烧得好，厨艺之高，在上饶茅家岭一带那是小有名气，尤其擅长烧河鲜，集鲜、辣、香于一锅；还有上饶的烫粉做得正宗，粉嫩、料香、汤醇。我一家人就好这口味。其实，继红烧菜，是为了下酒。继红的酒量更是名闻上饶学界，尤其是其酒风，堪称一面旗帜。

继红的好酒，也许是因为研究辛弃疾的缘故，在北宋南渡之后，辛弃疾曾在江西为官或被贬谪，长达 20 多年之久，最后客死在上饶铅山的期思村。以豪放派诗人称雄中国古代词坛的辛弃疾，常常是借酒浇愁，把身心沉浸于酒中，借以酝酿、发酵出悲愤之情，歌咏出震撼千古的诗篇。作为上饶师专中文系主讲中国古典文学的教授，程继红对于辛弃疾的研究，特别是对于辛弃疾在江西 20 年的生活与创作的研究，可谓另辟蹊径，他沿着辛弃疾在上饶的足迹，从带湖走到瓢泉，试图复原辛弃疾 20 年的生活场景，深入、考察辛弃疾晚年的精神与情感世界。10 年磨一剑，继红写出了《从带湖到瓢泉》这本辛弃疾研究的专著，填补了辛词研究的诸多空白。在写作过程中，继红常常是与辛弃疾在历史的时空中对饮，在醉酒中品读辛弃疾的悲痛愁苦。

刚来舟山时，继红不习惯吃海鲜，认为海鲜腥气，特别是舟山人做的海鲜，蒸蒸煮煮，腥气十足，饭局上常常无法下箸。好在有啤酒可以撑肚子，少则 78 瓶，多时十余瓶也撑不饱他的肠胃。渐渐地，程继红的酒名开始在浙江海洋学院的围墙外传播开来，在舟山的江西老乡中树立起旗杆。

与此同时，作为学者的程继红，也很快地在舟山学界开垦出了自己的领域。他以清末舟山历史上出现的礼学世家黄式三、黄以周父子为切入点，打开了研究舟山群岛历史文化的一道门户。长岗山下，六楼的格子楼上，多少个日夜，枯坐书斋，在从全国各地搜集而来的古籍版本中，寻寻觅觅，老老实实地逐字逐句地点校"二黄"父子的礼学原稿，终于与张禺教授、韩伟表博士等课题组成员一起，整理出数百万字的"二黄"礼学著作，完成一项国家级的课题，为国人研究清末礼学搭建了一块厚实的台阶。

⊙程继红教授

由"二黄"的礼学研究开始,进而深入浙东礼学的领域,继红继续努力着,并把自己研究的视野拓展到中国海洋文化史的经纬之中,形成了以海洋历史文献为重点的研究领域,再次获得国家级课题。借此,继红的学术研究,与国家的海洋战略进行的深度的对接与融入,具有了时代的特色,必将发挥深远的意义。因此项研究成果的重要性,程继红教授被浙江海洋大学授予"东海学者"的名衔。

继红原在江西上饶时,即是民主人士,在民盟组织有着一席之地。来舟山之初,本想专心教学、潜心学术研究。也许是海院的领导从教师与学生的口碑中,了解到程继红教授还有些能耐没有发挥作用。才来舟山没几年,就被推上了学院的管理岗位。从海院图书馆馆长到海大教务处处长,再到规划处处长,同时还被学校民盟支部推选到舟山市政协任常委,并当选为浙江省政协委员。作为学者,程继红参政议政,往往有其独特的见解,常被推荐到大会发言，成为媒体关注的人物。

继红离开教学岗位，并不完全情愿，也始终没有放弃学术研究。只是，他开始忙碌起来，忙碌于各种会议、诸多事务之中，不是不亦乐乎，而是难以自拔。

作为老同学，我从一旁看着，渐渐地很少看得到他的身影，渐渐地很少品尝到他烹出的鱼鲜、烫出的家乡米粉，也渐渐地少了与他把盏畅谈的快乐时光。他家的阁楼，以前我经常爬，不说是隔三差五，也是十天半个月吧。我们还相邀结伴去爬长岗山、爬鸭蛋岭，去看枫叶，去听日照禅寺的和尚念经，去茶人谷品茗，去方平先生家的兰园闻香。

我2013年去台湾采风、办影展时，在台北故宫博物馆买了一张仿制的《富春江山居图》准备送给继红。回到舟山家中，才知道继红因为腰椎盘突出趴在了医院的病床上。我带着《富春江山居图》走进舟山骨伤医院，把这张画送给趴窝在床的继红，他哭笑不得地说，等好了再看吧。

再后来，他又突患心脏病，成了舟山医院的常客。医生得知这位海大的教授生性好酒，便斩钉截铁地下达了戒酒令。

戒酒，不可思议的事情，终于是为了保自己的性命，继红竟然立马做到了，说戒就戒，而且戒得很彻底，戒得我这个老同学一时很不适应。

以前，我和继红喝酒，总是我给他把住酒瓶，实在把不住时也随他性情，喝个痛快。其实我一直不认同他的酒风，不是他不爽，是他太爽了。我劝他悠着点，他不听，任由性子放开喝，但也实在是酒量大，几乎不醉。有一年，因蚂蚁岛岛主林伦的邀请，我们两个去蚂蚁岛做客，在一片香樟树下喝酒，继红被蚂蚁岛人的热情激发起了酒兴，大干了一场，差点把作陪的几个女干部整趴下，在海岛渔乡留下了酒仙的美誉。结果，我们为蚂蚁岛首届创业文化节做的策划文案，被岛主高度认同，成为朋友们常常提及的一段佳话。闻名世界的沈家门渔港海鲜夜排挡，有几个继红经常光顾的摊位的老板、厨师，都知道这位海大的教授不仅菜要多加辣椒，酒要喝够，喝得高兴时，教授还会和厨师切磋一下厨艺。

继红说，他的酒票，透支完了，再也没有了。

我说，早听我的话，也不至于用光了酒票。

继红戒了酒，等于我也陪着在戒酒，但我还有藏着掖着的酒票，细水长流，我慢慢享用。

有年春节，我没有回老家过年，除夕之夜，我把继红喊来，面对一大桌我老婆做的江西菜肴，我拿出一瓶15年陈的"四特酒"，倒好两杯，说道：

"今天过年，来一杯吧？"

继红迟疑了一会儿，扪酒杯推回给我，有些羞怯地说：

"还是算了，你喝，我吃菜。"

"就喝一杯，两把酒，不碍事的。"

"酒票没有了，你喝，我喝茶水陪着。"

"唉，你也真没有劲啊，要命要成了这样子。"

"命要紧，命要紧。"

"我说你老兄啊，原来是喝酒不要命，现在是要命不喝酒啊！"

无奈得很，少了继红这个酒伴，我的酒量持续下降，以至于我回老家去，不敢与朋友们喝酒，不敢随性子划拳喝酒。等稍微恢复了一些，回到舟山，又慢慢地回落下去。

继红戒酒，他似乎并不郁闷，反倒是我郁闷了很久，并为此赋诗一首以为志，抄录于下：

儿时同饮门前溪，洪城相识似已迟。

赣鄱古地藏佳酿，茅岭山下友成席。

最喜河鲜三五斤，煎炒油焖玩厨艺。

瓢泉夜宴邀明月，忽闻稼轩琴声泣，

鹅湖当年迎盛会，论战岂可无醉意。

甲午一病医有训，不与杜康续友谊。

年饭相邀欲开怀，封瓶推盏笑作揖。

但愿沉疴远君去，来日再饮会有期。

其实，我是理解继红的，他戒酒并不是情愿，实属无奈，他意识到自己还有对社会、对家庭的责任，意识到喝酒将不利于他的身心健康。继红戒酒也是痛苦的，毕竟酒陪伴了他半辈子的人生，曾使他意气风发、风流倜傥、自在快乐，也曾调解、舒缓过他的沉闷、他的郁结……

去年，继红已经彻底放下海大的行政事务，回到人文学院，回到他原本的工作状态，教教学生，做做学问。

我真心地希望老同学静静地修养已经劳累的身心，真心希望他找回刚来舟山看海时的心境。

如果有哪天，继红烧一锅河鲜、再炒几道江西老家的小菜，我把家乡的米烧与舟山的晚稻杨梅一起泡制的美酒，斟满青花瓷碗，两个老同学一边聊着天，一边慢慢地喝着酒，最后再来一碗铅山河口的烫粉，该多好啊。

2021 年 6 月 10 日，于舟山凫石书斋

又见阿毛

《阿毛画海》里的阿毛是画家毛文佐，姓毛；东极镇庙子湖岛的阿毛，是渔民，姓林，名字叫小毛。我与渔民阿毛认识已经快 20 年了，他属牛，比我兔子大两岁，一起喝酒时喜欢称兄道弟，但平时我就喊他阿毛，亲切。

辛丑年的夏秋之际，我带着三个影友再次去中街山列岛采风。东极轮先后在庙子湖岛、青浜岛、东福山岛停靠，我们是在青浜岛下的船，在三村的赵银扬家吃住了三天。我们每天早晚时跟老赵去石柱湾撒网打鱼、采螺，回来大家一起生柴火做饭。晚上我睡在他家的老木床上，旁边的凳子上放着一只老赵家用了 20 多年的电风扇，三个影友在楼板上打地铺。

第四天，我跟老赵说，要去庙子湖岛看一个朋友。我在由东福山岛返回的东极轮上，跟近在咫尺的庙子湖岛上的渔民阿毛打电话。打了几遍，没有打通。我想阿毛一定是在海上开船，柴油机的噪音大，他可能没有听见。我只好打给镇文化站的梁银娣，告诉她我今天晚上要住在她外甥开的民宿里。

船行半个小时，过了两岛之间的海峡，就到了庙子湖岛。没有想到，小梁已经等在码头来接我，并告诉我，阿毛的老婆听她说了我要来，让我上她家去，说阿毛天亮出海时捕到了望潮。但小梁未经我同意已经让镇里安排好午餐，镇里的领导说我为东极历史博物馆提供了许多"里斯本丸"沉船事件的珍贵照片，还出版过反映东极的《海乡沉醉》画册，理应招待一下。于是就在镇里安排的小饭店蹭了一餐午饭，很是难为情，本不想跟

221

⊙东极庙子湖岛渔民阿毛

镇里发生联系的。吃饭的时候，阿毛打来电话：

"晓明，侬今天来了，电话响没听明，我刚从海里上来，阿嫂喊侬吃饭来，侬咋了？"

"阿毛好，晓得你出海去了，我先去拍几张照片，夜饭过来吃。"

"我马上还要出海去，今天夜里侬来吃饭、吃老酒，两年没看见你兄弟了，阿嫂有好下饭，等侬来。"

阿毛每天四点多出海去，绕着庙子湖岛，把他下的粘网拔上来收鱼收虾、把他放的蟹笼拉起来倒螃蟹。大概七点半回港上岸卸下鱼货，吃一碗阿嫂煮的面条或年糕，抽两根烟歇一歇，就又下海去，完成镇里交给他的任务，每天开着他的渔船在庙子湖海湾里转悠来转悠去，打捞水草与垃圾，做清洁工。他总是戏说自己是干妇女们的工作，扫院子。对于庙子湖岛的渔民来说，门前的海湾就是他们自己家的院子。

这天下午我去了庙子湖岛东北角的山顶拍整个岛的全景。因为风从海面沿着陡峭的悬崖旋转着刮上山来，产生猛烈的气流，使我无法放飞小小的无人机。我只好老老实实地架好三脚架，用相机拍摄；好在天气的透度很高，犹如秋高气爽时的每天，蓝天、白云、岛屿、礁石，还有只在中街山列岛才能见到的湛蓝的海水，清晰地呈现在眼前，连青浜岛外国际航道上过往的集装箱船都看得青楚。海湾里散布着各类渔船，其中也有阿毛的那艘，我从长镜头里看着阿毛的船在海湾里转悠，看见阿毛伸着一根长长的竹竿，在海面上打捞着东西。

眼前的景象是我十分熟悉和无比喜欢的。30 年前，我离开江西老家，一头奔向东海时，就是冲着这蓝蓝的天、蓝蓝的海而来的，就是想在海天之间做一只自由自在的鸟，任由翅膀借助着海风快乐地飞翔；或者在岛屿上借宿在渔家，每天背着画夹去画海、画出海打渔的船、画手里拎着鱼虾的渔民……

我坐在庙子湖岛东北角的灯塔边，坐在财伯公塑像的脚边，沉浸在往事的回忆之中，陶醉在习习的海风吹拂下的美景之中。直到太阳西下，要从庙子湖西面的黄兴岛的岛影里沉没；直到手机响起来，听到阿毛急切的声音：

"晓明，好来了，阿嫂做的下饭已经上桌了！"

我与阿毛很快就在他老婆开的小卖部门口见面了。阿毛每次出海上岸回家，第一件事就是洗澡，把身上的海水、汗水洗掉，换上一身干净的衣服。他用那只十分粗糙的手一把拉住我：

"兄弟，有两年没看见侬了，侬终于来了。"

"都是新冠疫情造成的，去年也是要来东极的。"

"阿拉海岛里，没个，隔着海，疫情来不了，甭怕！"

"去年封城、封路，仟么地方都没有去，郁煞了！"

"还是阿拉海岛好吧，我每天照样出海拔网打渔，风里浪里，哪来的病毒？不讲了，今天你兄弟来了，高兴，陪我喝酒！吃鱼！我天亮打的，沙鳗、望潮、小黄鱼，还有我自己养的淡菜，味道各样，鲜足了！"

晚餐是阿嫂精心准备的一桌海鲜，是阿毛兄弟亲手打来的透骨新鲜的鱼、虾、采来的活螺、生贝。阿毛不停地劝我喝酒、吃鱼，帮我拨淡菜，讲着这两年来的故事。

"阿毛，你前些年被割掉船头的事，我没有帮上什么忙啊。"

"不用你帮忙，官司打过了，信访也去过了，船赔了我。"

"耽误一年的生产，有没有赔损失？"

"没个，船赔了你，已经蛮好了，损失就算了。"

"现在生产咋光景？"

"只要天气过得去，我每日天亮出海去，小作业，把头天放的粘网拔上来看看，运道好，野生大黄鱼也会碰着；蟹笼里最多的是石蟹，有时望潮也会钻进。弄些自己吃吃的足够了，吃不掉，阿嫂去卖，卖给开民宿、开饭店的老板，收入也蛮好。"

"赔给你的船，是多少马力？"

"48匹马力，铁壳船，小作业足够了；现在年纪大了，撑大船拖虾，吃不消了。"

聊着聊着，我们又聊起了十多年前在这个镇上当过书记的王洪波。说起洪波书记，东极的老百姓总是竖起大拇指，总是传说着洪波书记在东极为老百姓做的实事、好事，传说洪波书记离任回舟山本岛去时，老百姓敲锣、打鼓、放鞭炮去码头送他。在边远海岛基层政府里为官一任，能得到老百姓这样的认可，也是值得珍藏的一份人生经历。我当即拨通王洪波的电话，让渔民阿毛兄弟跟他说了几句开心的话。

夜已经渐晚，我想让阿毛早点去休息，就喝干了杯中的酒，并与阿毛约好，明天一早跟他出海去。

毕竟是东极，这里的天亮得比大陆早很多。我被晨尿闹醒，清晨四点一刻，背起相机悄悄地溜出小梁外甥家的民宿，只见庙子湖岛东北角山顶的财伯公塑像已经被紫色的曙光剪出了清晰的身影，他手上的火炬似乎在点燃海平面下的那轮呼之欲出的太阳。

阿毛的渔船不是停在岛的南岙，而是在岛的北边，由一根缆绳牵在海湾里，长不过六七米，宽也就两米零点。阿毛要划着泡沫板做的小划子，靠近渔船，再上去发动柴油机，"突突突"地冒着黑烟，拐到后沙滩的小码头来。阿毛的助手渔民小伙子阿二，在船头把我接上船去。

跟阿毛做了许多年的朋友，还是第一次跟他的渔船出海去。

今天阿毛穿一件灰白色的运动服，那根银色的拉链与他脖子上常年戴着的金项链，搭配在一起，很是醒目。他的瘦小的头，被一顶草帽罩着，一双眼睛在帽檐下的阴影里闪亮闪亮。

"晓明，坐稳了，腰躬点，现在开船了。"

渔船在阿毛的舵把操控下，一转弯就驶出了海湾，迎着初升的太阳向并不平静的海面颠簸着前行。远处有一排礁石，礁石上站着两个正在钓鱼的渔民，而血红的太阳在几朵朝霞的簇拥下，正从海面向天空升腾。

渔民小伙子阿二在船头忙绿起来，他从海里拉起一只浮标，同时开启了拖网机，把浮标连着的渔网带在拖网机的转桶上，只见水淋淋的银色渔网顺着转桶有条不紊地收拢上来，连带着网上的鱼虾。而阿毛在船尾操控着舵把，不时地加把油门，或左或右地或进或退，与船头的阿二默契地配合着拔网收鱼。

"有了，一条勒鱼，斤把重；一条沙鳗，小小……"

阿二一边从转桶上收网、一边不停地说着。阿毛眼睛盯着出水的鱼货，嘴里叼着香烟。而我手中的相机不停地发出快门的声响。我记录下了初升的太阳在阿毛脸上的光影，记录下了鱼网上闪着银光的海鱼。

收完一条网，把鱼从网眼里取出来后，阿二又把网从船沿放回了海水里，定好浮标。如此反复，将近一个小时，一共收上、又放下七八条网。

"今天生意咋了？没几条像模像样的鱼。"

阿毛一边说着一边调转船头，开足马力，把船向庙子湖岛与黄兴岛之间的海峡开去。

"晓明，现在带侬去拔蟹笼，坐好了，那边风大浪大，小心点。"

果真如阿毛所说，海峡里的潮水很急，翻着白色的浪花，船在风浪里颠簸摇晃，我顿时有了晕船的感觉，但我强忍着，没有让阿毛觉察到。5年前，东极镇政府派渡船送我去过海峡那边的黄兴岛，我去做义工，给留守的二十几个老人家拍肖像照片。现如今，不知那些留守的老人是否还健在？

阿毛的渔船已经绕到庙子湖岛的西南角，岛的正南方海面上的小叶子山岛在船头的起伏与海浪花的飞溅里依稀可见。

此时，渔民小伙子阿二用竹竿从海面上勾起一只浮标，快速地回收着绳子，绳子的后面每隔几米就连着一只大蟹笼。阿二在船头收着，阿毛在船尾紧紧地把着舵，控制着柴油机的油门。

令阿毛失望的是，今天几串蟹笼里，除了几只小小的石蟹、几只小小的望潮，几乎空手而归。辛苦了一天亮，所获甚微，不免有些郁闷。

"今天咋了？鱼啊、蟹啊，跑到啥地方去了？让我阿毛面子也没了！"

"阿毛，可能是我不对，带着相机，鱼蟹不肯我照相啊！"

我故意这么说着，想让阿毛开心起来。

"晓明，不好意思，面子也没了！"

渔船绕了大半个庙子湖岛，驶进了南岙。阿毛把船头顶住码头，渔民小伙子阿二扶着我上了岸，并把今天的鱼货放在阿嫂的店门口，转身又上船去了。阿毛他们不回家吃早饭，要接着去海湾里打捞垃圾。他们的早饭就是早晨带上船的几瓶八宝粥。

"晓明，天亮饭，阿嫂会给你做碗海鲜面吃，你中午等我回来一道吃昼饭。"

望着阿毛的渔船冒着黑烟，"突突突"地开走了。想着昨天晚上阿嫂做的一桌海鲜菜，心里真是深感惭愧。阿毛每天起早摸黑出海打鱼，是那么辛苦、劳累，而所获又是那么甚微。每次我来看他，他却是热情招待我，把他打来的最好的鱼、蟹，烧给我吃；临走时，还要送冰鲜好的鱼虾、呛好的螺贝，让我带回去吃。

而我却什么也帮不了他。特别是几年前，他的渔船被割去船头打官司的日子，我也只是电话里安慰他。

实在是过意不去啊。

东极镇青浜岛、庙子湖岛上的渔民，那些二战时期曾经救助过英军战俘的老渔民，其中有我 16 年前陪去香港访问的吴兰芳、沈阿贵、陈永华等 5 位老渔民朋友，他们也相继离开了人世。而比他们小一辈的赵银扬、林小毛等，又成为了我的渔民朋友。我把他们给予我的极其朴素的情义，珍藏于心底，发酵为美酒，永远温暖着我的人生、滋润着我的心灵。

但愿阿毛每天都能从海上带着鱼虾平安回港，但愿他家门口的那片海，带给他吉祥、安康。

2021 年 9 月 7 日，于舟山凫石书斋

⊙阿毛和他的渔船

问候古巴

2011 年的秋天，我们在枫叶之国加拿大的多伦多成功举办了舟山群岛摄影艺术展的开幕仪式。之后，应古巴文化机构的邀请，舟山的几位艺术家搭乘航班飞越美国，朝着加勒比海飞行，在黄昏时的霞光里，降落在古巴首都哈瓦那国际机场。

虽说是古巴唯一的国际机场，却并不繁忙，停机坪上也只有寥寥无几的飞机在此逗留。因为人少，入关的手续简单、顺利。古巴的海关美女，接过我的中国护照，顿时露出十分亲切、友好的微笑，我感受到她是在代表古巴人民欢迎来自中华人民共和国的公民。

对于我们来说，古巴之行的唯一目的，是采风，是对这个遥远、封闭、孤独、落后的国度进行一次视觉考察，是对生活在这个国度的人民来一次亲近与认知，试图用影像来记录这个素有"加勒比海的明珠"的美丽和人民的日常生活。当晚下榻的酒店是在哈瓦那的郊区海边。翌日清晨，我带着相机独自漫步到海边，用手轻轻地拍击着并不清凉但无比清澈的海水。这是我第一次接触到大西洋的海水。以往对于这片海总是带着神秘的印象，因为这片海曾经发生过许许多多诡异的故事，流传着光怪陆离的神话与传说，也有一些动人的英雄事迹。我久久地凝视着空阔而深邃的大海，放眼追寻着海面上的岛屿、帆影。

蓦然回过身来，却见两个古巴的警察就站立在我的身后几米处，后面还有一辆并没有闪灯的警车。惊慌之中，我连忙伸出双手，竖起两个大拇指，拉开笑容大声说道：

"I'm Chinese！"

其实，他们早已经猜到我是中国人，因为他们的脸上始终是在微笑着。他们比划着，告诉我，这里是海滨，注意安全。原来，他们是来保护我的。

告别两位古巴警察，我在回酒店的路上又遇到一位古巴出租车司机。他的车，好像是从20世纪早期电影中开出来的欧版老爷车。此时那辆车正停在路边，张开了车头盖子，司机埋头修理着引擎。见我走近，他抬起头朝我一边苦笑一边耸肩，有些滑稽地向我表示，他的车坏了，不能搭乘我。我随手端起相机给他拍了一张照片，这是我拍摄的第一张古巴人的肖像。

我对古巴自然地理与民众的采访、拍摄，就从这天清晨开始了。

我匆匆地穿行在哈瓦那旧城城堡街道，用我的相机打扫着这个古老而落寞的老街。哈瓦那旧城位于哈瓦那湾西侧的一个半岛上，1510年西班牙远征军开始征服古巴并进行殖民统治，留下许多西班牙式的古老建筑遗存。1982年，哈瓦那旧城及其防御工事被联合国教科文组织评为世界遗产。旧城面积并不大，而且街道狭窄、拥挤，房屋残破失修，街上行人稀少，只有一些来自欧美各地的时髦游客在此留恋徜徉、凭吊历史、追怀往事，正好与街上慢悠悠行驶的各式老爷车构成影视中的场景，反衬给出历史的沧桑、岁月的无奈。在白宫广场书摊前的一位大约5岁的孩童吸引了我，我靠着锈迹斑斑的路灯柱子，从长镜头里特写着那张稚嫩的面孔和一双清澈童真的眼睛。他的身后是书架，架子上排列着10多本印有古巴解放运动伟大的民族英雄切·格瓦拉（1928年—1967年）肖像的旧书。一个孩童与一个英雄人物被我定格下来，构成一幅颇有历史意蕴和时代特征的儿童肖像摄影作品。我想这位孩童很快就会从学校或父辈的口中得知，切·格瓦拉是如何参加了菲德尔·卡斯特罗领导的古巴革命，如何推翻了亲美的巴蒂斯塔独裁政权，为争取古巴人民的自由与独立而英勇牺牲的故事，他会为英雄的切·格瓦拉自豪、骄傲一辈子。

我也看到了旧城街上的古巴的老人，蜷缩在门前，默默地看着过往的行人；看到公交车站台上挤满着等待类似老爷车一般的公交车；看到了商店门口正在排队凭着票证购买食品或日用品的普通市民；看到了抱着老旧电视机、电风扇走进社区服务站的群众。

在古巴文化机构的人员安排下，我们参观位于旧城的一家雪茄工厂。古巴的雪茄，与古巴糖，都是闻名世界的特产。这家属于集体所有制的雪茄工厂，类似于我们中国 20 世纪 70–80 年代的街道工厂。陈旧的厂房浸润着烟草的气息、老旧的机器遗存着手工的痕迹，百余名工人分布在几个有些昏暗的车间，他们正在埋头熟练地干着自己的活，有的在小心翼翼地切烟丝、有的在玩耍似的包烟卷，每一道工序都遵循着传统的工艺标准，没有人在偷懒闲聊，或漫不经心，一切都井然有序地运作着。我的相机被厂方接待人员客气地保管了，我只能看不能拍摄。我理解他们这样要求的目的。我试图与工人进行肢体语言的交流，但又担心影响他们的工作。一个看上去不到 20 岁的青年工人，抬起头朝我示意，我走近前去，他用右手偷偷地比划着，我似乎有点明白他想说的话意，让我用钱买他做的雪茄。但我不能在车间购买他的雪茄，这是违反厂方规定的，也会给他带来处罚的。没有做成交易，这名青年工人十分遗憾地送给我一个怪诞的笑容。

在前往巴拉德罗这个古巴最富盛名的旅游度假地的途中，古巴沿海旖旎的风景粘住了我的相机，但见碧蓝的大海倒映着朵朵白云，我在舟山见惯了的钓鱼艇散布在海湾中，远处还有挂着白帆的游艇在海面上拉出耀眼的尾浪。而沿岸的山地上遍布着甘蔗林、烟叶园与香蕉园，纯粹的绿色中点缀着红色的农舍，高大的椰树，像巨大的扇子在不停地摇摆着海风。多么美丽、富饶的土地；多么自然、清新的风景啊！却总有废弃的油井钻塔和似乎已经停产已久的的石化工厂，还有许多被人废弃在马路两边的老爷车，不时地闯进我的镜头中，冲毁着我美好的心情。我知道，那些废弃的

油井钻塔和石化工厂，是怎么回事。大自然赐予给了古巴这片土地十分丰富的石油资源，但隔海相望的美国，基于其冷战思维和意识形态的妄想，基于与苏联的敌对战略，自从 20 世纪 60 年代开始霸道地对古巴进行了经济封锁和石油禁运，至今已近六十年。美国的罪恶行径已经给古巴人民带来了长久而深重的苦难。但古巴人民在卡斯特罗的领导下，用坚强的意识维护着自己的尊严，绝不屈服于美国的淫威与霸凌。我孩提时吃的古巴糖，就是中国人民与古巴人民友谊的结晶。

　　岛国古巴有 7000 多公里海岸线和 300 多个白沙海滩，其中巴拉德罗海滩是世界上著名的八大海滩之一。我们来到这里时，恰好也是黄昏时分。大西洋在巴拉德罗与佛罗里达海峡交汇。穿过成片成片的棕榈林、椰林，海洋、岛屿、礁石、沙滩、叽船、鸟影等一切与海洋相关的元素，在这里集锦荟萃，把巴拉德罗装饰成为人间的伊甸园。极其丰富的旅游资源，让巴拉德罗成为古巴最为开放的地方，是古巴旅游业为国家贡献外汇最主要的钱袋子。正因为这样，来巴拉德罗旅游度假的游客，主要是欧美国家的富裕者，他们在此享受着天堂般的生活，他们开着豪华游艇，在清澈透明的海水里畅游，在珊瑚礁盘上捕捉龙虾，天天有美酒海鲜佳肴，有美女迎逢。而古巴人民，只能从经济封锁的夹缝中，谋求少得可怜的经济利益。假如没有美国施加的经济制裁，勤劳的古巴人民一定能建设好自己的国家、过上小康的生活，也能在自己的伊甸园里自在地享受自然的馈赠与人间的幸福。

我惊艳于巴拉德罗的美，在黄昏与夜色中沉静于自然的宁静与空旷之中，在习习的海风中梳理着这个岛国的历史。

我的镜头却不愿聚焦那些几近裸体而肥胖得不堪入目的欧美游客，不愿看到他们奢靡的状态。

在原路返回哈瓦那的半途中，车停在一处农庄，我走进已经打烊的餐厅。一位古巴中年妇女正在吃她的午餐。我告诉她我是中国人，想看看你这里有什么可以吃的。她微笑地朝我耸耸肩，示意我这里已经没有什么食物。我看着桌子上那盘还没有吃完的食物，一时也分不清那是什么菜肴或主食，对于西班牙人遗留下来的饮食习惯，我没有一丝一毫的舌尖上的记忆。我端起相机，为坐回桌边继续吃饭的这位古巴妇女拍摄了一张肖像，她很高兴。

在古巴停留的短短 48 小时里，我把睡眠压缩到了极限，为的是多看看也许我一辈子只会来过这一次的国家。我不停地走进她的美丽的风景、走近她十分纯朴、善良而又无比勇敢、高贵的人民，我要把这里的美丽的风景带回去，把人们美好的友谊带回去。其实，我是多么想在这里再住上几天，让我走进更多古巴人的生活，认识更多的古巴最普通的民众，跟他们成为朋友；让我更多地领略这个加勒比明珠的风采；让我更多地去阅读她的历史，聆听她动人的故事。

古巴糖，曾经温暖过我儿时的记忆，如今我又增添了更多、更甜美的记忆。

虽说是第一次来到这里，但我会永远在心里问候你：

古巴，一切都会好起来！

2021 年 9 月 23 日，于舟山凫石书斋

牛娃子下"海"

在岗工作的时间已经不多了，陆续地在整理自己工作上用过的东西。我在舟山工作 30 年，用过的各类相机大概有 20 余台。这些相机陪伴我走访过舟山群岛中百余个岛乡，寻访过全国许多的城市与乡村，包括台湾的澎湖列岛与兰屿。

自己用过的工具，总会在内心留下一份特别的记忆。我时常抚摸着这些心爱的相机时，总会想起一个人，一个江西赣东北农村的放牛娃，一个在杭州照相机市场卖相机的江西老乡，他的名字叫周厚光。

20 世纪 90 年代初，我在舟山日报社干摄影记者，使用的第一台相机是已经淘汰下来的国产海鸥牌 135 相机和一只 50 毫米镜头。我竟然用这台老掉牙的相机开始在舟山新闻界打拼，一年下来赢得了社长、总编杨广鹏的肯定，奖赏我买一台新相机。经浙江日报社摄影记者裘志伟的介绍，我来到杭州秋涛北路照相机专卖市场，找到了卖相机的周厚光，就这样认识了这位江西老乡。

出生于 1973 年的周厚光曾经对我说起过，在江西上饶沙溪农村的老家，实在是太穷了，他家人口又多，父母亲常常为养活他们犯愁。厚光好不容易长大了些，就开始帮家里放牛、干农活，每天牵着一头老黄牛，在穷山沟里转悠，同时砍些柴火回家。放牛到八岁，家里也没钱供他上学。但他渴望上学读书。乡村学校的老师看着他可怜，就从自己微薄的工资里掏出钱给他垫上学费，把他拉进了教室。一年后，周厚光是背着一袋大米、拎着一篮番薯去找老师抵学费的。但人多田少的沙溪农村，在二十世纪七八十年代，很多学龄期儿童、少年辍学在家，有的帮着家里干农活，有

233

的就跟着长辈外出务工。周厚光 14 岁那年辍学后，就跟着村里的石匠到建筑工地做小工，搬砖头、挑石灰、拌水泥沙浆，一天挣一块钱，干了三个月，扣除吃饭钱，分文没有得到。万般无奈，就和大他 5 岁的二哥，跟着年长的叔叔出了远门，从窗户里爬进拥挤不堪的绿皮火车，身体蜷缩在座位底下，饥饿中昏睡 10 多个小时，十分狼狈地到了广州。

当时的广州，正处于中国改革开放的初期，封闭太久的国门被徐徐地推开，一股由港台吹进来的新鲜空气迅速在南方蔓延开来。市场经济的嫩芽如雨后春笋般地在社会主义中国的角角落落里冒出头来，最后形成商海浪潮，席卷大江南北、长城内外。就是在这个时间档口，周厚光被叔叔带到广州一个市场的一处小小的仓库里，帮着干活，有什么活干什么活，什么累的、脏的，都干。干得最多的是打包、搬运各类货品，办理商品入库、出库的交接。可以说，一个懵懂少年脚踩三轮车的身影被淹没在进进出出的人海、物流中，他的汗水洒遍了那个市场内外。就是在那个市场，厚光接触到了照相机的买卖，大量由海外进口到广州的照相机整机与零部件，在这个仓库中转发往全国各地。睡在仓库里的厚光，半夜里总喜欢拆开包装盒，拿出进口的相机把玩，玩着玩着，就喜欢上了相机。但他不敢梦想自己能拥有相机。

在这里，1986 年，周厚光，平生第一次挣到了钱，挣到了属于自己辛勤劳动换来的工资，当他第一个月拿到 300 多元工资时，欣喜若狂，买来啤酒、花生、烧鸡，猛吃猛喝，醉酒后竟大哭了一场，把长期郁结在内心的怨恨彻底地发泄掉。同比一下，我 1984 年大学毕业参加工作，两年后的工资大概是 60 元不到。厚光在广州挣到的是我的 5 倍。难怪，那时，全国各地的青少年，所有想做生意快速摆脱贫穷的中国老百姓，都往广州跑，往深圳跑；似乎只有往南方跑，才有希望。于是，下海经商，成为一种人生的选择，成为发家致富的必然之路，成为那个时代最靓丽的风景、最动人的时尚，也是最辛酸的人生旅途。

厚光，一个放牛娃，就这样在贫穷的折磨中被时代的浪潮裹进了商海。并在商海中摸爬滚打，慢慢摸清了经商的门道、悟出了商业的奥秘，也体会到了商海中的人情世故。

在广州打拼几年后，厚光怀揣着一点资本，来到了杭州。一开始，他在武林门"红太阳广场"做服装批发生意。20 世纪 90 年代初，服装，成为中国人改变自己生活面貌最时尚而又最廉价、最直接的途径。广州、上海成为中国服装业最重要的开发与生产基地，而杭州，似乎秉承了南宋旧都时代的风尚，理所当然里成为华东地区最大的服装批发市场。但是，周厚光却在杭州做亏了服装生意。他告诉我说，那年杭州零下 8 度，他站在武林门"红太阳广场"上卖服装，被冻得像个神经病似的，身上包裹着花花绿绿的服装，手里还拿着个喇叭筒，扯着嗓子招揽着过往的行人。

服装生意收摊后，厚光开始捣鼓卖相机的生意，毕竟他在广州打工时经手过无数的相机，认识许多经销照相器材的店家、商人。杭州当时是全国照相机研究所的驻地。厚光以他勤奋、他对商业的悟性，很快就贴近了杭州照相机行业的人脉，很快融进杭州照相机市场，几年时间里，就占据了华东照相机市场上的一定份额。做得最好时，他的零售额惊动了国外品牌相机的制造商，成为某国品牌相机在中国市场的重要零售商。

我因为常去杭州购买、保养、维修相机，每年都会跟这位杭州秋涛北路照相机市场的龙头老大打交道，跟这位江西老乡聊些家常。

"厚光，你是怎么在这个市场站稳脚跟的？"

"洪大哥，说来话长，但关键一点，做生意其实是做人，我卖相机，就是为你们这些玩相机的人做服务，搞后勤保障，相机卖出后，后续的事情很多，保养、修理、更新等，只要你做到了诚信，用相机的人一定还会来找你，我的顾客就是我的人脉。"

"你怎么不回江西上饶老家去开个分店？"

"没有必要啊，现在交通这么发达、信息这么方便，江西老家很多玩相机的人都知道杭州有个江西老表在卖相机，只要一个电话，我都会帮他们搞定。"

"现在手机照相越来越厉害，对相机市场冲击很大吧？"

"那是肯定的，但这个行业一定还会生存下去。"

"不想改行做点别的生意？"

"快 50 岁了，好像没有冲劲了。"

厚光下海早，也算在改革开放的浪潮里掏到金子的人，他在广州打工起步，积累了原始资本；在杭州创业卖相机，发了家，在钱塘江边拥有了房产，在江西上饶也购置了房产，在上饶沙溪农村老家也帮父母亲盖了楼房，在村里可以说是人人夸奖的成功人士和孝敬儿子。

"洪大哥，我做相机这行已经 30 年，见证了中国照相器材市场的兴盛与衰落，得出个很有意思的结论：如今卖相机的不如卖影棚灯光的；卖灯光的又不如棚拍网售商品的；整天拍商品的，又不如穿内衣、内裤在影棚里袒胸露腿的胸模、腿模；如今我已经失落为这个行业垫底的人。"

的确，层出不穷的智能手机，先后灭了电话机、计算机、电视机、手表，还有银行信用卡等，同时也打压了卖相机的、洗照片的生意。

"这时代变化得太快太快，我吃了文化的亏，跟不上了！"

"儿子将来接不接你的班？"

"不卖相机了，他已在帮人家卖汽车。"

就是说，厚光的儿子也从商做生意，只是不卖相机，不走父辈开垦出的道路，年轻人另辟蹊径，必定别有洞天。

前几天，我应邀去浙江省美术馆参观徐小凤"诗画仙居"影展，顺便去了秋涛北路，找周厚光清洗镜头里的霉斑。原先占据两个楼面的照相机市场，大部分店铺早已经让位给了手机经销商，只见许多小年轻跑进跑出，忙得不亦乐乎，就像当年在广州市场刚"下海学游泳"时的周厚光。而周厚光现在卖相机的店铺几经腾挪换位，让我一时找不到门面。电话打后，见厚光沉重的身体从不远处的另一幢楼里走出来迎接我。

在厚光这间明显缩小的店铺里，一边喝着他老婆王小美端上的茶水，一边聊着相机市场的行情。得知我儿子想换台已经用了 10 多年的相机，厚光从柜子里拿出一套朋友寄卖在他店里的相机与长短两只镜头。仔细看过，觉得这套二手相机的品相不错，价格也便宜。于是我自作主张，把相机带回舟山，看在老乡的面子上，厚光没有收一分钱押金。

当天晚上回到舟山，我把这套相机交给儿子，让他看看是否需要。没有想到，儿子一盆凉水浇向我，说道：

"老爸，你这是要收古董啊，这是 14 年前的产品；我现在要换的，是要带 4K 以上视频拍摄功能的微单或无反相机。"

第二天，我只好将头天带回来的相机打好包，快递回杭州。在电话里，我跟厚光表示了歉疚。厚光说：

"没有关系，下次你儿子买微单，我帮他推荐，最新、最顶级的都有，而且拍视频的零配件一应俱全，保证他满意。你告诉他，千万别去网上买，我的售后服务你是知道的。"

真是印证着商海里的一句名言：生意不成情意在。

改革开放 40 年，20 世纪 50 年代末 60 年代初的人，是第一批下海经商的青年人，"70 后"也紧跟着浪流下海弄潮，特别是出生在中国农村的青年人，贫穷迫使他们走出家门，走出吃不饱肚子、穿不暖身体、上不好学校的广阔的田野、边远的山沟沟，走向南方改革开放的沿海城市，凭借自己的力气、勇气与智慧，去打拼、去掏金，去追寻发财致富、改变命运的梦想。

周厚光就是这千千万万个从农村走出来的青年(其实他那时还是少年)之一。

有点遗憾的是，我从周厚光的手里买过那么多相机，却不曾给他拍过一张照片。

2021 年 10 月 21 日，于舟山凫石书斋

后　记

因为庚子年突发的疫情，让我春节过后滞留在江西弋阳老家，直到2月下旬才回到舟山。其时的岛城并没有完全解禁，即使开放了的部分社会生活，也处于半眠的状态。我回到单位上班，其实是宅在单位。

既然宅住了，那就稍安勿躁，静下心来。正好手上的这支笔是到了该除尘去绣的时候了，内心的灰尘、泥土也该来一次冲洗清扫，看看尘埃与锈垢后面，是否能找到可以折射阳光的沙石、可以培植秧苗的泥土。这一宅，宅出了十余万文字、几十篇文章。沙石与泥土混杂，收拾起来装进箩筐，也就成了这本《江海帆已远》。

几年前，老同学张爱国把我拖进了"原乡"，一个由"那个叫春的城市"里四散开来的怀抱着乡愁的文化人士组成的微信群。我本不是宜春人，但我是与宜春同属于一个省份的江西人，又羁旅在东海上的岛城，常常怀抱着愈久弥新的乡愁，故此，爱国见我可怜，为慰籍乡愁，把我拖进"原乡"，以求抱团消愁，其实爱国也羁旅南岳羊城。

我宅出来的这些文字，大多都带有乡愁，既有江西弋阳老家的乡愁，也有我岛居三十年之久滋养出的海乡之愁。每写一篇，很自然地就在第一时间放进了"原乡"，以期朋友们分享。"原乡"中有一个网名为"草禾水"

的先生，年长我很多岁，我平日里称其为"禾水师"，常常向他讨教些读书的事情。禾水师，不烦我，总是在第一时间将我发的几十篇散文，都一一读过，还写下些评语来鼓励我。我与禾水师，可谓素昧平生，年龄又有代差，一位长者却十分关爱我这个晚辈，令我内心感动，涌起崇敬之情。待我把《江海帆已远》的书稿快递给远在广东的禾水师，并请他为我的这本散文集作序时，禾水师十分谦虚地说：作序不妥，就写点读后感。

虽说已经是辛丑年，但疫情依旧反反复复，不停地滋扰着人们。三伏时节，正是酷热难熬之时。不曾想到，仅仅过去一个礼拜，禾水师就把读后感发了过来。这个读后感言，禾水师足足写了五千余字，用了极大的爱心、极大的专心，写出了极富文心哲理而且文采生动的评析之文。这哪是读后感，分明就是一篇最具有专业学养又包含长者仁爱的序言。捧读几遍，未曾见过面的禾水师，就好像站在我面前，神采奕奕！一位睿智而平和的长者、老师；又像多年未见却又天天在"原乡"里喝茶聊天的朋友。真正的老师，是会关爱、提携学生、晚辈的；真正的朋友，是会真心相助、相伴，走过人生旅途的。

《江海帆已远》，是我的第二本散文集，写于庚子年与辛丑年之间，里面的人与事，有我人生近期里的、也有我过往岁月里的，有亲人、同学、朋友，也有与我相识的农民、渔民、街坊邻居等。我写的文字，是关乎人与事的，是关乎人的生命的意义的。

谨以此文，感谢所有关心我、帮助我的人，我将把你们给予我的所有恩惠，铭记于心。

2021 年秋，晓明于舟山龟石书斋